HEYNE

Das Buch

»Nein, jetzt geht's los. Das haben wir alle damals gedacht. Dass es jetzt losgeht. Aber es ging nie los. Es ging nur irgendwie weiter. Und dann dachten wir, es wird schon bald losgehen, das kann's ja nicht gewesen sein. Das Problem ist«, sie machte eine kleine Kunstpause, »das Problem ist: Jetzt ist bald, und nix ist los.«

Wir ließen das alle einen Moment auf uns wirken. Ich rieb mir die Augen. Nie wieder Bleigießen! Damit hatte dieser ganze Mist doch erst angefangen.

Der neue Roman der Erfolgsautorin von »Liebe geht anders«:

»Lässige Geschichte, die von der ersten Seite an Laune macht.« (Für Sie)

»Die Leiden von Single Daphne rühren an Herz und Zwerchfell – perfekte Lektüre für alle, die noch oder wieder an die Liebe glauben!« (Grazia)

»Mal rührend, mal herrlich lakonisch.« (Maxi)

Die Autorin

Katarina Fischer wurde 1982 in Hamburg geboren. Nach zwei lehrreichen Jahren in London lebt sie seit 2006 wieder in der Hansestadt, arbeitet als Fotoredakteurin, Gelegenheits-DJ und schreibt. Mehr Katarina Fischer im Internet unter katarinafischer.blogspot.com.

Katarina Fischer

Jetzt ist bald und nichts ist los

Roman

WILHELM HEYNE VERLAG
MÜNCHEN

MIX
Papier aus verantwortungsvollen Quellen
FSC® C014496

Verlagsgruppe Random House FSC-DEU-0100
Das für dieses Buch verwendete
FSC®-zertifizierte Papier *Holmen Book Cream*
liefert Holmen Paper, Hallstavik, Schweden.

Originalausgabe 01/2012

Printed in Germany 2012
Umschlagillustration:© Eisele Grafik Design, München
Satz: Buch-Werkstatt GmbH, Bad Aibling
Druck und Bindung: GGP Media GmbH, Pößneck
ISBN: 978-3-453-40859-3

www.heyne.de

Für meinen Bruder.

Es hat keinen Sinn zu warten, bis es besser wird.
Das bisschen besser wär das Warten nicht wert.

Die Sterne

PROLOG

Langsam, aber sicher sah ich aus wie eine langhaarige Version des Michelin-Männchens. Der Grund dafür war meine Faulheit. Ich verbrachte lieber jeden Morgen an die fünf Minuten damit, mir diverse Pullis übereinander anzuziehen und Strickjacken zuzuknöpfen, als mich einmal auf den beschwerlichen Weg zum Dachboden im sechsten Stock zu machen, um meinen Wintermantel zu holen. Die reine Zeitverschwendung, ich weiß, aber ich war eben einfach mehr der unpraktische Typ. Zumindest bis dann am Tag vor Heiligabend entweder die Temperaturen unter null fielen oder ich nicht mehr durch die Tür passte, ich weiß es nicht mehr genau. Jedenfalls schleppte ich mich schließlich doch die drei Stockwerke (Altbau!) zu den Holzverschlägen unter dem Dach hoch, fand den Müllsack, in dem ich mottensicher den Wintermantel aufbewahrte, und darunter fand ich noch etwas, etwas, von dem ich ganz vergessen hatte, dass ich es besaß: einen Stapel alter Lucky-Luke-Comics. Eine kleine Woge unverhoffter Wiedersehensfreude überkam mich. Ich griff nach einem der Hefte und blätterte darin herum. Die Seiten knirschten, und ich fühlte mich ein bisschen so, als wäre ich wieder zehn, Anfang der Neunziger, und ich erinnerte mich an die Sommerferien, den

Geruch von Fleisch auf dem Grill und Schwimmbadchlor im Haar. Ich musste (denn kein nostalgischer Moment ist perfekt ohne den richtigen Soundtrack) an diese eine Autofahrt in den Hansapark denken und daran, dass Crowded House im Radio *Weather With You* sangen. Mein absolutes Lieblingslied damals. Heute, mit achtundzwanzig, hatte ich, wenn ich darüber nachdachte, eigentlich kein Lieblingslied mehr. Kein absolutes jedenfalls. Zwischendurch gefiel mir immer mal eines mehr als ein anderes, aber das hielt nie lange. Für mich als Musikliebhaberin war diese Erkenntnis definitiv verstörend. Wann hatte ich bloß meine Lieblingslieder verloren?

Während ich also den Mantel und vier Comics in meine Wohnung hinuntertrug, dachte ich über diese Frage nach (es war Sonntag, da war Zeit für so etwas) und kam zu dem Schluss, dass das Verschwinden der Lieblingslieder nur ein Symptom war für ein viel größeres Problem: Ich wusste nicht, was ich wollte. Mit zehn waren die einfachsten Antworten die auf die Frage gewesen, was ich am liebsten mochte: Pferde waren meine Lieblingstiere, Spaghetti war mein Lieblingsessen, später wollte ich Tierärztin werden und mein Lieblingslied war *Weather with you* von Crowded House. Einfach. Achtzehn Jahre später hatte ich vor Pferden inzwischen leider Angst. Katzen fand ich toll, aber Giraffen waren auch ganz hübsch. Ich aß jeden Tag etwas anderes am liebsten, mal Sushi, mal Pizza, und Tierärztin wollte ich schon lange nicht mehr werden. Nur noch manchmal. Vermutlich genauso oft wie alles andere. Mit 28 ist das ein echtes Problem. Mit 28 sollte man doch langsam mal wissen, welches Stück vom Kuchen man haben will.

Aber im Gegenteil: Mit 28 weiß man gar nichts, man stellt sein Leben ständig infrage. »Werde ich erreichen, was ich erreichen will?«, »Was will ich eigentlich erreichen?«, »Gebe ich mir genug Mühe?«, »Habe ich genug Spaß?«, »Verpasse ich etwas?«. Das Dilemma ist, dass das Leben eine äußerst begrenzte Angelegenheit ist. Man hat nicht nur im Verhältnis zu den Dingen, die man machen könnte, erschreckend wenig Zeit zur Verfügung. Meistens ist einem auch die Angst im Weg. Und wenn ich eines sicher wusste, dann das: Angst ist am schwersten zu beherrschen. Angst davor, Fehler zu machen, falsche Wege zu gehen und falsche Entscheidungen zu treffen. Und wenn man, so wie ich, diese Angst hatte, was sollte man dann tun, wenn man aus allen Millionen Törtchen des Universums (um beim Kuchen zu bleiben) wählen durfte. Was tue *ich?* Ganz einfach: Ich, Daphne Weiland, verhungere vor dem Törtchenschaufenster.

Diesem Umstand verdanke ich unter anderem die Tatsache, dass ich jetzt schon seit acht Jahren als Teamassistentin bei Markwardt & Söhne arbeitete, der dümmsten Werbeagentur der Welt. Ich blieb dort nicht, weil es mir gefiel. Sondern weil ich einfach nicht wusste, was ich sonst tun sollte. Diagnose: Entscheidungslosigkeitsinduzierte Schockstarre. Dagegen gab es leider nichts von ratiopharm.

Auch meine Wohnung war ein einziges Symptom meiner Unfähigkeit, mich zu entscheiden. Ein- bis zweimal im Jahr durchliefen die lächerlichen 35 Quadratmeter eine gründliche Typveränderung, was größtenteils damit zusammenhing, dass ich sagenhaftes Pech mit Männern hatte und meinen fast schon chronischen Liebeskummer prinzipiell mit einer Renovierungstherapie behandelte. Hätte ich aber sicher gewusst, was mir in Sachen Wandgestaltung wirklich gefiel, hätte ich die Wohnung ein für alle Mal in den optimalen Zustand versetzen und mir ein anderes Ventil für meinen Herzschmerz suchen können. Dann wäre ich vielleicht Mitglied im Fitnessstudio geworden. Workout war schließlich viel gesünder als Farbdämpfe. Und der Weg zum Dachboden wäre auch nur noch ein Klacks.

Vielleicht hätte ich mir auch endlich eine Katze zugelegt. Bisher hatte ich das nur deshalb nicht getan, weil ich dachte, dass es ja sein könnte, dass sich in meinem Leben schon nächste Woche eine eklatante Veränderung vollzog und was würde dann aus dem Tier? Eine eklatante Veränderung? In meinem Leben? Als ob!

Seit acht Jahren also hatte ich nicht mehr getan, als den Törtchen beim Einstauben zuzusehen. Und wie eben gerade festgestellt, hatten mir zu allem Überfluss all die Jahre auch noch die Lieblingslieder gefehlt. Vielleicht, überlegte ich, als ich den Mantel an die Garderobe hängte und Teewasser aufsetzte, war es mal wieder Zeit dafür. Vielleicht wäre es ein gutes Entscheidungstraining, mich regelmäßig bewusst auf ein Lieblingslied festzulegen, wenigstens das, wenn alles andere schon so schwammig war. Ich beschloss, dass das mein guter Vorsatz für das kommende Jahr werden sollte. Dann konnte ich wenigstens in Ruhe weiterrauchen.

Es gab Menschen, die vollkommen frei von einer Entscheidungsstörung wie meiner waren. Meine beste

Freundin Betty zum Beispiel: Sie nahm sich einfach, um im Bild zu bleiben, das Törtchen, auf das sie gerade Lust hatte, und ging fest davon aus, dass es schon Nachschlag geben würde. Eben noch hatte sie, trinkfest, kettenrauchend und feierfreudig, in einer Bar auf dem Kiez gearbeitet, jetzt war sie im vierten Monat schwanger. Die Sache mit der Schwangerschaft war ein »Unfall« gewesen, aber nichts, womit eine Frau wie Betty nicht klarkommen würde. Sie tauschte ihren Nachtjob in der Bar gegen ein paar Schichten im Kiosk an der Ecke, unter anderem weil es da einen Stuhl gab, auf den sie sich setzen konnte, wenn die Beine, der Rücken oder der Kreislauf schlappmachten. Er stand hinter dem Tresen, gleich neben den losen Süßigkeiten, was in mehrfacher Hinsicht ein echter Segen für meine schwangere Freundin auf Nikotinentzug war. Und während sie so auf ihrem Stuhl saß und sich Lakritzschnecken in den Mund stopfte, änderte sich ihr Leben rapide, ohne dass sie besonders viel dafür tun musste.

Klar, schwanger werden war eine äußerst radikale Form der Veränderung und kam aus mehreren Gründen für mich nicht infrage. Erstens war meine Wohnung zu klein. Zweitens begegnete ich allzu drastischen Veränderungen eher mit Vorsicht. Drittens hätte es dafür eines Mannes bedurft und auf diesem Gebiet war ich, wie bereits erwähnt, eher gehandicapt.

Ich hatte mir das, saisonbedingt, einmal spaßeshalber durchgerechnet: Mit keinem Mann in meinem Leben hatte ich bisher zwei Weihnachtsfeste verbracht. Mit keinem. Statt mich also an Heiligabend von meinem unverschämt gut aussehenden Freund mit klug durchdachten und liebevoll ausgewählten Geschenken beglücken zu lassen, saß ich alle Jahre wieder im Jogginganzug bei meiner Mutter unterm Weihnachtsbaum, leicht beschwipst vom Weihnachtssekt, und ließ mir mintfarbene Hausschläppchen schenken. Und auch wenn meine Mutter es tausendmal betonte, nein, die waren nicht total süß.

An dem Schläppchenrisiko konnte ich nichts ändern, Weihnachten gehörte ich meiner Mutter. Aber was Silvester betraf, würde sich für dieses Jahr etwas ändern: Keinesfalls würde ich wieder auf irgendeiner Privatparty in der Ecke stehen, während sich um mich herum Menschen in den Armen lagen, deren Namen ich nicht einmal kannte. Ich würde nicht auf irgendeiner Massenveranstaltung am Hafen das Feuerwerk verpassen, weil ich zu beschäftigt damit war, auf meine Tasche und meine Füße aufzupassen. Und ich würde nicht in irgendeinem Club, wo der Eintritt mich ein kleines Vermögen gekostet hatte, schlechte Musik hören und an gestreckten Drinks nippen. Nicht mit mir! Dieses Jahr wollte ich mein Schicksal selbst in die Hand nehmen.

»Eine Silvesterparty? Bist du irre?«

Ich hatte mich extra durch die Yuppie-Horden gekämpft, die das Schanzenviertel selbst bei eisigem Wind und Schneeregen ganz für sich beanspruchten, allesamt Boutiquetütchen am Handgelenk und eine stylische Kunstpelzmütze auf dem Kopf. Selbst an Heiligabend. Grauenhaft. Und das alles nur, damit ich Betty in ihrem kleinen Eckkiosk besuchen und ihr meinen Plan zur Rettung des Jahreswechsels darlegen konnte. Man soll ja nie zu große Erwartungen haben, aber mit einem *Danke für die Einladung* hatte ich schon gerechnet. Stattdessen: »Bist du irre?« Eine ziemlich unangebrachte Reaktion für eine aus dem Leim gegangene Schwangere, die sich sicher sein konnte, zu keiner anderen Party eingeladen zu werden.

»Ich dachte, du freust dich«, sagte ich matt.

Sie schnappte sich einen Brausebonbon aus der Süßigkeitenvitrine zu ihrer Rechten. »Aber Schätzelein, das weiß doch jedes Kind: Silvesterpartys enden immer in einer Katastrophe. Möbel gehen kaputt, Wände werden beschmiert, Böller ins Klo geworfen …«

»Das wird doch eine ganz kleine Feier. Höchstens sechs Leute oder so.« Mehr passten in meine Wohnung auch gar nicht rein.

»Selbst dann. Denk an den Psychostress. An Silvester liegen die Nerven blank.«

»Warum musst du meine Party so schlechtmachen?«

»Was soll denn das für eine Party sein, auf der ich nicht trinken und rauchen darf?« Sie lutschte missmutig auf dem Bonbon herum. Daher also wehte der Wind.

»Du bist ja nicht ewig schwanger. Bald hast du's geschafft und dann feierst du wieder Partys.«

Der Brausebonbon zerbrach mit einem lauten Knacken zwischen ihren Zähnen. »Kindergeburtstage feiere ich dann.«

»Das ist doch auch schön.«

»Schätzelein, du kapierst das einfach nicht.«

»Erklär es mir.«

»Okay, ganz langsam: Jetzt bin ich schwanger. Dann bin ich Mutter. Mit Partys ist es vorbei.«

Natürlich kapierte ich das. Ich war ja nicht komplett bescheuert. Aber andere Frauen wurden doch auch Mütter und lebten trotzdem weiter. Nicht ganz so extrem vielleicht wie Betty vor ihrer Schwangerschaft – mit dem Job in der Bar und den Schnäpsen, den Zigaretten, den Joints, dem Kickern und den wilden Kieznächten, die erst zu Ende gingen, wenn die Sonne schon lange aufgegangen war. Und vielleicht ist es genau dieses Extreme gewesen, das Betty ausgemacht hat. Sie hatte sich auf jeden Fall verändert in den letzten Monaten. Vielleicht würde sie wirklich nie wieder die Alte sein. Das hieß dann: *Wir* würden nie wieder die Alten sein. Ich hatte plötzlich einen Kloß im Hals, der sich einfach nicht herunterschlucken ließ.

»Sag mal, heulst du jetzt, oder wie?«

»Ein bisschen«, murmelte ich.

»Wenn hier eine heult, dann bin ich das. Ich hab wenigstens einen guten Grund. In spätestens zwei Wochen sehe ich aus wie ein Wal.« Betty öffnete den Haarballen aus Dreads auf ihrem Kopf und knotete ihn neu. »Ist ja gut, ich komme zu deiner Party. Aber ich helfe dir hinterher nicht beim Aufräumen.« Sie nahm sich noch einen Bonbon aus der Vitrine und lutschte angestrengt darauf herum, aber es nützte nichts. Ihre Unterlippe begann zu zittern. »Ich bin nämlich schwanger.« Schniefend wedelte sie mit der Hand neben ihrem rechten Auge, aber es half nichts. »Verdammte Hormonscheiße.«

Sie hatte ja so Recht.

Später, so gegen sechs, als die Sonne (oder das, was man im Winter in Hamburg von ihr zu sehen bekommt) schon lange untergegangen war, zog ich meine Winterstiefel über die Jogginghose, schnappte mir den Karton mit der Vase, die ich meiner Mutter schenken wollte, und verließ das Haus. Von irgendwoher waren Kirchenglocken zu hören, aber die Straßen waren so leer, dass man annehmen konnte, die Apokalypse hätte zugeschlagen, während ich in meiner Küche gesessen und mit dem Geschenkpapier gekämpft hatte.

Der Gemüseladen an der Ecke war das einzige Geschäft in meiner Straße, das noch hell erleuchtet war. In der offenen Eingangstür lehnte der höfliche Türke, untersetzt und haarbekranzt, rauchte eine Zigarette und wirkte wie immer sehr vergnügt. Als er mich sah, hob er den Arm und winkte mir zu. »Frohe Fest!«

»Danke. Ihnen auch.« Ich nahm mir die Zeit und blieb stehen. »Ich wusste gar nicht, dass Sie rauchen.«

»Nicht oft ich rauchen, aber manchmal es müssen sein. Stress.« Der Gemüsehändler demonstrierte, wie gestresst er war, indem er für eine Sekunde ein erschöpftes Gesicht machte. Aber wirklich nur für eine Sekunde. Dann grinste er wieder breit.

»Ich nutzen ruhige Tag und putzen Laden gründlich.« Hinter seinem Rücken feudelte seine Frau den gefliesten Fußboden des Geschäfts. Sie sah mürrisch aus und murmelte etwas auf Türkisch, das ebenso mürrisch klang. An der Wand blinkte einer dieser elektrischen Partyweihnachtssterne in allen Farben des Regenbogens. »Du wollen etwas kaufen?«

»Nein, ich bin auf dem Weg zu meiner Mutter. Bescherung.« Zum Beweis hielt ich das Päckchen mit der Vase hoch.

»Feiern Familienfest? Groß, mit ganze Verwandtschaft?«

Verwandtschaft? So etwas hatte ich gar nicht. Wir waren eine moderne, zerrüttete Familie. »Nein. Nur ich und meine Mutter.«

Der höfliche Türke schüttelte mitleidig den Kopf. Dabei war das gar nicht nötig, das mit dem Mitleid. Unter anderem, weil ich mich geirrt hatte, was die Gästeliste betraf.

Meine Mutter trug zur Feier des Tages ein kurzes, schwarzes Kleid und hatte ein farblich passendes instabil wirkendes nachtblaues Gebilde aus Federn und Tüll auf dem Kopf. Es hätte der Blickfang des Abends sein können, aber ich sah nichts anderes als dieses Tier, das zwischen ihren und meinen Füßen auf der Türschwelle herumsprang und sich zwischendurch immer wieder auf die Hinterbeine stellte.

»Ein Hund?!«

»Das ist ein Zwergspitz, Daphne.« Als wären Zwergspitze keine Hunde. Meine Mutter hob das Tier vom Boden auf und tätschelte es zwischen den Ohren. »Ist er nicht goldig?«

Der goldige neue Mitbewohner meiner Mutter war honigblond mit einem bisschen Weiß und verzog sein Gesicht zu einer hässlichen, grinsenden Fratze, als er hechelnd in ihrem Arm hing und mich anstarrte. Sosehr ich mich auch bemühte, ich konnte kein einziges goldiges Detail an ihm finden. Ich konnte Hunde nicht ausstehen. Und eigentlich war ich sicher gewesen, dass das auch für meine Mutter galt.

»Ich dachte immer, du magst keine Hunde.«

»Natürlich mag ich Hunde, Daphne. Wie kann man denn dieses kleine Schätzchen nicht mögen? Hm? Er macht mir so viel Freude. Mehr als ein Mann es jemals könnte.«

Das Haustier als Männerersatz. Ich seufzte. Eine Katze, das hätte ich ja noch verstanden. Katzen waren super. Die hielten nicht ständig an, um ihren Artgenossen am Po herumzuschnuppern, zum Beispiel, und falls sie doch auf so etwas Lust hatten, musste man als Besitzer wenigstens nicht direkt daneben stehen und zusehen. Katzen waren auch angenehm leise, ganz im Gegensatz zu der Neuanschaffung meiner Mutter, die plötzlich und ohne ersichtlichen Grund zu kläffen begonnen hatte, als gäbe es kein Morgen. Sein Frauchen tat ihr Bestes, um ihn zu beruhigen. Heißt, sie sprach mit ihm wie mit einem Baby. Das half aber nicht. Ich setzte mich aufs Sofa, neben dem der Weihnachtsbaum aufgebaut war, und fütterte mich selbst mit Marzipankartoffeln. Dafür war ich ja schließlich gekommen.

Später fand ich heraus, dass meine Mutter ihrem kleinen Liebling einen ganz besonderen Namen verpasst hatte: Benedict. Das Namenslexikon, aus dem diese Frau ihre Inspiration zog, gehörte verbrannt.

Der Abend verlief, abgesehen von der Anwesenheit eines Miniaturhundes, wie alle anderen Heiligabende in allen Jahren zuvor. Ein Glas Sekt, dann die Gans, Brust und Keule, da musste man durch, ein Stück Sahnetorte, von der ich aber nur einen Anstandsbissen aß, und dann die Bescherung. Dieses Jahr durfte ich so tun, als ob ich mich über eine Fußmatte mit einem possierlichen Schweinchen drauf freute. Und auch meine Mutter machte gute Miene zu der Vase, die ich ihr schenkte. Die Stunden vergingen harmonisch, mit Ausnahme einiger kleiner Nörgeleien, zu denen sich meine Mutter aufgrund meines Jogginganzugs genötigt fühlte. Aber auch das kam jedes Jahr vor und war somit kein Grund zur Aufregung. Selbst als Benedict sich unter der festlich geschmückten Edeltanne übergab, brachte das meine Mutter nicht aus der Ruhe. Mir hätte das nicht passieren dürfen, aber hier wurde offensichtlich mit zweierlei Maß gemessen.

»Der arme Kleine hat bestimmt zu viel von den bunten Tellern genascht«, sagte meine Mutter, während sie die Hinterlassenschaft des Zwergspitzes aus dem Teppich rieb und ich meine Süßigkeiten auf eventuelle Hundehaare und Speichelreste untersuchte. Der Übeltäter selbst saß hechelnd und grinsend zu meinen Füßen und hob bettelnd ein goldblondes Pfötchen.

»Wie sieht es denn Silvester bei dir aus, Daphne?«, fragte es von tief unter den Tannenzweigen. »Hast du schon aufregende Pläne?«

Ich reagierte schnell. »Ja!«, antwortete ich zackig, damit hier nur nicht der Eindruck entstand, ich stünde für ein Fondue mit Mutter und Benedict zur Verfügung.

Das Federgebilde saß etwas windschief auf dem Kopf meiner Mutter, als sie unter der Tanne wieder hervorkam. »Ja, und was hast du vor? Lass dir doch nicht alles aus der Nase ziehen.«

»Ich feiere zu Hause. Bei mir. Mit meinen Freunden.«

»Ach, wunderbar!«

»Wunderbar?«

»Aber natürlich!« Sie nestelte an ihrem Kopfschmuck. »Jetzt frag mich schon, was *ich* vorhabe!«

»Sag es mir doch einfach.«

»Ach, Kind!« Ungeduldig stemmte sie die Hände in die Hüfte. »Jetzt frag schon!«

Ich verdrehte die Augen und schubste den Zwergspitz heimlich mit dem Fuß ein Stück zur Seite. »Also, Mutter: Was hast du denn für den Jahreswechsel geplant?«

»Ich mache Urlaub in Ägypten!«, rief sie mit vor Begeisterung kippender Stimme, klatschte in die Hände und trippelte aus dem Zimmer. Benedict folgte ihr, kläffend und ebenfalls trippelnd. Zwergspitze machen das so.

»Ägypten?!«

Und schon war meine Mutter zurück und wedelte mit einem Reisekatalog vor meiner Nase herum. Sie war ganz atemlos vor Vorfreude. »Fünf-Sterne-Luxus-Ressort, Fünf-Sterne-Luxus-Buffet, Endlospool und Wellnessbereich auf zwei Etagen. Und deutsches Fernsehen.«

»Dafür reist man nach Nordafrika …«

»Ach, jetzt sei doch nicht so garstig. Ich mache natürlich auch einen Ausflug zu den Pyramiden.«

»Natürlich.«

»Und du passt inzwischen auf meinen süßen, kleinen Benedict auf.«

»Ich mache was?!«

TEIL EINS

EINE WOCHE IM JANUAR

1
WIE DAMALS IN REMSCHEID

Der Gedanke, dass diese ganze Partysache eine Schnapsidee sein könnte, kam mir, als Lucy mich anrief und anbot, eine Dose Litschis mitzubringen. Litschis sind einer der großen Irrtümer der Natur. Dieser seltsame Geschmack, die Konsistenz, das Weiß des Fruchtfleischs, wie Knochen, und nicht zu vergessen die schlechte Angewohnheit, in billigem Pflaumenschnaps zu schwimmen, vorzugsweise als Aperitif im Chinarestaurant.

»Wieso Litschis?«

»Für die Bowle.«

»Bowle?« Davon hörte ich jetzt zum ersten Mal.

»Na, jede anständige Silvesterparty braucht doch eine Bowle.«

»Ist das so?«

»Bei meiner Mutter in Remscheid gibt es immer eine Bowle zu Silvester.«

»Remscheid …«

»Sektbowle. Und Käsefondue. Und einen Schokobrunnen. Da fällt mir ein … Hast du Erdbeeren?«

»Mitten im Winter?«

»Auf jeder anständigen Silvesterparty gibt es Erdbeeren. Für den Schokobrunnen.«

»Ich habe aber keinen Schokobrunnen, Lucy.«

»Aber ich!«

Ich fühlte einen leichten Kopfschmerz. Sollte Betty Recht behalten? Würde diese Silvesterparty in einer Katastrophe nie gekannten Ausmaßes enden und in die Geschichte eingehen unter dem Begriff *Remscheider Neujahrs-Fiasko?*

»Ich freue mich schon so, Daphne. Und Hannes auch. Er hat sich extra ein neues Hemd gekauft. Wir waren gestern shoppen.«

»Lass mich raten: Ist es rosa?«

Sie kicherte. »Woher weißt du das bloß?«

Seit letztem Sommer waren mein bester Freund Hannes und meine Arbeitskollegin Lucy ein Paar. Ein ungleiches Paar. Er groß, hager und dünn, sie klein und dicklich. Er sammelte Orks. Sie liebte alles, was rosa war. Und Hannes. Abgöttisch. Vor einem Monat waren sie sogar zusammengezogen. Etwas schnell vielleicht, aber sie würden ja für immer zusammenbleiben, was für einen Unterschied machte das also? Hannes hatte seine Sammelvitrinen aus seiner WG in Barmbek mitgebracht, und Lucy hatte die Wände mit ihren Malen-nach-Zahlen-Bildern dekoriert. Eine schräge Mischung, aber vielleicht war ja gerade das ihr Geheimnis.

Zum Abschied ermahnte mich Lucy noch einmal, Erdbeeren für den obligatorischen Silvesterschokobrunnen zu besorgen, den sie zu Ehren der altgedienten Remscheider Tradition in Einzelteilen und im Originalkarton verpackt mitbringen würde. Hannes könne ihn ja tragen. »Hauptsache, du findest irgendwo noch Erdbeeren. Ohne ist es irgendwie kein richtiges Schokovergnügen.«

Ich legte auf und fragte mich verwirrt, ob ich außerhalb eines Werbespots schon jemals einen echten Menschen das Wort *Schokovergnügen* hatte sagen hören. Der Zwergspitz leckte sich die Genitalien.

»Kannst du mir mal bitte sagen, wo ich jetzt Erdbeeren herbekommen soll?«, fragte ich ihn genervt. Er war sofort auf den Beinen, wedelte mit dem Schwanz und bellte spitz. Mal was ganz Neues.

Ich stand in der Mitte des Wohnzimmers, das, geschmückt mit Girlanden und Luftschlangen, ein bisschen so aussah, als wäre darin vor Kurzem ein kleinerer Papierlaster explodiert. Vielleicht hatte ich ein wenig übertrieben. Insofern war es wohl eigentlich ein Glücksfall, dass Benedict nach und nach weite Teile der Dekoration einfach fraß.

Alles stand bereit. Das Bier schwamm in der Badewanne, das Bleigieß-Set lag auf der Fensterbank im Schlafzimmer und der Rotwein für Maria unter meiner Bettdecke. Bis die ersten Gäste kamen, hatte ich eigentlich ganz entspannt die restliche Zeit mithilfe des unsäglichen Silvesterfernsehprogramms totschlagen wollen, aber das konnte ich jetzt vergessen. Ich hatte eine Mission: Erdbeeren besorgen. Am letzten Tag des Jahres.

Ich warf einen Blick aus dem Fenster. Eisregen, Wind, pechschwarze Nacht um fünf Uhr nachmittags. Mütter zogen Kinder in Skianzügen hinter sich her (nicht dass wir in diesem Winter schon einmal richtigen Schnee gesehen hätten), Halbstarke warfen Böller auf teure Autos, alte Menschen hielten sich bei jedem Knall erschrocken die Brust. Silvester in Hamburg. Wer schlau war, blieb daheim. Aber es war ja nicht so, als hätte ich eine Wahl.

Glücklicherweise hatte ich mit meiner Einschätzung Recht gehabt, dass der höfliche Türke prinzipiell nicht viel auf die Öffnungszeitenregelung an Feiertagen gab. Wer an Heiligabend seine Frau den Boden feudeln ließ, würde auch Silvester nach Ladenschluss Erdbeeren verkaufen. Und so zerrte ich den störrischen Hund etwas schneller die letzten paar Meter durch den eisigen Regen, verfluchte lauthals Remscheid und stieß mit einem Seufzer der Erleichterung die Tür zum Gemüsegeschäft meines Vertrauens auf.

Der höfliche Türke hatte in Anbetracht des besonderen Tages ebenfalls geschmückt, mit glitzernden Girlanden und Lametta, das über den Kohlköpfen lag, sodass es aussah, als wüchsen dem Gemüse Haare. An der Wand wechselte der elektrische Weihnachtsstern hektisch seine Farben. Im Hintergrund lief in einer mörderischen Lautstärke das Radio, irgendein Nummer-eins-Hit-Countdown, und der höfliche Türke war ganz hingerissen damit beschäftigt, den letzten großen Hit von Madonna schnipsend und summend zu begleiten. Als ich in sein Geschäft platzte, drehte er sich ertappt zu mir um und schenkte mir ein schiefes Lächeln.

»Frohe Neujahr!«

»Guten Abend!« Es war ja noch nicht wirklich so weit.

Er drehte das Radio etwas leiser. Währenddessen wanderte sein Blick von meiner Hand aus die Leine entlang bis zu Benedict hinunter. Er verzog entsetzt das Gesicht. »Raus! Hund muss raus!«

»Aber es gießt in Strömen und es ist kalt …«

»Das hier sein Lebensmittelgeschäft!« Er stemmte seine Fäuste in die Seiten und schnaufte einmal und mit Nachdruck. Ich hatte ihn noch nie so aufgebracht erlebt.

Schulterzuckend führte ich Benedict vor die Tür und band ihn an einen Haken an der Hauswand. Er sah mir noch grinsend dabei zu, wie ich wieder in den Laden ging, aber kaum hatte ich die Tür hinter mir geschlossen, ging das Gebelle und Gejaule los.

Der höfliche Türke schüttelte bedächtig den Kopf und sagte in einem seltsam bedauernden Tonfall: »Ich hassen Hunde.«

»Fragen Sie mich mal.« Ich strich mir den Regen aus dem Gesicht und sah mich nach Erdbeeren um, konnte aber keine entdecken.

»Warum du dann haben Hund?«

»Das ist nicht mein Hund. Ich passe nur auf ihn auf.«

Der höfliche Türke lächelte breit. »Du hilfsbereit. Das gut für Karma.«

»Das überrascht mich jetzt etwas, dass Sie sich für Buddhismus interessieren.«

»Ich gelesen in Buch. Sehr interessant. Du geben und bekommen dafür, du leider nicht wissen wann und was, aber auf jeden Fall bekommen, keine Sorge.« Er zwinkerte mir verschwörerisch zu. »Besser als Lotto.«

»Das habe ich auch schon mal gehört …«

»Vielleicht erst in nächste Leben!«, unterbrach er mich lachend, nur um, wie es so seine Art war, einen Moment später in einen komplett anderen Gemütszustand zu wechseln. Ernsthaftigkeit. »Deswegen ich machen mir

Sorgen. Was ist, wenn in nächste Leben ich sein muss Hund, weil ich nicht gemocht habe in diese Leben?«

Schwierige Frage. »Ich glaube, es ist okay, wenn man Hunde nicht besonders mag. Solange man sie trotzdem gut behandelt.«

Wie auf Kommando drehten wir beide uns zu dem zitternden, winselnden Zwergspitz auf der anderen Seite des Schaufensters um, der auf Zehenspitzen durch eine eiskalte Pfütze trippelte und mit seinem triefenden Fell elend, mager und irgendwie vorwurfsvoll aussah.

Der höfliche Türke räusperte sich verlegen. »Du sollten lesen Buch einmal.«

»Ja, klar, warum nicht?«, antwortete ich so heiter wie möglich.

»Ich dir gern leihen, wenn fertig. Ich erst noch müssen herausfinden, wie in nächste Leben ich werden dicke, fette Katze.«

Der höfliche Türke griff neben den Tresen, wo jetzt die Einkaufskörbe gestapelt waren. Früher hatte er die Körbe neben der Tür aufbewahrt, bis Frau Matuschek unaufmerksam genug gewesen war, in den Stapel hineinzulaufen und sich dabei den großen Zeh zu verstauchen.

»Ich glaube, den Korb brauchen wir nicht«, intervenierte ich, aber ich stieß auf taube Ohren. Der höfliche Türke behielt den Korb in der Hand, lächelte mich an und wartete ab. Okay, dann eben mit Korb, was soll der Geiz? »Also, es ist etwas außerhalb der Saison, ich weiß gar nicht, ob Sie welche haben.«

»Ich haben alles.«

»Gut. Ich brauche Erdbeeren.« Der höfliche Türke

blies seine Backen auf und hob die Augenbrauen an. »Schwierig?«

Geräuschvoll ließ er die Luft durch die Lippen hindurch entweichen. »Schwierig nicht unbedingt, aber teuer.«

»Es ist Silvester, da kann man sich ruhig mal was gönnen …«

»Zwölf Euro die Kilo.« Ich schluckte. Er bemerkte das. »Das leider ist angebrachte Preis. Erbeersaison erst in halbe Jahr. Erdbeeren kaufen in Dezember sein *ahmak*.«

»Amok?«

»Blöd.«

»Sagen Sie das mal den Leuten in Remscheid.«

»Ich ja tun, aber keine hier.«

Als er mit seinem Körbchen im Lager verschwand, brummte er irritiert, als hätte er es mit einer Verrückten zu tun. Und das hatte er ja auch irgendwie. Ein halber Tageslohn für Erdbeeren. Das durfte man echt niemandem erzählen.

Vor meinem Haus wartete im Eisregen und im Schein der dürftigen Eingangsbeleuchtung Richard. Er hatte seinen Parka eng um sich gezogen und den unteren Teil seines Gesichts bis zur Nase in einem dicken, gelben Schal versteckt. Das Einzige, das wirklich gut sichtbar war, waren seine Augen. Die waren mandelförmig.

Als er mich sah, winkte er, was Benedict nicht nur dazu veranlasste, an seiner Leine zu zerren, wie er es eh schon tat, sondern auch noch auf und ab zu springen. Ich hatte Angst um die wertvolle Fracht in der Plastiktüte an meinem Handgelenk und ließ die Leine einfach los. Sollte Richard doch sehen, wie er klarkam.

Er hockte sich neben den Zwergspitz und kraulte ihn hinter den nassen Ohren. »Na, Dickie.«

»Der Hund heißt Benedict.«

»Aber so will doch keiner heißen.« Ich war inzwischen an der Tür angekommen. Richard umarmte mich und gab mir einen Kuss auf die Wange. Leider war er nicht weniger durchnässt als der Zwergspitz. »Dickie klingt viel authentischer. Oder wir könnten ihn Benne nennen. Fänd ich auch ganz gut.«

»Wir nennen ihn gar nicht. In einer Woche holt meine Mutter ihn wieder ab, und dann ist Schluss mit Hund.« Genervt kramte ich in meiner Tasche nach dem Schlüssel, während mir der Regen aus den Haaren tropfte.

»Warum bist du eigentlich so schlecht gelaunt?«

»Es regnet. Es ist kalt …«

»Hab ich gemerkt, aber ich hab trotzdem keine schlechte Laune.«

»Der Hund nervt. Ich habe gerade viel zu viel Geld für Erdbeeren ausgegeben, weil Remscheid-Barbie sich das so gewünscht hat.«

»Remscheid-Barbie?«

»Lucy.«

Natürlich sah Lucy, abgesehen von ihren blonden Haaren und ihrem Faible für Pink nicht im Entferntesten aus wie Barbie. Eher wie Barbies dicke Schwester, die nie produziert worden war. Richard zog eine Augenbraue hoch. »Aha.«

Das Problem war: Ich fand es süß, wenn Richard sich Namen für den Hund meiner Mutter ausdachte. Und ich mochte den Gedanken daran, mit ihm gemeinsam über Namen zu sprechen, wie ein Paar, das einen Namen für sein Kind sucht. Mit dem kleinen Unterschied, dass Benedict ein Zwergspitz und Richard und ich kein Paar waren. Weil ich mich nämlich schon seit Monaten erfolgreich dagegen wehrte, dass Richard und ich ein Paar wurden. Auch wenn das manchmal schwerfiel. So wie jetzt zum Beispiel.

Endlich fand ich den Schlüssel. Das Schloss knackte beim Aufschließen. Da war wohl wieder was kaputt.

»Wie war die Arbeit heute?«, fragte ich.

Er grinste mich amüsiert an. *»Wie war die Arbeit?* Als wären wir schon verheiratet.«

Ich verdrehte genervt die Augen und betrat vor ihm das Treppenhaus. Ständig musste er mit diesen Sprüchen kommen, diesen kleinen, ›witzigen‹ Sprüchen, die ja eigentlich nichts zu bedeuten hatten, aber dann irgendwie doch. Klar hatte ich auch manchmal darüber nachgedacht, wie es wäre, mit Richard zusammen zu sein. Frauen machten so etwas. Sich vorstellen, wie das wäre, mit diesem oder jenem Mann eine Beziehung anzufangen und ihn irgendwann zu heiraten. In Richards Fall tat ich das sogar ausgesprochen häufig. Es sprach ja zumindest auf den ersten Blick auch nichts wirklich gegen ihn, so von außen betrachtet, er war clever und witzig und sah echt gut aus. Außerdem ließ er sich durch nichts von seiner Idee abbringen, dass wir zusammengehörten, das schmeichelte mir und ich mochte, wie ich mich in seiner Nähe fühlte. Warum ließ ich es dann nicht einfach zu? Weil ich verdammt noch mal dazugelernt hatte. Ich wusste, wie ich tickte. Und ich wusste: Was ich fühlte, war keine Liebe, sondern meine alte Schwäche für verantwortungslose, gut aussehende, charmante, aber unzuverlässige kleine Jungs, denen das große Abenteuer wichtiger war als ich (und mit Abenteuer meine ich nicht andere Frauen. Ich meine die große, weite Welt). Die wollten sich nicht festlegen. Auf nichts. Auch nicht auf mich. Selbst wenn sie es glaubten. Wenn die anfängliche Verliebtheit vorbei war, flutschten sie aus meinen Händen wie Seife. Und ich ging schon mal los, um Farbe für meine Küche zu kaufen. Das war das Muster, das bisher mein Liebesleben in einen Alptraum verwandelt hatte. Bisher. Aber ich war nicht 28 geworden, um den gleichen Mist immer wieder durchzumachen. Das war die neue Konsequenz, der Richard zum Opfer gefallen war, sobald ich ihn als *flutschig* identifiziert hatte.

Und auf keinen Fall würde ich es *einfach mal darauf ankommen lassen, schauen, was passiert.* Die Wahrscheinlichkeit, dass es klappte, war zu gering, das Risiko, etwas Gutes kaputtzumachen, zu groß. Mit Freunden ließ man es nicht *einfach mal drauf ankommen.* Schlimm genug, dass ich im Sommer aus Versehen und betrunken mit Hannes im Bett gelandet war (Ja, mit dem Hannes, der jetzt Lucys Freund war), was sich zu einer ausgewachsenen Katastrophe entwickelt hatte, und wir konnten von Glück sagen, dass unsere Freundschaft die überlebt hatte.

Richard würde kein zweiter Hannes sein, ich blieb hart. Da konnte er mich angrinsen, so viel er wollte. Ich ignorierte einfach den wohligen Schauer, den er mir über den Rücken jagte. Wobei *einfach* vielleicht das falsche Wort war. Einfach war es nämlich leider nicht.

»Willst du nicht aufschließen?«

»Wie?« Ich hatte gar nicht bemerkt, dass ich schon

längst vor meiner Wohnungstür angekommen war, den Schlüssel in der Hand, noch völlig in meine Überlegungen zum Thema Nicht-Beziehung versunken. Ich sah Richard verwirrt an und steckte schnell den Schlüssel ins Schloss, während ich versuchte, die Kontrolle über meine Gesichtszüge wiederzuerlangen. »Ich hab nur nachgedacht.«

»Über uns?«

Woher zum Henker wusste er das bloß? »Natürlich nicht«, log ich. Der Zwergspitz hechelte und winselte im Wechsel.

»Soll ich dir jetzt erklären, wie es bei der Arbeit war, mein Schatz?«

Ich rollte mit den Augen, hielt die Tür auf und ließ Richard an mir vorbei in die Wohnung. »Es interessiert mich brennend.«

Sobald Richard die Leine von Benedicts Halsband gelöst hatte, rannte der nasse Hund schnurstracks ins Wohnzimmer, um sich einmal kräftig zu schütteln.

»Na toll«, murmelte ich und wollte meinen Mantel ausziehen. Aber bevor ich dazu kam, hatte Richard einen Arm um meine Schulter gelegt und mich an sich gedrückt. »Und wofür ist das jetzt?«

Überschwänglich hob er einen Arm und erklärte: »Du liegst in den Armen eines freien Mannes.«

»Frei?« Wenn er mir jetzt auch noch erzählte, dass er bisher Bankräuber auf Freigang gewesen war, schlug das dem Fass den Boden aus. Aber es war anders.

»Ich hab eben gekündigt.«

Doch nur der gute, alte flutschige *way of life*.

2
UMSTÄNDE

»Einfach so, ja?«

»Einfach so was?«, fragte Richard und entließ mich aus seiner Umarmung.

»Gekündigt. Als wäre das gar nichts.« Ich schälte mich aus dem Mantel, ließ den Ärmel, der sich dabei auf links gedreht hatte, so wie er war, hängte den Mantel an den überfüllten Kleiderhaken und ging in die Küche.

»Das war ja auch nichts«, rief Richard mir aus dem Flur hinterher. Und zur genaueren Erklärung: »Das war ein Scheißjob.«

Es war kein toller Job gewesen, okay, eher Saisonarbeit, im Kaufhaus. Weil rund um die Feiertage etwas mehr Betrieb war und an den Kassen immer Verstärkung gebraucht wurde. Der Einzelhandel war ohnehin ein Haifischbecken, aber Richard hatten schon die Kleinigkeiten genervt – dass er sich ein hellgraues Oberhemd zulegen und die Haare schneiden musste. Und dieses Plastiknamensschild mit dem Kaufhauslogo, das er hatte tragen müssen. Es steckte noch immer an der Brusttasche seines spießigen Hemdes, als er mir in die Küche folgte.

»Musstest du das nicht dalassen?«

»Das Schildchen? Davon haben die mehr als genug, keine Sorge.«

Um das Kaufhaus und dessen Namensschildvorrat machte ich mir die geringsten Sorgen. Eigentlich machte ich mir überhaupt keine Sorgen. Ich war nicht einmal überrascht von Richards drastischem Schritt. So war er eben. Flutschig. Ich gratulierte mir insgeheim zu meiner guten Menschenkenntnis und deponierte die Tüte mit den Erdbeeren vorsichtig auf dem Küchentisch. Zwölf Euro das Kilo. Gut, dass wenigstens *ich* noch Geld verdiente.

»Und warum hast du gekündigt? Ist was passiert?«

Er setzte sich auf den Küchenstuhl am Fenster und fummelte das Schild von seinem Hemd. »Muss doch nicht erst was passieren, damit man einen Job hinwirft, auf den man keinen Bock hat.«

»Und hast du schon was Neues?«

»Nö.« Mit einem Klicken schloss Richard die Nadel auf der Rückseite des Namensschilds und legte das Stück Plastik auf den Tisch neben die Erdbeeren. »Aber ich finde schon was, alles halb so wild. Erst mal mach ich ein paar Tage frei und dann …« Er machte eine beschwichtigende Geste mit der rechten Hand. Keine Panik. Alles im Fluss.

»Also es geht mich ja nichts an …« In der Tat. Aber gerade dann, wenn es einen nichts angeht, fällt es ja leider am schwersten, die Klappe zu halten. Außerdem ging es hier um den Mann, mit dem ich in diversen gedanklichen Szenarios verheiratet gewesen war. Also ging es mich vielleicht doch etwas an, keine Ahnung, wie da die Regeln waren. »… aber das Leben, Richard, das Glück, das steht auf fünf Säulen.« Ich zählte es ihm an den Fingern vor. »Job, Liebe, Gesundheit, Freunde und …, äh …«

»Familie«, half er mir aus.

Kein Wunder, dass mir das nicht eingefallen war. Die Säule bröckelte, seit ich zum Zwergspitzbabysitter bestimmt worden war. »Jedenfalls will ich damit sagen: Einen Job zu haben, ist verdammt wichtig.«

»Ich habe definitiv ein größeres Interesse an Liebe.« Er zwinkerte mir zu, und ich presste verärgert die Lippen aufeinander.

»Idiot.« Mit dem waren einfach keine ernsthaften Gespräche möglich. »Ich gehe duschen.«

»Darf ich mit?«

»Nein!«

Die ersten Silvestergäste klingelten etwa eine Stunde später. Überpünktlich. Wer rechnet schon mit so was? Ich jedenfalls nicht, weswegen ich in diesem Moment noch damit beschäftigt war, mir mein enges, kurzes, rotes Kleid anzuziehen. Ich hatte es vor einer Woche extra für festliche Anlässe dieser Art gekauft. Im Geschäft hatte ich eine Vision gehabt: eine Party wie direkt aus den Achtzigern. Sektflöten, verspiegelte Tische, Supermodels mit Power Hair und Roxy-Music-Soundtrack. Zu diesem Bild hatte das Kleid hervorragend gepasst. Zu Hause in meinen eigenen vier Wänden und mit Haaren, die ungefähr so voluminös waren wie ein Vollkornbrot, fühlte sich das Outfit irgendwie falsch an. Aber jetzt war es nicht mehr zu ändern. Jetzt war es zu spät. Jetzt stand Lucy vor der Tür.

Sie trug ein flattriges, fuchsiafarbenes Hippiekleid und ein experimentelles Augen-Make-up in Türkis und Lila. In ihrem Windschatten stand Hannes, der sie um zwei Köpfe überragte und mir einen Schokoladenbrunnenkarton hinhielt. Ich winkte ab.

»Das Ding kannst du schön alleine zusammenbauen. Ich hatte schon genug Ärger mit den Erdbeeren.«

Lucy drückte mir mit ihren Lipgloss-glänzenden Lippen einen Kuss auf die Wange. »Wie kann man denn Ärger mit Erdbeeren haben?«

Richard kam aus dem Wohnzimmer, umarmte Lucy im Vorbeigehen, begrüßte Hannes und begleitete ihn in die Küche, um sich am Aufbau der Remscheider Schokofontäne zu beteiligen.

»Lucy, hast du jemals versucht, zu dieser Jahreszeit Erdbeeren aufzutreiben?«

»Ist doch ganz leicht.«

»Und teuer.«

»Also in Remscheid gibt's eine Dose Erdbeeren schon für 59 Cent.«

»Dosen-Erdbeeren?«

»Was denn sonst? Im Winter haben Erdbeeren doch keine Saison, Daphne, da kosten die voll viel.«

»Was du nicht sagst.«

»Du, ich hab in dem ganzen Trubel total die Litschis zu Hause vergessen.« Sie legte ihre Hand auf meinen Unterarm und bedachte mich mit einem Ausdruck tiefen Bedauerns. »Tut mir so leid, echt.«

»Litschis?«

»Für die Bowle.«

»Ach so!« Dem Himmel sei Dank! Ich ergriff wiederum ihren Arm, drückte ihn einmal und sagte so tapfer wie möglich: »Macht nix, Lucy. Dann gibt es eben keine Bowle.«

»Unten war auf.« Betty schob sich in ihrem raschelnden Steppmantel an mir vorbei in den Flur.

»Dann ist die Tür mal wieder kaputt.«

»Wie auch immer. Ich muss mich setzen. Ich bin schwanger.«

Ich wartete, bis sie sich ausgezogen hatte, nahm ihr den Mantel ab und begleitete sie ins Wohnzimmer, wo sie sich aufs Sofa fallen ließ und die Beine von sich streckte.

Erschöpft bedachte sie mich, beziehungsweise mein Kleid, mit einem interessierten Blick. »Ganz hübsch, Schätzelein. Hast du das Gewerbe gewechselt?«

»Sieht's sehr nuttig aus?«

»Ein bisschen. Aber vielleicht bin ich auch nur neidisch, weil ich darin aussehen würde, als hätte ich einen Globus verschluckt.«

Das war kein echter Trost. Ich wechselte das Thema. »Willst du was trinken?«

»Ja. Schnaps.«

»Ich hol dir einen Orangensaft.«

»Ich dachte, wir wären Freunde!«

»Deswegen ja.«

In der Küche war die Arbeitsgruppe Schokobrunnen kein Stück weitergekommen. Richard stand ratlos vor der Bauanleitung, zwei identische Teile in den Händen. Hannes kratzte sich am Kopf und Lucy führte in Babysprache eine Unterhaltung mit Benedict, der komplett überdreht war und ohne Pause bellte. Wahrscheinlich hielt er sie für meine Mutter.

Ich füllte ein Glas mit Orangensaft. »Falls es euch entgangen ist: Betty ist da.«

Lucy ließ von dem hysterischen Zwergspitz ab und war sofort auf den Beinen. »Oh, ich muss mir unbedingt den Bauch ansehen!« Sie hatte die Küche verlassen, bevor ich ihr sagen konnte, dass das vielleicht keine so gute Idee war.

Hannes warf Richard einen Blick zu. »Ich sag auch mal schnell Hallo.«

»Kein Problem, Mann.« Richard war ganz vertieft in das Studium der Geräteteile. »Ich mach das hier schnell fertig.«

Ich drückte Hannes im Vorbeigehen Bettys Saft in die Hand und sah mir die Bescherung auf meinem Küchentisch genauer an. Im Wohnzimmer kreischte Lucy vor Entzücken über den schwangeren Gast und animierte Benedict, mit ihr um die Wette zu jaulen.

Ich griff mir einen Metallring, der auf der Tischplatte herumlag, und ließ ihn um meinen Finger kreisen. »Und? Wird's was?«

»Mh-hm.« Richard schaffte es, zwei Teile ineinanderzudrücken, und schenkte mir ein stolzes Lächeln. »Spätestens um Mitternacht hab ich das Ding zum Laufen gebracht.«

»Meinetwegen musst du das nicht. Wir können die Erdbeeren auch einfach bis zum Sommer aufbewahren. Dann sind sie vielleicht reif.«

Eine halbe Stunde später erschien Maria. Pünktlich zum Essen – Würstchen und Kartoffelsalat. Geplatzte Würstchen leider.

»Irgendwas ist ja immer«, sagte Betty, als sie sich eines direkt aus dem Topf fischte, neben ihr Lucy, die pikiert einen Teller in der einen und eine Wurstzange mit einem geplatzten, tropfenden Würstchen in der anderen Hand hielt. Wurstzangen waren in Remscheid, wenn man ihr glauben wollte, Standardausrüstung in jeder Küche.

»Die braucht man für alles. Vor allem zum Grillen.«

»Was du nicht sagst!«

Und dann klopfte es. Das kam mir irgendwie gelegen. Ich ließ Lucy stehen und eilte zur Tür.

»Maria! Wie schön!«, rief ich, und das kam zu hundert Prozent von Herzen. Wenn ich die Wahl zwischen einem Vortrag über Wurstzangen und meiner Akademikerfreundin hatte, stand der Sieger von vornherein fest.

»Unten war offen.« Sie gab mir einen flüchtigen Kuss auf die Wange und zwei Flaschen Rotwein, die eiskalt waren von dem Transport durch die Silvesternacht.

»Wie geht es dir?«

»Wie es mir geht?« Maria zog sich die Mütze von ihrer roten Lockenmähne. »Auf mich wurden auf dem Weg hierher mindestens sechzehn lebensgefährliche Anschläge mit Böllern verübt, ich wäre fast auf einer Eisplatte ausgerutscht, und mein sogenannter Freund begrüßt das neue Jahr in Australien mit Fiona. Würde mich nicht wundern, wenn er Fiona auch schon gefickt hat, zur Feier des Tages.«

Eigentlich war Maria wirklich kein negativer Mensch. Sie war pragmatisch. Und sehr diszipliniert. Sie studierte Französisch, nebenbei arbeitete sie in einer kleinen Buchhandlung und, weil das Geld trotzdem nicht reichte, zweimal die Woche in einem Café in der Nähe der Uni. Danach saß sie bis tief in die Nacht an ihrem Küchentisch und wälzte Bücher. Das war natürlich nicht das, was man gemeinhin unter Spaß verstand. Trotzdem hatte Maria sich nie die Laune verderben lassen. Sie tat eben, was getan werden musste. Bis ihr Freund Arne, mit dem sie seit sieben Jahren zusammen war, im Sommer seine Koffer gepackt hatte, um ein Jahr in Australien zu verbringen.

Das hatte Maria verändert. Sie jammerte jetzt. Und das, obwohl *sie* immer diejenige gewesen war, die mir gepredigt hatte, ich solle mich von Männern nicht herunterziehen lassen. Aber vielleicht war an Marias schlechter Laune zu einem großen Teil auch der Umstand Schuld, dass Arne ein ausgesprochen mieses Gefühl für die Zeitverschiebung hatte und seine Freundin bevorzugt mitten in der Nacht anrief, um ihr von seinen Abenteuern zu berichten. Schlafentzug kann ja bekanntlich ganz gehörig auf die Stimmung schlagen.

Neu war allerdings der Name Fiona. Den hatte Maria vorher nie erwähnt. Also fragte ich: »Wer ist Fiona?«

»Ich brauch was zu trinken.«

»Okay.« Dann würde ich das eben später herausfinden.

»Und falls du geplatzte Würstchen magst …« Maria ließ mich einfach im Flur stehen und verschwand in der Küche. Und ich konnte nur hoffen, dass sich ihre schlechte Laune nach ein paar Gläsern eiskaltem Rotwein etwas bessern würde.

Wie jedes Jahr kurz vor Mitternacht (es gehen eben nicht alle Uhren gleich) war der Nachthimmel übersät mit Funken und Farben, die Luft roch nach Schwefel, und der Lärmpegel draußen vor dem Fenster stieg an. All das waren Indizien dafür, dass wieder einmal ein Jahr vorüber war. Und ein neues begonnen hatte. Meine Freunde und ich hatten uns in den Armen gelegen, jeder jedem. Mit Küssen auf Wangen und Münder hatten wir uns gegenseitig ein frohes neues Jahr gewünscht und mit Schnaps und Orangensaft (arme Betty) darauf angestoßen, dass alles besser werden würde. Konnte man ja mal machen, vielleicht half es.

Wir standen am offenen Wohnzimmerfenster und schauten dem Feuerwerk zu, das in verschiedenen Formationen am dunklen Himmel explodierte. Lucy betonte immer wieder, wie romantisch das doch sei, und drückte Hannes im Sekundentakt Küsse auf den Mund. Betty und Maria glichen Lucys Gefühlsüberschwang durch mürrisches Rumstehen aus. Die eine mit einer Hand auf ihrem Bauch und die andere das Weinglas fest im Griff.

Es war davon auszugehen, dass dies nicht ihr bisher fröhlichstes Silvesterfest war. Ich hatte Richards Hand mit Nachdruck von meiner Hüfte entfernt, obwohl ich mir ja genau das wünschte: eine Männerhand auf der Hüfte. Nur eben nicht die von Richard, sondern von dem Mann, der der Richtige war. Aber genug der Grübelei, was jetzt zu einem guten Abend fehlte, war Musik. Also ging ich zur Anlage und machte das Blondie Best of an. Das erste Lied war *Heart of Glass.* Das passte zum Anlass. Und war mein erstes neues Lieblingslied in diesem neuen Jahr. Endlich einmal ein guter Vorsatz, den ich auch einhalten konnte.

Eine halbe Stunde später waren wir zum gemütlichen Teil des Abends übergegangen. Der Schokoladenbrunnen summte friedlich auf dem Tischchen neben dem Wohnzimmerfenster, die süße, samtig braune Masse floss über drei Stufen in das Auffangbecken, und die Erdbeeren warteten in einer Silberschale darauf, mit Geschmack versehen zu werden. Ich klappte vorsichtshalber den weißen Teppich zur Seite, denn zum einen war ein unberechenbarer Zwergspitz anwesend, zum anderen brachte Lucy, beseelt vom Silvestersekt, gerade ziemlich entrückt und überraschend lasziv ihre Körpermassen zu *Rapture* in Bewegung, was mich stark überraschte, weil sie sonst eigentlich eher der schüchterne Typ war. Jedenfalls gehörte sie nicht zu der Sorte Mensch, die ganz allein eine Tanzfläche stürmte. Aber es war schön zu sehen, dass wenigstens sie sich amüsierte. Ganz im Gegensatz zu Maria und Betty, die es sich auf meinem Sofa bequem gemacht hatten, um Lucys Darbietung aus sicherer Entfernung und mit missmutigen Gesichtern zu beobachten. Das ging so natürlich nicht. Ich ließ mich zwischen die beiden in die weichen Polster fallen und bemühte mich um gute Stimmung. Dazu waren Gastgeber schließlich da. »Und? Wie ist es so, das neue Jahr?«

»Mit Alkohol wäre es leichter zu ertragen.« Betty streichelte wehmütig ihren Bauch. »Oder mit Zigaretten. Ich hätte jetzt so einen Bock, zu rauchen, das glaubt ihr nicht.«

»Ich weiß, was du meinst. Ich würde jetzt eigentlich auch ganz gern …« Maria schielte zu mir rüber, aber ich schüttelte resolut den Kopf. Ich hatte allen Gästen das Rauchen untersagt, immerhin hatten wir eine Schwangere in unserer Mitte, und ich blieb dabei.

»Ist das wirklich alles, woran ihr denken könnt. Drogen?«

»Was hat das Leben denn sonst zu bieten, Schätzelein? Sag es mir.«

Ich ging davon aus, dass Betty die Antwort, *ein kühler Sommerregen an einem heißen Sonnentag,* kaum befriedigend gefunden hätte. Also sagte ich nichts und biss stattdessen von einer Erdbeere ab. Sie schmeckte wirklich nach nichts. Ich zuckte mit den Schultern. »Erdbeeren sind jedenfalls kein Ersatz.«

»Sex vielleicht.« Maria schenkte sich Rotwein nach.

»Du sagst es, Schätzelein.«

»Die Betonung liegt auf *vielleicht«,* seufzte ich.

»Das letzte Mal, als ich Sex hatte, ist das hier passiert.« Betty zeigte mit spitzem Finger auf ihre Körpermitte. »Seitdem: nix mehr.«

»Vier Monate ohne Sex? Was sagt Mo dazu?«

Mo war zwar der Vater ihres Kindes, aber nicht Bettys Freund, auch wenn sie sich das wünschte. Und er wünschte sich das eigentlich auch und konnte es sich nur nicht eingestehen, davon waren wir alle überzeugt. »Gute Frage. Mo will nicht mehr ran. Kann ich ihm aber auch nicht übelnehmen. So fett wie ich bin.«

Jetzt ging das wieder los. »Du bist schwanger. Sag nicht immer, du wärst fett. Das muss so sein. Und was soll ich denn bitte sagen? Ich bin nicht schwanger. Ich hab keinen Freund am anderen Ende der Welt. Ich hab einfach nur keinen Sex. Und nicht mal eine gute Ausrede.«

Maria nahm mit düsterer Miene einen Schluck Wein. »Immer noch besser, als zu wissen, dass dein Freund in einem VW-Bus in Australien mit einer gewissen Fiona fickt.«

»Wer zum Teufel ist denn jetzt diese Fiona?«

Meine Frage blieb wieder unbeantwortet, denn Hannes und Richard waren, mit Bier- und Sektflaschen bewaffnet, aus der Küche zurückgekehrt.

»Interesse an einem Blick in die Zukunft?« Richard präsentierte das Bleigießset, als wäre es der Hauptgewinn einer Gameshow im Fernsehen.

Auf der Tanzfläche, beziehungsweise dem Teppich, stoppte Lucy ihren Ausdruckstanz und klatschte begeistert in die Hände. »Bleigießen! Prima!«

Betty stopfte sich noch ein Kissen in den Rücken und winkte gelangweilt ab. »Ich mach nicht mit. Ich weiß schon, was dieses Jahr passiert. Ich krieg ein Kind. Das hab ich ganz stark im Gefühl.«

3
IN ZUKUNFT

Ich hätte wirklich gern gewusst, ob irgendjemand auf dieser Welt beim Bleigießen schon mal einen Tisch zum Ergebnis gehabt. Oder eine Brezel. Das waren nur zwei der Symbole auf der Deutungsliste, die im Gießset mit inbegriffen gewesen war. Tische und Brezeln. Schier unmöglich. So wie ich das sah, hatten wir am Ende alle dieselben identischen Bleiklumpen in der Hand, die aussahen wie Tropfen (Hannes), Kaulquappen (Richard) oder Sperma (Betty), und gab es dazu eine Erklärung? Nein. Natürlich nicht.

»Macht nichts«, sagte Betty, deren Stimmung sich beim intensiven Studium der kleinen Objekte merklich aufgehellt hatte. »Ich gehe einfach mal davon aus, dass das heißt, dass ich in diesem Jahr Sex haben werde.« Maria hielt ihr die Hand zum High Five hin, und Betty schlug grinsend ein.

Lucy hatte das Pferd von hinten aufgezäumt und erst die Deutungsmöglichkeiten gelesen, um dann zu beschließen, dass es sich bei ihrem Gebilde zweifelsohne um einen Ring handeln musste. Und was das hieß, konnte sich jeder zusammenreimen.

Ich legte Hannes, der etwas nervös aussah, zur Beruhigung eine Hand auf die Schulter. »Es ist nur ein Stück Blei.«

»Nein. Es ist ein Ring!«

Bevor die Situation eskalieren konnte, schaltete sich Richard ein. »Und was hast du, Daphne?« Er beugte sich interessiert zu mir herüber und sah sich das formlose Ding in meiner Hand an. Vielleicht war es ja ein Törtchen. Aber vielleicht war es auch etwas anderes.

Ich ließ es in seine Handfläche rollen, damit er es besser untersuchen konnte. »Ich glaube, es ist ein Nichts.« Das hieß dann wohl, dass sich im nächsten Jahr nichts, aber auch gar nichts verändern würde. Und das entsprach komplett meinen Erwartungen.

»Ein Nichts!« In gespielter Empörung gab er mir den Klumpen wieder zurück. »Das kannst du doch nicht einfach so akzeptieren!«

»Ich kann es ja schlecht ändern, oder? Ich habe noch nicht gelernt, kraft meiner Gedanken die Form von Blei zu verändern.«

»Das Blei steht ja nur symbolisch. Also, für dein Leben«, schlaumeierte Maria, die ein bisschen lallte, weil sie schon bei der zweiten Flasche gekühltem Rotwein angekommen war. Und wer konnte es ihr verdenken?

»Vielen Dank für den Hinweis.«

»Naja, aber so isses doch.«

»Ich weiß, Maria.«

»Dann tu es!« Feierlich hob Richard seine Bierflasche in die Höhe. »Ändere dein Leben.«

Achtung! Wunder Punkt! Wie schon erwähnt, war ich komplett ratlos, wie und in welche Richtung ich mein Leben verändern sollte. Ich wusste, dass es sein musste.

Ich wusste, dass ich es wollte. Aber da war dann Schluss. Und ich war kein Freund davon, die Dinge zu überstürzen. Einfach alle Bauklötze umzuwerfen und neu zu bauen, wie Richard das tat. Solche Schritte erforderten ein gewisses Maß an Vorbereitung. Ich reiste ja auch nicht ohne Malariamittel in die Tropen. Okay, ich reiste gar nicht in die Tropen, aber das war ja auch nur ein Beispiel. Und überhaupt konnte ich es nicht ausstehen, wenn mir irgendjemand sagte, was ich tun sollte.

»Schon klar, Richard. Ich kann jederzeit mein Leben ändern, wenn ich das will, einfach so.« Ich schnipste mit den Fingern. Das fand ich flott. »Aber ich will nicht.«

»Echt nicht?« Er wirkte ehrlich verblüfft.

»Ich verstehe gar nicht, warum du da jetzt so überrascht reagierst …«

Hannes räusperte sich. »Äh, na ja Daphne … Du hasst zum Beispiel deinen Job. Das wissen wir alle.«

Musste Hannes jetzt auch noch in diese Kerbe schlagen? »Ja, okay, ich hasse meinen Job. Aber ich hab keinen anderen. Und deswegen bleibe ich dabei. Ich kündige nicht einfach, nur weil ich keinen Bock mehr hab. So wie der da.« Ich zeigte auf Richard. Es war wie im Krimi, wenn der Mörder enttarnt wird. Aber keinem der Anwesenden stockte der Atem. Es passierte nichts.

»Also, ich finde, das klingt vernünftig.« War jetzt »alle gegen Daphne«-Zeit, oder was? Ich warf Betty einen empörten Blick zu, aber sie zuckte nur mit den Schultern. »Schätzelein, das ist doch der beste Grund zu kündigen. Weil man keinen Bock auf den Scheiß hat.«

»Die reinste Zeitverschwendung«, pflichtete Richard ihr bei.

»Zeitverschwendung?«, wiederholte ich.

Richard nickte. »Ich würde sogar so weit gehen, es Lebensverschwendung zu nennen.«

Auf dem Sofa fing Maria an zu kichern. Sie angelte sich die Weinflasche, die neben dem Sofa stand, und ihre Wangen glühten. »Ich gieß mir dann noch ma ein, ja?«

»Lebensverschwendung«, äffte ich Richard nach. »Als ob man genau wissen kann, dass man sein Leben *nicht* verschwendet. Kommt dann eine Durchsage von irgendwo: *Herzlichen Glückwunsch, ab jetzt hat Ihr Leben einen Sinn?,* wohl kaum.« Ich klang wütender, als ich wollte. Das war jetzt nicht mehr zurückzunehmen. Ich bemerkte Hannes' betretenen Blick und schämte mich. Hatte der Fluch der Silvesterparty trotz all meiner Bemühungen jetzt doch noch zugeschlagen? Würden Freundschaften zerbrechen, Tränen fließen und Erdbeeren fliegen?

»Mensch, Daphne, das ist doch kein Grund, so zickig zu sein. Wir meinen es doch alle gut mit dir.«

»Danke, Richard, da freu ich mich aber.«

»Du klingst aber gar nicht so, als würdest du dich freuen.«

Ich ignorierte Lucys durchaus richtigen Einwand und versuchte es mit einer anderen Strategie. Angriff. »Dann sag doch mal, wie man deiner Ansicht nach sein Leben richtig lebt.«

Der Hund gähnte unter Richards Hand. »Man muss es genießen. Spaß haben.«

»Ja, aber Spaß … Das kann's doch nicht sein!« Ich war enttäuscht über diese plumpe Antwort, darüber, dass Richard es sich so leicht machte. Das war, als würde ein Politiker den Wählern Steuersenkungen versprechen. Natürlich waren alle dafür.

Auch Betty. »Warum sollte Spaß denn nicht das Wichtigste im Leben sein?«

»Weil es oberflächlich ist. Und nicht reicht.« Langsam verzweifelte ich an dieser Diskussion. Ich fragte mich, ob Richard und Betty mich mit Absicht nicht verstanden oder wirklich so verklärt waren. Vielleicht konnte ein anschauliches Beispiel helfen, meine Position zu verdeutlichen. Ich schnappte mir eine Erdbeere aus der noch immer gut gefüllten Schale neben dem Schokoladenbrunnen und wedelte damit vor Bettys Gesicht herum. »Die hier kosten zwölf Euro das Kilo. Wenn ich nicht arbeiten würde, hätten wir heute Abend keine Erdbeeren gehabt.«

»Ja, aber Schätzelein …«, Betty zog die Mundwinkel herunter, als hätte sie etwas Schlechtes gegessen, »… die schmecken ja auch nach nichts.«

Ich ließ die Hand mit der Erdbeere sinken und warf mich frustriert in die Sofakissen. »Will nicht einer von euch einfach mal einen Böller ins Klo schmeißen? Dann können wir diese Diskussion endlich beenden und wieder Spaß haben, da steht ihr doch drauf.«

»Ich hätte gern Spaß. Aber im Moment hat nur einer Spaß. Arne hat Spaß«, nuschelte Maria in ihr fast leeres Glas. »Mit dieser englischen Schlampe …«

»Meinst du Fiona?«

»Ja.«

»Wer ist das denn bloß?!«

»Eine englische Schlampe.« Und mehr war für den Moment auch nicht aus ihr herauszubekommen. Sie hob ihr Glas, prostete in die Luft und trank aus.

»Ich wollte immer Musiker werden. So mit Gesang und Gitarre.« Hannes streckte seine langen Beine von sich, stieß dabei beinahe an den Tisch mit dem Schokobrunnen und zog sie schuldbewusst wieder ein. »Sorry …«

»Moment mal, Schätzelein! Wie kann ich dich schon so lange kennen und nicht wissen, dass du Musik machst?« Betty hatte Recht. Ich war unzählige Male in seiner WG zu Besuch gewesen und hatte Bratkartoffeln gegessen und die Orks nicht anfassen dürfen. Eine Gitarre hatte ich da nie gesehen.

Hannes räusperte sich: »Ich habe ja auch nicht gesagt, dass ich Musiker *bin*. Ich wäre es nur gern.«

»Aber du bist doch schon Handyverkäufer. Und ein wirklich guter!« Lucy legte liebevoll und ein bisschen stolz eine Hand auf die schmale Brust ihres Freundes. »Letzte Woche hast du in einer Stunde sechs Verträge abgeschlossen.«

»Weihnachtsgeschäft«, murmelte er.

»Mann, wenn du weißt, dass dich das glücklich machen würde, dann tu es einfach. Lern Gitarre spielen. Schreib ein paar Songs. Und wenn dir der Handyjob auf den Keks geht, dann kündige einfach und geh auf Tournee!« Grinsend lehnte sich Richard in Hannes' Richtung und ließ seine Bierflasche am Hals zwischen zwei Fingern baumeln, damit er mit ihm anstieß, aber Hannes war wie versteinert. Vermutlich erschlagen von den völlig neuen Möglichkeiten, die sich da vor ihm auftaten.

Lucy hingegen war alarmiert. »Was soll das denn, Richard? Hannes hat wirklich einen guten Job. Und wir sind gerade in die Wohnung gezogen. Und jetzt erzählst du hier so Sachen von Tourneen, das ist doch kompletter Quatsch.«

»Ist es das?« Richard wandte sich wieder Hannes zu und fragte ihn direkt: »Ich meine, hast du dir dein Leben so gewünscht, wie es jetzt ist?«

Sein Kehlkopf machte einen Satz, als Hannes schluckte und Lucy einen unsicheren Blick zuwarf.

Ich wusste zwar nicht, was er antworten wollte, aber wäre es ein glückliches *Aber sicher!* gewesen, hätte er bestimmt nicht so gezögert. Und mir war klar, dass jede andere Antwort zu einem handfesten Beziehungskrach mit Lucy führen würde. Ich kam einfach nicht drum herum mich einzumischen.

»Richard, lass das. Keiner von uns hat das Leben, das er sich mal gewünscht hat.«

»Und dann gibt man sich und sein Leben einfach so auf oder wie? Mit Ende zwanzig.«

»Du dramatisierst das total.«

»Absolut nicht.« Richard nahm noch einen Schluck aus der Bierflasche und setzte sich auf. »Die meisten Menschen in diesem Land machen einen Job, den sie nicht mögen, damit sie ein Leben führen können, das sie nicht ausfüllt. So ist es leider. Ich meine …«, Richard sah sich in unserer Runde um, »… Hand hoch: Wer von euch ist mit seinem Leben zufrieden?« Nur Lucy hob zaghaft den Arm. »Da habt ihr's.«

»Das liegt am Alter«, schaltete Betty sich ein. »Als ich zwanzig war, war jeder Tag super. Das weiß ich noch ganz genau.«

»Als ich zwansig war, wolltich auf Weltreise. Hat aber nich geklappt, kein Geld«, kam Marias lallende Stimme aus den Sofakissen. *»Jetz gehs los,* hab ich gedacht. Und dann hab ich's nur bis zu Oma Hildegard geschafft.« Sie hickste einmal und fügte hinzu: »Die wohnt in Flensburch.«

Bettys klatschte so laut in die Hände, dass Benedict aus seinem Hundeschlaf aufschreckte und sich verwirrt umblickte. »Das ist es!«

»Was? Flensburg?«

»Nein, *jetzt geht's los.* Das haben wir alle damals gedacht. Dass es jetzt losgeht. Aber es ging nie los. Es ging nur irgendwie weiter. Und dann dachten wir, es wird schon bald losgehen, das kann's ja nicht gewesen sein. Das Problem ist«, sie machte eine kleine Kunstpause, »das Problem ist: Jetzt ist bald, und nix ist los.«

Wir ließen das alle einen Moment auf uns wirken. Ich rieb mir die Augen. Nie wieder Bleigießen! Damit hatte der ganze Mist doch erst angefangen.

»Und was machen wir jetzt?«, fragte Hannes nach einer Weile in die Stille hinein.

»Trinkn?« Aber Maria fehlte die Energie, um ihren Vorschlag in die Tat umzusetzen. Was in ihrem Fall auch besser war.

»Ich weiß was!« Betty wieder. Bei der jagte an diesem Abend wirklich ein Geistesblitz den nächsten. »Wir machen einen Pakt. Es ist Silvester. Das heißt, ihr habt ein Jahr, um eure Ärsche hochzukriegen und etwas aus eurem Leben zu machen. Etwas, das euch befriedigt und glücklich macht, na, ihr wisst schon. Was Geiles starten.« Forschend sah sie sich um. »Also. Wer ist dabei?«

»Ich mache mit.« Offensichtlich hatte er sich von Richards kleiner Ansprache wirklich beeindrucken lassen, denn Hannes hob entschieden seine Hand und löste damit bei Lucy einen kleineren Zusammenbruch aus.

»Aber Bärchen!«, rief sie und legte verzweifelt eine Hand auf sein Bein.

Maria unterdrückte ein Kichern. »Ich bin auch dabei.« Nachdem sie sich einmal geräuspert hatte, fügte sie lallend hinzu: »Ein Versuch isses jeenfalls wert.«

»Sag mal, Betty, was soll eigentlich dieses *ihr* die ganze Zeit?«, fragte Richard. »Das klingt so, als wärst du nicht gemeint.«

»Bin ich auch nicht. Ich krieg ein Kind.«

»Ist das eigentlich deine Ausrede für alles?«

»Ich kann's ja schlecht wieder reinschieben, wenn's draußen ist.«

»Dein Leben geht aber trotzdem weiter.«

»Vergiss es. Das war's mit mir.« Betty machte eine dramatische Geste mit dem Handrücken vor ihrem Gesicht – wie eine in Ohnmacht fallende Filmdiva. »Aber weint nicht um mich. Was ist mit dir, Daphne?«

Tja, was war mit mir? Es war nicht von der Hand zu weisen, dass es definitiv Zeit für eine Veränderung in meinem Leben war. Allerdings hatte ich nicht unerhebliche Zweifel daran, ob eine krude Idee von Betty vollbringen konnte, was ich schon viel zu lange (zumindest in Gedanken) versuchte: meinen Arsch hochzukriegen und etwas zu tun. Aber dann entschied ich mich, einfach Ja zu sagen, denn, wirklich, was brachte dieses ewige Diskutieren? Wir diskutierten jetzt schon seit zwei Stunden, und das einzige deutliche Ergebnis war eine betrunkene Maria. Also zuckte ich mit den Schultern und meldete ohne jeden Enthusiasmus meine Teilnahme an: »Ich glaube zwar nicht daran, dass das funktioniert. Aber ich beuge mich dem Gruppenzwang.« Richard warf mir einen Blick zu, den ich nicht deuten konnte, stand auf und streckte sich. »Ich hol mir noch ein Bier.« Dann machte er sich auf in Richtung Küche und nahm Hannes gleich mit, denn so wie Mädchen zusammen aufs Klo gehen, holen Jungs zusammen Bier. Um in Ruhe wichtige Dinge zu besprechen. Ist so.

Ich ging zur Anlage und drückte auf Play. Die CD rauschte und fiepte. Ich warf einen Blick auf meine schläfrig dreinblinzelnde, schwangere Freundin in den Sofakissen, müde, aber zufrieden. »Betty, du hattest vollkommen Recht. Ich hätte keine Silvesterparty feiern sollen.«

»Ich hab immer Recht, Schätzelein.«

Das stimmte nicht ganz. Zumindest was die Böller im Klo betraf, hatte sie sich geirrt.

4
LÄCHELN UND ERTRAGEN

»Darf ich Ihnen ein Glas Wasser anbieten?«

Ich runzelte die Stirn. Markwardt junior hatte mir noch nie ein Glas Wasser angeboten. Er hatte mich auch noch nie in sein Büro beordert. Ich war mir eigentlich fast sicher gewesen, dass er nicht einmal wusste, wie ich hieß oder dass ich überhaupt da war, aber jetzt saß ich hier, also hatte ich damit wohl falschgelegen. Ich versuchte, mich auf dem Stuhl, den er mir angeboten hatte, aufrecht hinzusetzen, er war schließlich mein Chef, Körpersprache war das A und O, wenn man nicht untergehen wollte in der Arbeitswelt. Gerader Rücken, Arme und Beine locker, interessierter Blick. Der Stuhl hatte gebogene Beine und Armlehnen aus Metall. Die Sitzfläche war mit einem kratzigen Stoff bezogen. Das ganze Konstrukt machte einen kippeligen Eindruck. Markwardt junior selbst saß auf einem ergonomisch einwandfreien Bürostuhl aus Leder. Ich schluckte. War mein Hals trocken? Brauchte ich Wasser? Nur keine Umstände machen. Ich lehnte dankend ab.

Alles sollte neu sein im neuen Jahr, aber im Büro hatte ich mich auf meinen alten Platz setzen müssen. Keine

Spur von Veränderung. Sogar meine Tastatur stand noch im gleichen Winkel zum Monitor, wie ich sie vor etwas mehr als einer Woche verlassen hatte. Und die Tippse, meine unausstehliche, schlecht gelaunte Sitznachbarin, warf mir denselben unfreundlichen Blick zu, den ich noch vom letzten Jahr kannte. Da war ich also wieder, zurück im alten Trott. Und jeder Gedanke an einen Pakt war aus meinem Kopf entwichen wie Luft aus einem undichten Ballon.

»Hallo«, begrüßte ich meine ungeliebte Kollegin so neutral wie möglich und immer schon.

»Ist das ein Hund?!« Ihre Stimme überschlug sich und ihr Mund stand vor Entsetzen weit offen. War ja klar gewesen, dass sie so reagieren würde.

»Er ist ein bisschen klein geraten, aber ja, du hast vollkommen Recht.«

Die Rede war von dem störrischen Fellball, der auf dem abgewetzten Büroteppich niedliche, kleine Pfotenabdrücke hinterließ. Ja, das war ein Hund. Benedict, um genau zu sein. Ich hätte ihr den Anblick auch lieber erspart. Aber was hätte ich denn tun sollen? Ich konnte ihn auf keinen Fall unbeaufsichtigt zu Hause lassen. Er fraß schließlich alles, was ihm vor die Schnauze kam, ob genießbar oder nicht.

»Das ist hier doch kein Zoo!« Sie sagte das so empört, als sei sie über die Feiertage auch noch zum ehrenamtlichen Hausmeister ernannt worden. Und laut genug, dass es alle hören konnten. Etwa vier Leute zeigten Interesse und drehten sich zu uns um. Und schauten dann gleich wieder weg.

»Ich weiß, dass das hier kein Zoo ist. Deswegen habe

ich die Zebras und den Pavian ja auch zu Hause gelassen.«

»Es ist nicht erlaubt, Tiere mit zur Arbeit zu bringen.« Warum konnte sie nicht einfach ihre bösartige Klappe halten?

Ich zog an Benedicts Leine und versuchte, ihn irgendwie unter den Schreibtisch zu bugsieren. Aber er wollte das nicht. Er wollte lieber im Gang sitzen bleiben, wo ihn jeder sehen und er mich eventuell meinen Job kosten konnte. »Mistvieh.«

Die Tippse lächelte triumphierend. »Nicht gut erzogen, was?«

Ich hoffte insgeheim, dass er sich irgendwann im Laufe des Tages unter ihrem Stuhl erleichtern würde. Oder darauf. Noch besser.

»Süüüüüüüß!« Lucy machte ihren morgendlichen Gang zum Kopierraum, an meinem Tisch vorbei. Auch in dieser Hinsicht war also alles beim Alten geblieben. »Du hast ja den Benedict mitgebracht!« Sie fiel vor ihm auf die Knie, wie ein religiöser Fanatiker vor einem Schrein, und kraulte ihn hinter den Ohren. Er wedelte zum Dank mit seinem Zwergspitzschwanz und japste aufgeregt. Lucy trug heute einen rosa Rollkragenpullover und weiße, viel zu enge Jeans, deren Nähte durch ihre derzeitige Sitzposition in höchste Not gerieten.

»Ich musste ihn mitbringen. Zu Hause ist ja sonst keiner.«

»Über so was denkt man ja wohl nach, bevor man sich einen Hund anschafft!«, kam es von der anderen Tischseite.

»Das ist nicht mein Hund.«

»Es ist trotzdem nicht erlaubt, Tiere mit ins Büro zu bringen.«

»Also ich find's toll!« Lucy strich Benedict hingebungsvoll mit der Hand über den Rücken. Die losen Hundehaare blieben an dem synthetischen Material ihres Pullis kleben. Die Tippse zog eine Schnute und widmete sich ihrer Tastatur.

»Netter Pulli, Lucy«, sagte ich irgendwann, um etwas zu sagen. Ich hätte sie auch gern gefragt, ob sich das mit ihr und Hannes wieder eingerenkt hatte (ich hatte ein schrecklich schlechtes Gewissen), aber aus ihrer Laune war zu schließen, dass dem wohl so war.

Sie sah zu mir hoch und hielt mir den Arm hin, der nicht mit dem Hund beschäftigt war. »Ja, oder? Fass mal an.«

Die Fasern knisterten an meinen Fingern. »Flauschig.«

»Hat Hannes mir zu Weihnachten geschenkt.« Sie hielt sich an der Schreibtischkante fest, als sie vom Boden aufstand, das Gesicht gerötet, einzelne Haare standen ihr elektrisiert vom Kopf ab. »Ich soll dir Bescheid sagen, dass du heute Nachmittag einen Termin hast.«

»Was für einen Termin?«

»Na, beim Chef.« Lucy arbeitete im Chefsekretariat. Cheftermine waren ihr Job.

»Ha!«, machte die Tippse.

Ich ignorierte sie. »Und warum?«

»Keine Ahnung. So was weiß ich immer nicht. Also, es sei denn, er sagt: ›Fräulein Kottkewicz, machen Sie bitte einen Termin mit Soundso wegen Demunddem.‹ Und dann weiß ich das. Aber sonst nicht.«

»Ich verstehe.«

»Bei dir hat er nichts gesagt.«

»Okay.« Wegen des Zwergspitzes konnte es nicht sein. Den hatte Markwardt junior, soweit ich wusste, noch gar nicht gesehen.

Lucy strich sich die fliegenden Haare aus dem Gesicht. »Ist auch erst um vier.« Sie sah mich und dann Benedict nachdenklich an. »Ob das wohl ist, weil du einen Hund mit ins Büro gebracht hast?«

»Ich glaube nicht.«

»Glaub ich nämlich auch nicht. Ich find's toll. Also, dass du Benedict mitgebracht hast. Können wir in der Mittagspause mit ihm spazieren gehen?«

Ich zuckte mit den Schultern. »Von mir aus.«

»Prima!«

Und jetzt saß ich hier im Chefbüro und dachte, dass mir eigentlich kein anderer Grund dafür einfiel, warum ich hier saß, als dass Markwardt junior doch mit mir über den Zwergspitz reden wollte – obwohl das irgendwie keinen Sinn machte. Benedict war bei Lucy im Chefsekretariat. Und ich wartete auf die große Auflösung, während mein Chef abwesend in ein paar Papieren blätterte, die vor ihm auf dem Schreibtisch lagen. »Wirklich kein Wasser? Kaffee vielleicht?«

»Nein, danke.«

»Also gut.« Er ließ die Papiere Papiere sein und räusperte sich ziemlich laut. Er war ein kleiner, dicker Mann um die fünfzig, der dafür, dass er der Junior war, erstaunlich wenige Haare auf dem Kopf hatte, eigentlich nur einen grauen Haarkranz. Aber er war erstaunlich faltenfrei. Das Junior-Leben brachte wohl einfach nicht so viele Sorgen mit sich. »Ich höre, Sie haben heute Ihren Hund dabei?«

Ich starrte ihn erschrocken an. »Das ist nicht mein Hund.« Er hob eine Augenbraue. Weil es ihn belustigte? Oder war er skeptisch? »Der Hund gehört meiner Mutter. Sie ist verreist. Ich passe auf ihn auf. Ich mag eigentlich gar keine Hunde.«

»Wirklich nicht? Wie schade. Ich finde, Hunde sind ganz großartige Tiere.« Mist. »Welche Rasse?«

»Zwergspitz«, antwortete ich matt.

Markwardt junior lachte amüsiert. »Die sind ja so klein, die fallen kaum auf, oder?«

Mir war nicht zum Lachen zumute, aber ein Lächeln brachte ich zustande.

»Nichtsdestotrotz ist ein Büro natürlich nicht der geeignete Ort für ein Haustier, das verstehen Sie bestimmt.«

Ich nickte einsichtig. »Kommt nicht wieder vor.« Obwohl ich keine Ahnung hatte, wo ich Benedict die restliche Woche über lassen sollte, aber darüber würde ich später nachdenken.

»Sie müssen das verstehen, wir haben hier ja auch Allergiker und Hundephobiker, und darauf muss man Rücksicht nehmen.«

»Das sehe ich ein.«

»Und dann der Dreck.«

Ich nickte wieder. Markwardt junior machte eine Kunstpause und sah mich so intensiv an, wie er es in all den Jahren, die ich in seiner Firma verbracht hatte, nie getan hatte. »Aber das ist nicht der Grund, weshalb ich mit Ihnen reden wollte.« So viel zum Thema Sicherheit.

Er schaute kurz auf seine Unterlagen und dann wieder zu mir, wie es ein Nachrichtensprecher tat. »Es ist leider nicht sehr erfreulich, für mich nicht und für Sie, denke ich, auch nicht. Sie haben ja sicherlich mitbekommen, dass es wirtschaftlich nicht besonders gut aussieht, zurzeit.«

»Natürlich.« Interessierter Blick, gerade Haltung. Herzrasen ignorieren.

»Nun gut, wir sind ja nicht die Automobilbranche, wollen Sie jetzt vielleicht sagen.« Wollte ich nicht. »Aber wenn es der Industrie schlechtgeht, geht es der Werbung auch schlecht, das ist ja klar. Das ist eine Reaktionskette, irgendwann kommt es überall an. Und wir merken das auch. Obwohl Markwardt & Söhne natürlich ein traditionsreiches Unternehmen ist. Wir haben schon viele Stürme gemeistert.« Seitlich von ihm hing an der Wand ein Gemälde, Markwardt senior in Öl. Dieselbe untersetzte Figur, derselbe graue Haarkranz. Der Blick des Juniors wanderte kurz zu dem Bild, als könnte er dort all die Stürme sehen, das ganze schöne Schlachtschiff. Maritime Vergleiche waren in Hamburger Unternehmen eine Frage der Ehre. Er räusperte sich wieder und sah mich sehr ernst an. »Aber auch wir müssen Ballast abwerfen, wenn es hart auf hart kommt.«

»Ballast?« Meine Hände schwitzten. Und das, obwohl sie eiskalt waren.

»Fräulein Weiland, Sie sind die Assistentin des Kreativteams?«

»Ja.«

»Wir hatten vor den Feiertagen eine Budgetsitzung, auf der wir auch über Ihre Position diskutiert haben.

Und ich muss Ihnen leider mitteilen, dass wir, in Anbetracht der Wirtschaftslage, zu dem Schluss gekommen sind, dass Ihr Arbeitspensum anders aufgefangen werden kann.«

»Das heißt?« Ich wusste genau, was das hieß. Ich war ja nicht dumm. Aber ich wusste nicht, was ich sonst sagen sollte. In meinen Ohren rauschte es. Das Meer vielleicht, der Sturm.

»Es tut mir wirklich leid. Aber wir müssen Sie gehen lassen.«

Ich blinzelte. »Ich verstehe.«

Markwardt juniors Augen quollen über vor Mitleid. Und ich überlegte, ob es okay wäre, mich jetzt in seinen Mülleimer zu übergeben.

Neben diesem Ziehen im Magen, das man von Fahrkartenkontrollen kennt oder vom Flughafen, wenn man drei Sekunden lang denkt, man hätte sein Ticket vergessen, konnte ich bei mir außerdem ein extrem lautes Rauschen in den Ohren, schweißnasse Hände und tränende Augen verzeichnen, als ich Markwardt juniors Büro verließ. Unter anderen Umständen hätte ich mit diesen Symptomen problemlos einen Krankentag herausschlagen können, aber das war ja jetzt irgendwie hinfällig. Und da ich Gott sei Dank weder besonders gut sehen (Tränen) noch hören (Rauschen) konnte, ließ ich das schadenfrohe Gesicht der Tippse und das überbesorgte, mitleidige Auf-mich-Einreden von Lucy nicht weiter an mich ran, packte meine Sachen und den Zwergspitz und verließ zum letzten Mal das Gebäude, in dem ich einen erschreckend großen Teil der vergangenen acht Jahre verbracht hatte. Das letzte Mal. Einfach so. Plötzlich wie ein Stromausfall. Und ich musste lachen, was sicherlich leicht irre aussah, weil ich gleichzeitig heulte. Aber es war einfach zu komisch. Als Lieblingslied des Tages hatte ich mir heute Morgen einen Klassiker ausgesucht. Nina Simone. *Feelin' Good.*

Und von *Feelin' Good* konnte selbstverständlich keine Rede sein. Sicherlich auch nicht, wenn man in Benedicts Fell steckte, der später am Abend fiepend vor der Tür hockte, weil er mal musste. Aber ich konnte nicht. Ich war irgendwie auf meinem Sofa festgewachsen.

Erst als es an der Tür klopfte, erhob ich mich langsam, schleppte mich in den Flur und machte auf. Im Treppenhaus stand Richard, dessen Anrufbeantworter ich auf dem Weg nach Hause vollgeheult hatte.

»Unten war offen.«

»Unten ist immer offen.«

Ich ließ ihn im Treppenhaus stehen und schlurfte zurück ins Wohnzimmer. Die Dielen knarrten, als er meine Wohnung betrat, und das Schloss klickte leise, als er die Tür zuzog. »Willst du nicht mal Licht anmachen?«, fragte er, als er vor mir stand, und hatte schon die Hand am Lichtschalter.

Ich kniff erschrocken die Augen zu. »Mann, was soll das?!«

»Sitzt du jetzt schon die ganze Zeit heulend hier im Dunkeln?«

Ich wischte den Haufen Taschentücher links von mir vom Sofa vor seine Füße. »Wonach sieht's denn aus?«

»Naja, genau danach.« Er zuckte mit den Schultern

und kickte eines der Taschentuchbällchen auf dem Boden mit der Schuhspitze zur Seite.

»Und was sollte ich deiner Meinung nach sonst machen?«

Richard setzte sich rechts von mir auf einen raschelnden Berg Taschentücher und legte mir einen Arm um die Schulter. »Es ist doch nur ein Job, Daphne …«

»Nur ein Job?« Vielleicht lag ich falsch, aber in meiner Wahrnehmung war das hier weder der Ort noch die Zeit für Laissez-faire. »Ich hab das jetzt acht Jahre lang gemacht und plötzlich ist es vorbei!«

»Ist doch super. Endlich.«

Ich bekam den Mund nicht zu vor Fassungslosigkeit. »Du kapierst echt nichts. Das ist eine Katastrophe!«

»Nein. Ein Erdbeben ist eine Katastrophe.«

»Richard, das ist überhaupt nicht witzig! Verstehst du nicht?! Ich weiß nicht, was ich tun soll!« Ich war ein bisschen verschwenderisch mit den Ausrufezeichen und übertrieb sicherlich auch inhaltlich maßlos. Es stimmte ja, das hier war keine Katastrophe. Das hier war nicht einmal ein Beinbruch (auch wenn ich lieber einen Beinbruch gehabt hätte, dann hätte ich meinen Job gehabt *und* einen tollen Gips bekommen, auf den all meine Freunde etwas hätten raufschreiben können). Aber auch wenn das Ausmaß des Desasters im Großen und Ganzen eher überschaubar war und sicherlich keinen Effekt auf die Weltgeschichte oder das Raum-Zeit-Kontinuum haben würde: Für mich war das hier eine echte, persönliche Katastrophe. Ich konnte nur hoffen, dass sich die Hilfstrupps bald einfinden würden. Und würde bitte jemand ein Spendenkonto für mich eröffnen?

Richard fand wohl, dass es Zeit für eine andere Taktik war. Erzwungener Optimismus. »Aber du könntest das alles doch auch einfach als Chance sehen, wenn du es eh nicht ändern kannst. Oder nicht? Denk an den Pakt.«

Fünf Stunden nach meinem Rausschmiss? Sollte das ein Witz sein? Ich bestrafte ihn mit einem durchdringenden Blick. Er zuckte mit den Schultern. Der Zwergspitz kratzte an der Tür.

»Warst du heute mit ihm schon draußen?«

»Ich hab jetzt echt andere Probleme, Richard.«

»Wenn du mit dem Hund nicht rausgehst, hast du gleich noch ein Problem mehr. Dann pisst er dir in die Wohnung.«

»Es ist nicht einmal mein Hund!« Ich warf mich zur Seite und vergrub melodramatisch mein Gesicht in den Sofakissen. Richard nahm seine Hand von meinem Rücken und stand wortlos auf. Ich hörte, wie er die Leine vom Haken nahm, ein paar leise Worte zu dem winselnden Zwergspitz sagte, die Wohnungstür öffnete und schloss, und dann war es wieder still.

5
EINZELHANDEL

Damals, als ich endlich achtzehn geworden war, eröffnete ich ein Girokonto bei der Sparkasse und suchte mir meinen ersten richtigen Job. Zwar hatte ich vorher schon ab und zu etwas Geld damit verdient, auf die Kinder anderer Leute aufzupassen, aber das zählte nicht und ich war auch froh, diese Phase meines Berufslebens hinter mir lassen zu können. Mit Kindern ging es mir nämlich ein bisschen so wie mit Hunden. Ich verstand einfach nie, was sie von mir wollten, und umgekehrt war es genauso. Wenn ich mit ihnen sprach, guckten sie mich ratlos an. Wollte ich mit ihnen spielen, ignorierten sie mich. Ich weiß, ich weiß, *es sind nur Kinder,* aber die Regelmäßigkeit, mit der sie mich auflaufen ließen, erweckte bei mir den Eindruck, dass hinter diesem Verhalten Böswilligkeit stecken musste.

Ich war also überaus erleichtert, als ich der Kinderbetreuung ein für alle Mal Adieu sagen und mir ein silbernes Namensschildchen auf die Brust heften durfte. Ich war angekommen in der Welt des Einzelhandels.

Wenn man achtzehn ist, ist die Berufswahl ein einfacher Prozess. Zum einen weil die Auswahlmöglichkeiten begrenzt sind, zum anderen weil man noch unbedarft genug ist, davon auszugehen, dass ein Job, der am Rande eines persönlichen Interessensgebiets angesiedelt ist, einem sicherlich Spaß machen wird. Wenn ein Filmfan zum Beispiel einen Job im Kino annimmt, ist das so lange eine brillante Idee, bis er am Ende seiner ersten Arbeitswoche feststellt, dass sein Aufgabenbereich wohl nicht über das Befüllen der Popcorntüten hinausgehen wird.

Die erste und vermutlich härteste Lektion der Arbeitswelt: Ein Job ist kein Hobby.

Ich mag Kleider. Mochte ich schon immer. Deswegen lag es nahe, dass ich mein Geld in der Textilbranche verdienen würde. Zumindest bis ich mit dem Studium fertig war und Millionen als Kreativdirektorin scheffeln würde. Dieser Plan würde wenig später an den Zulassungsbeschränkungen der Uni scheitern, was ich noch nicht wusste, als ich die Personalräume der Filiale betrat, die mich als *Aushilfe* eingestellt hatte. Ich war so ein kleines Rädchen, dass ich nicht einmal eine ordentliche Jobbezeichnung verdiente.

Der Aufenthaltsraum sah aus wie der in meiner Schule. Mehrere wackelige Tische mit Stahlbeinen und zerkratzten Holzplatten waren zu einer unförmigen großen Tafel zusammengeschoben worden, auf der leere Cola- und Fantaflaschen standen. Die Stühle waren ebenfalls ungemütliche Gebilde aus Stahl und Pressholz, die ein dröhnendes Geräusch machten, wenn sie über den abgetretenen Linoleumboden geschoben wurden. Das Schulstunde-vorbei-Geräusch.

An dem klebrigen Tisch auf einem der unbequemen Stühle saß ein Mädchen, ungefähr in meinem Alter, das an einer Flasche Wasser nuckelte und ausdruckslos aus dem Fenster starrte, vor dem es nichts zu sehen gab außer drei Mauern und einem Netz, das die Tauben davon abhalten sollte, sich auf den Mauervorsprüngen niederzulassen. Eventuell war es auch dafür da, die Leute aufzufangen, die sich aus dem Obergeschoss in den Tod stürzen wollten. Das waren ja großartige Aussichten. Ich war noch keine zehn Minuten hier und hatte schon solche Gedanken.

Schüchtern hob ich die eine Hand, während ich mich mit der anderen an dem kalten Metalltürrahmen zum Aufenthaltsraum festhielt, und grüßte meine neue Kollegin. Nichts anmerken lassen. Keine Angst zeigen. So tun, als wäre man nicht neu, sondern nur aus einem längeren Urlaub zurückgekommen. »Hi.«

Sie wandte mir ihr Gesicht zu, strich sich eine rote Locke hinters Ohr und ließ sich zu einem höflichen, aber reservierten Lächeln herab. »Hi.«

Manchmal haben sich achtzehnjährige Mädchen weniger zu sagen, als man denkt.

Ich suchte mir einen der vielen Stühle aus. Ich sollte in dem Raum warten, bis ich zu meiner ersten Schicht abgeholt werden würde, hatte meine Abteilungsleiterin gesagt.

Sie hieß Martina, war Ende dreißig, redete sehr viel und schnell und lebte irgendwo in einem Randbezirk. Das sah man an ihrem Haarschnitt.

Mein Mund war trocken und ich hätte gern etwas getrunken, aber ich hatte nichts mitgebracht, daran hatte ich einfach nicht gedacht, und ich traute mich nicht, den Automaten zu benutzen. Was, wenn er nicht funktionierte? Dann hätte ich mich gleich an meinem ersten Tag blamiert. Wie ein Idiot würde ich dastehen.

»In welcher Abteilung arbeitest du?«

Bevor ich antworten konnte, musste ich meine Lippen mit der Zunge anfeuchten, weil sie aneinanderklebten. Irgendetwas stimmte mit der Luft in diesem Laden nicht. Das Mädchen musterte mich abwartend.

»Kinderabteilung.« Am Ende des Wortes ging meine Stimme hoch und es klang wie eine Frage. Ärgerlich.

Das Mädchen nickte. »Ich auch.«

»Echt?«

»Ja.«

»Cool. Und? Wie ist es da so?«

Sie zuckte mit den Schultern. »Keine Ahnung. Ist mein erster Tag.«

»Meiner auch.«

»Soooooo, dann wollen wir mal, hm?« Martina stand in der Tür und lächelte das gehetzte Lächeln einer Abteilungsleiterin. Ich warf meiner Kollegin einen Blick zu. Sie war schon dabei, ihre Wasserflasche in der Tasche zu verstauen und ihre Jacke von der Stuhllehne zu nehmen. Sie sah aus, als wüsste sie genau, was zu tun war. Ich hingegen stolperte beim Aufstehen über meinen Stuhl, der sich nicht so leicht zurückschieben ließ, weil an dieser Stelle im Linoleum ein Riss war, und er fiel hintenüber und machte einen ungeheuren Krach. Schule vorbei. Ich lief rot an, sammelte meine Sachen vom Boden auf und stellte den Stuhl wieder auf seine Beine. Martina und das andere Mädchen waren schon gegangen und ich rannte ihnen hinterher.

Uns wurde gezeigt, wo die Spinde waren, in denen wir

unsere Sachen während der Schicht einschlossen (woraufhin wir unsere Sachen einschlossen), wo die Toiletten waren, wo die Stechuhr war, wo die Lagerräume lagen und so weiter. Wir wurden ins Untergeschoss geführt, wo von den niedrigen Decken heiße Halogenstrahler die bunte Ware beleuchteten. Unter einem von ihnen blieben wir stehen. Ich begann, ein wenig zu schwitzen. Dann bekamen wir unsere Namensschildchen.

Ich drehte meins zwischen den Fingern und stellte einen eklatanten Fehler fest. »Da steht kein Name.«

Martina warf einen schnellen Blick darauf (Und wenn ich schnell sage, dann meine ich schnell. Sie gehörte zu der Sorte Mensch, die alles immer schnell tut. Und meistens mehrere Dinge gleichzeitig), hob eine Bundfaltenhose vom Boden auf und klippte sie an einem Hosenbügel fest. Sie führte diese Bewegung in einer Geschwindigkeit aus, die es unmöglich machte, sie genau zu erkennen. Währenddessen hielt sie bereits Ausschau nach der nächsten Aufgabe. »Die Aushilfen haben keine Namen auf den Schildern. Es reicht, wenn die Kunden das Firmenlogo sehen, damit sie wissen, dass du ansprechbar bist.«

Ansprechbar? Ich war nicht nur ein kleines Rädchen, das keine genaue Berufsbezeichnung verdiente, ich war ein *namenloses* kleines Rädchen.

Ich nickte. Und ärgerte mich. Auf dem Schild des anderen Mädchens stand auch kein Name, aber sie war schlau genug gewesen, nicht zu fragen. Wortlos heftete sie sich das kleine Stück Weißblech an ihr T-Shirt.

»Martina auf 260, Martina bitte.« Die Stimme drang aus allen Lautsprechern im Laden. Für die Dauer der

Durchsage wurde die Endlosschleife wirklich schlechter Großraumdiscomusik unterbrochen, die ansonsten den Geräuschteppich aus Stimmengewirr, Scannerpiepsen und Bügelgeklapper vervollständigte.

Martina war quasi sofort unterwegs. »Bin gleich wieder da. Kümmert euch um die Legeware!«, rief sie uns zu, als sie schon längst um die Ecke in Richtung Fahrstuhl verschwunden war. Auf dem Weg zu dieser ominösen 260.

»Sie ist schneller als der Schall.« Ratlos zog ich an dem herunterhängenden Ärmel eines Pullis, der ganz unten in seinem Stapel lag. Legeware. Wie hatte mir das nur passieren können? »Ziemlich beeindruckend.« Meine neue Kollegin lächelte. »Ich bin Maria.«

»Daphne.«

»Freut mich.«

Dann falteten wir Pullis.

Natürlich, das Falten von Pullis ist eine ehrenvolle und wichtige Aufgabe. Ich meine das vollkommen ernst. Denn ich weiß, wie so ein Geschäft an einem Samstagnachmittag ohne die hundert helfenden Hände aussehen würde, die hinter der Wochenendkundschaft herräumen. Aber ich war jetzt zehn Jahre älter und durch mit den Pullis, ich war durch mit der Wochenendkundschaft, den Halogenstrahlern, der unerträglichen Hintergrundbeschallung und der 260. Natürlich, die Wahrscheinlichkeit, dass ich bald auf der Straße und vom Pfandflaschensammeln würde leben müssen, nur weil Markwardt junior ein bisschen Geld für einen neuen Porsche sparen wollte, war recht gering. Selbstverständlich würde ich irgendwann irgendwo irgendeinen Job finden. Das Problem war dieses *irgend.* Zugegeben, die Arbeit in der dümmsten Werbeagentur der Welt war der Gipfel der Sinnlosigkeit gewesen und manchmal hatte ich mich dort so sehr gelangweilt, dass ich die Löcher in der Deckenverkleidung aus Styropor hatte zählen müssen, um nicht wahnsinnig zu werden. Aber es war auf seine Art besser gewesen, als Pullis zu falten. Und eins konnte ich mit hundertprozentiger Sicherheit sagen: Ich hasste Pullis. Beim bloßen Gedanken an Pullis wurde mir schlecht. Nie wieder Pullis. Lieber tot als Pullis.

»Melden Sie sich bitte umgehend bei der Agentur für Arbeit«, hatte Markwardt junior noch gesagt, bevor ich mich schwankend von dem kratzigen Stuhl auf der anderen, auf der Verliererseite seines Schreibtischs erhoben hatte. Da hatte ich genickt und irgendwas von wegen »mach ich« gebrabbelt. Aber da hatte ich auch noch unter Schock gestanden. Jetzt fiel der Schock langsam von mir ab und der Satz mir wieder ein und ich wurde sauer. *Der* hatte gut reden. Markwardt junior würde nie am eigenen Leib erfahren, wie das war, sich arbeitslos zu melden. Er würde bis zu seinem Tod Porsche fahren und Kaviarbrote essen und Menschen wie mich unserem Schicksal überlassen. Gut, ich wusste auch nicht, wie es auf dem Arbeitsamt ablief, aber ich konnte mir nicht vorstellen, dass ein Ausflug dahin so lustig war wie ein Tag im Hansapark. Oder von mir aus eine Stunde beim Zahnarzt. Ich kam mir auch so schon wie eine Versagerin vor, ohne dass ich das bei irgendeiner Behörde offiziell gemacht hatte. Und bevor ich mir von so einem Beamten mit Kaffeeflecken auf dem Hemd vorschreiben ließ, womit ich in Zukunft mein Geld zu verdienen hatte, verzichtete ich lieber auf Hilfe vom Staat und suchte mir selbst meinen nächsten Job aus.

Da ich mich nach wie vor nicht entscheiden konnte, was ich beruflich machen wollte, würde es zunächst wohl auf irgendeinen Notjob hinauslaufen. Eventuell Pullis falten. Womit ich wieder am Anfang meiner kleinen Diskussion mit mir selbst angekommen war.

Als das Telefon klingelte, war ich gerade dabei, mir zu überlegen, ob es nicht besser wäre, die Zeit bis zum nächsten Job mit Lottospielen oder mit Banküberfällen zu überbrücken. Ich schnäuzte mich schnell noch einmal und nahm ab. »Ja?«

»Frohes neues Jahr!«

Die Stimme klang, als käme sie von weit weg. Das lag an der Leitung. Und daran, dass sie in der Tat von weit weg kam. Aus Ägypten nämlich, wenn mich nicht alles täuschte. »Mutter?«

»Daphne, Kindchen, ich hab schon ein ganz schlechtes Gewissen gehabt!« Sie hörte sich an, als hätte sie die beste Zeit ihres Lebens. »Ich wollte dich schon Silvester anrufen, aber dann ist etwas dazwischengekommen ...« Sie ließ extra eine Pause, damit ich die Frage stellen konnte, was genau denn dazwischengekommen wäre, aber den Gefallen tat ich ihr nicht. Vielmehr wartete ich darauf, dass ihr Mutterinstinkt einsetzte, und sie *mich* fragte, wie es *mir* ging. Wenn sie schon zu spät dran war mit ihren Neujahrswünschen.

»Daphne, stimmt etwas nicht?« Wunderbar. Auf manche Dinge war eben doch Verlass ... »Ist Benedict etwas passiert?« ... Oder auch nicht.

»Nein, dem geht's gut«, antwortete ich ein wenig gereizt. Der war ja auch schließlich nicht gefeuert worden.

»Da bin ich aber froh, das zu hören. Kann ich ihn mal sprechen?«

»Wen?!«

»Ach, Kind, wen? Na, Benedict natürlich!« Das sagte sie tatsächlich so, als hätte *ich* nicht alle Tassen im Schrank.

»Das ist nicht dein Ernst, oder?«

»Daphne, jetzt mach nicht so ein Theater und hol den Hund ans Telefon.«

Ich starrte fassungslos den Hörer in meiner Hand an und wusste nicht, ob ich lachen oder weinen sollte. Die Situation war derartig absurd, dass ich sogar für einen Moment die viel dramatischere Situation vergaß, in der ich eigentlich steckte. Arbeitslosigkeit und Pullis und so … »Er ist nicht da«, sagte ich schließlich.

»Wo ist er denn?«

»Richard hat ihn mitgenommen.«

»Wohin?« Wohin geht man schon mit einem Hund? »Na, ich rufe dann einfach später noch mal an. Also morgen. Oder übermorgen. Heute nicht mehr.«

»Von mir aus …«

»Kind, was ist eigentlich los mit dir? Du klingst so niedergeschlagen.«

Ich hätte einfach sofort anfangen sollen zu erzählen und nicht noch so eine alberne, dramatische Pause machen. Und dann das Seufzen, aber das hörte sie sowieso nicht mehr, als sie sagte: »Ich erzähle dir etwas, das heitert dich bestimmt auf.« *Wohl kaum,* dachte ich und legte mich auf den Rücken. »Morgen Abend führt Joe mich in ein ganz tolles Restaurant aus. In der Wüste ist das, in einer kleinen Zeltstadt und man sitzt beim Essen auf dem Boden. Klingt das nicht witzig? Also, natürlich sind auf dem Boden Kissen, aber Stühle gibt es keine. Das ist der letzte Schrei, ganz neu, alle wollen dort essen gehen. Joe musste einen Kellner bestechen, damit wir noch einen Platz bekommen. Verrückt, oder? Wie im Film ...«

»Ich dachte immer, in Ägypten säße man schon seit einigen Jahrtausenden auf dem Boden.«

»Ja, aber doch nicht in diesem Restaurant, Daphne. Das ist oberschick!«

»Oberschick?«

»Sagt Joe.«

»Ach, Joe sagt das also.« Jetzt musste es wohl sein, sie hatte mich so weit. Ich gab mich geschlagen. »Wer ist Joe?«

Weil unten noch immer offen war, hörte ich Richard und Benedict schon im Treppenhaus, beziehungsweise dieses überdrehte Zwergspitzgekläffe, und ich öffnete die Tür, bevor Richard klopfen konnte. Er sah irgendwie niedlich aus, wie er da stand, mit seinem gelben Schal, den roten Wangen und der angewinkelten Faust, wie ein Eichhörnchen oder ein Erdmännchen oder ein ähnlich possierliches Tierchen.

»Hast du uns gehört?«, fragte er unsinnigerweise, während sich der Hund an seinen Beinen vorbei in die Wohnung drängelte und aufgeregt hechelnd kleine Kreise in meinem Miniaturflur lief. Total bescheuert sah das aus.

»Ich hab nicht euch gehört, sondern den Hund. Es sei denn, du hast mitgebellt.«

»Nein, das hab ich ganz gut im Griff, eigentlich.« Richard machte die Leine von Benedicts Halsband los und kniete sich auf den Boden, um sich die Schuhe auszuziehen. »Aber ich bin erleichtert, dass du deinen Humor wiedergefunden hast. Alles wieder gut?«

Na, aber sicher! Solche lebenserschütternden Veränderungen kommen ja bekanntermaßen immer einfach so nebenbei wieder in Ordnung, in der Zeit, die ein Zwergspitz benötigt, um seine Blase zu entleeren nämlich. Das sollte überhaupt die neue Zeiteinheit für das Lösen aller Probleme in der Welt werden. Job verloren? Einmal Gassi gehen. Hunger in der Welt bekämpfen? 82 Mal Gassi gehen.

»Daphne?«

»Hm?«

Richard stand wieder und legte den Kopf ein bisschen schief. »Alles wieder gut?«

Ich rollte mit den Augen, schlurfte zum Sofa zurück und ließ mich in die Polster fallen. Nö. War es nicht.

Richard steckte seinen Kopf ins Zimmer. »Ist was passiert?«

»Abgesehen davon, dass ich heute meinen Job verloren habe?«

Jetzt war es Richard, der mit den Augen rollte. »Ich meine, ist noch etwas anderes passiert in der Zwischenzeit?«

Allerdings. »Meine Mutter hat angerufen.«

»Und?«

»Ach, sie wollte mir nur ein frohes neues Jahr wünschen«, plauderte ich. Das war ja auch noch nicht die niederschmetternde Neuigkeit. »Und Bescheid sagen, dass sie nicht am Wochenende wiederkommt wie geplant.«

»Hängt sie noch eine Woche dran?«

Jetzt kam's. »Wohl eher einen Monat. Oder noch länger. Jedenfalls kommt sie erst mal nicht zurück. Sie will bei Joe bleiben.«

»Wer ist Joe?«

»Ein amerikanischer Archäologe … Ja, genauso hab ich auch geguckt.« Ich versuchte ein Lachen, aber leider war das alles nicht witzig. Ich war arbeitslos und quasi alleinerziehend. Zum Kotzen.

»Beschissene Situation.«

»Jep.«

Richard setzte sich neben mich und wir starrten beide eine Weile an die gegenüberliegende Wand. Da gab es nichts zu sehen, aber das war für den Moment ideal. Irgendwie entspannend. Doch nach einer Minute unterbrach Richard die Stille auch schon wieder, holte tief Luft und sah mich so ernst an, dass ich unwillkürlich ein bisschen von ihm abrückte. »Daphne?«

»Ja?«

»Ich hab eine Idee. Du kannst auch Nein sagen …«

Ich zuckte mit den Schultern. »Wenn du den Hund an ein Chinarestaurant verkaufen willst – ich bin dabei.«

»Du bist widerlich.«

»Vielleicht. Aber das würde zumindest das Problem mit Benedict lösen.«

Richard räusperte sich. »Okay, Scherz beiseite. Ich finde, es ist meine Pflicht als dein …« Ich zog eine Augenbraue hoch. »… äh, als Freund, dir zu helfen. Ich finde, es wäre besser, wenn du fürs Erste bei mir wohnen würdest. Ich meine, du schaffst es noch nicht einmal, dich ordentlich um den Hund zu kümmern. Und wenn ich nicht aufpasse, sitzt du jetzt tagelang auf diesem Sofa und heulst.«

Ich sah ihn mit offenem Mund an. »Ich bin doch kein Pflegefall!«

»So war das nicht gemeint und das weißt du auch. Das ist ne ganz lockere Sache, einfach mal ein paar Tage entspannen, nichts tun, ich koch für dich, ich wasch ab, ich geh mit dem Hund raus. Das wird super!«

»Ja. Klingt total idyllisch«, sagte ich ohne große Begeisterung.

»Also kommst du mit?«

Ich warf ihm einen langen, müden Blick zu. »Niemals.«

6
EIN TAPETENWECHSEL

Fassungslos stand ich in dem Trümmerfeld, das Richard sein Zimmer nannte. Über einer mit Klamotten übersäten Matratze hing ein Poster von The Clash und an der Decke eine nackte Glühbirne. Der Rest? Chaos. Willkommen in Hamburg / St. Pauli.

Ich war erst einmal zuvor hier gewesen. Das war in dieser Nacht im Sommer gewesen, in der mir dieser One-Night-Stand mit Richard passiert war, von dem sich im Nachhinein herausstellen sollte, dass er nie stattgefunden hatte. Was wohl am Alkohol gelegen hatte, wie auch der Umstand, dass ich mich nicht mehr in vollem Umfang an Richards Wohnsituation hatte erinnern können. Aus irgendeinem Grund hatte Richard mich seitdem nicht wieder zu sich eingeladen. Bis jetzt jedenfalls. Vielleicht fand er es in meiner Wohnung einfach netter. Was es ja auch eindeutig war, wenn man nicht unbedingt auf den Hausbesetzer-Chic stand.

Richard knipste das Deckenlicht an. *Immerhin,* dachte ich, *Strom gibt es also.* Jetzt hieß es Daumen drücken für fließendes, warmes Wasser und ein schabenfreies Bad.

»Soll ich einen Tee machen?«, fragte der Mann am Lichtschalter.

Das war ein nettes Angebot. Aber ich hatte zunächst eine wichtigere Frage zu klären: »Richard, wo schlafe ich eigentlich?«

»Da.« Er zeigte auf die Matratze.

»Und du?«

Die gleiche Handbewegung. Hatten wir denn aus den Ereignissen des Sommers gar nichts gelernt? Ich schüttelte entschieden den Kopf. »Auf keinen Fall!« Ich vermied das Wort *niemals.* Dass *das* nichts zu bedeuten hatte, hatte ich an diesem Abend bereits gelernt.

Richard zuckte mit den Schultern – »Ich mach erst mal einen Tee« – und ließ mich in seinem Durcheinander stehen. Ich hatte Schnappatmung. Es ärgerte mich, dass Richard tatsächlich versucht hatte, mich auf diese plumpe Art ins Bett zu kriegen, also, im wahrsten Sinne des Wortes. Mit Ankündigung sogar.

Ich hatte ja befürchtet, dass es zu dieser Situation kommen würde, aber schon fünf Minuten, nachdem ich durch die Tür gekommen war? »Grün oder Schwarz?«, rief Richard aus der Küche.

Da ich aber nun schon einmal hier war, musste ich eben das Beste daraus machen. Richard war ja kein Idiot. Wenn ich die Matratze nicht mit ihm teilen wollte, verstand er das auch. Deswegen war ich ja schließlich hier, nicht wahr?

Weil Richard so viel Verständnis hatte. Und wenn ich mich, nur für ein paar Tage, nicht den großen Problemen aussetzen musste, sondern mich mit den kleinen Fragen beschäftigen konnte, grün oder schwarz zum Beispiel, dann bekam ich vielleicht wirklich mal den Kopf frei. Und das hatte ich bitter nötig. Ich seufzte leise und folgte dem Klirren von Bechern und Löffeln durch den dunklen Korridor.

Die Wohnung war enorm groß. Der Flur allein musste etwa zehn Meter lang sein und war zugestellt mit Kram: Zeitungs- und Zeitschriftenstapel, Fahrräder, Skateboards, Möbel, Teile von Möbeln, Kisten, Flaschen und Jacken und ein Regenschirm. Kurioserweise stand dort, neben einer abgewetzten Ledercouch, auch ein Staubsauger, der vermutlich noch arbeitsloser war, als ich. Ich fand es seltsam, dass ich mir mit Richard eine Matratze teilen sollte, wenn er doch über so viel Platz verfügte. Den Türen nach zu urteilen, die von dem langen, vollgestopften Flur abgingen, war das hier mindestens eine Vierzimmerwohnung. Das bedeutete entweder, dass Richard ein Messie war und die anderen Zimmer inzwischen bis zur Unbewohnbarkeit zugemüllt hatte. Oder er hatte gar keinen Platz, weil er hier nicht allein wohnte. Dass ich mit letzterer Annahme ganz richtiggelegen hatte (Gott sei Dank!), konnte ich feststellen, als ich eine Sekunde später an der offenen Küchentür ankam und einen Blick in den Raum warf.

Auf der Bank am Fenster saß ein Mann um die dreißig, mit längeren, blonden Haaren, die ihm dank einer ausgeprägten Naturkrause vom Kopf abstanden. Seine Haut war tief gebräunt und er hatte diese Falten rund um die Augen, die man nur bekommt, wenn man viel Zeit in der Sonne verbringt und dabei pausenlos lacht, was einem in Hamburg zum Beispiel nicht passieren konnte. Er saß da in Shorts und Kapuzenpulli und baute im Licht des staubigen Metalllampenschirms über dem Küchentisch einen Joint, einen Fuß auf die Bank gestellt, den Ellenbogen auf seinem behaarten, braunen Knie. Zwischen seinen zusammengepressten Lippen hielt er einen vorgerollten Filter und erinnerte mit seiner Erscheinung ein bisschen an einen Cowboy. Oder einen Statisten bei *The Beach.* Jedenfalls an jemanden mit einer Menge Lagerfeuererfahrung.

Ich räusperte mich.

Er sah zu mir hoch und ließ den Filter direkt vom Mund in seine Hand fallen. Cowboy.

»Hey!«, rief er, als wäre ich ein alter Freund, den er unverhofft nach Jahren auf der Straße getroffen hatte, und lächelte mich breit an, so dass jede Lachfalte in seinem Gesicht in Aktion war. »Du musst Daphne sein!«

»Genau.« Ich konnte mich nicht daran erinnern, wann das letzte Mal jemand so erfreut gewesen war, mich zu sehen. Vielleicht letztes Jahr Lucy, als ich als einziger Gast bei ihrer Geburtstagsparty erschienen war. Das war eine dumme Situation gewesen. Eigentlich hatte ich vorgehabt, mich nach einer halben Stunde wieder fortzuschleichen. Ich meine, wer rechnet schon damit, dass zu einer Geburtstagsfeier wirklich *niemand* anderes auftaucht? Ich seitdem schon, aber damals war ich dazu verdammt gewesen, mich den ganzen Abend mit meiner Gastgeberin über den neuen *Twilight*-Film zu unterhalten. Und ich hatte ihn nicht einmal gesehen!

»Achtung, heiß!« Richard kam mit drei dampfenden Bechern an den Tisch und stellte sie hektisch auf der massiven Holzplatte ab. »Weil du nicht geantwortet hast, habe ich mich eigenmächtig für schwarzen Tee entschieden. Ich will keine Beschwerden hören.« Er nahm neben dem braun gebrannten Unbekannten auf der Bank

Platz und zog einen der Becher zu sich heran. »Das ist übrigens Sky.«

»Hi, Sky.«

Sky hob eine Hand und winkte zweimal.

Ich setzte mich auf den Stuhl gegenüber von Richard und griff nach dem Teebecher, auf dem das Logo einer Entrümpelungsfirma war. Ich dachte an den Flur, und fragte mich, ob da wohl ein Zusammenhang bestand. »Wohnst du hier auch?«

»Quasi«, nuschelte Sky, den Filter wieder zwischen den Lippen.

»Wie kann man denn *quasi* irgendwo wohnen?«

»Also«, Richard setzte seine Tasse ab und sah eher nicht so erpicht darauf aus, die gaaanze laaange Geschichte zu erzählen. Aber es blieb ihm leider nichts anderes übrig, denn außer ihm und Sky war niemand da und Sky war indisponiert. Er hatte einen Filter im Mund. »Sky ist eigentlich nie in Hamburg und hat jemanden gesucht, der hier einzieht, damit die Wohnung nicht ständig leersteht. Und jetzt wohne ich hier. Ganz einfach.«

»Also Sky ist der Hauptmieter und du bist sein Untermieter?«

»Ich miete nicht.« Sky leckte den Rand des Zigarettenpapiers an, rollte den Joint ein und hielt ihn mir formvollendet entgegen. Das Werk eines Profis. »Mir gehört das alles hier. Rauchst du?«

Ich nickte. »Hin und wieder.«

Seit Betty das Kiffen aus Schwangerschaftsgründen an den Nagel gehängt hatte, war auch ich abstinent geblieben. Nicht aus Solidarität oder anderen noblen Gründen, sondern einfach, weil mir die Gelegenheit fehlte und ich außerdem nicht der Typ war, der Drogengeschäfte machte. Auch Sky hatte nicht viel übrig für Drogendealer und Zeug von der Straße. Er bezog seine Ware von Freunden, die irgendwo außerhalb von Pinneberg einen kleinen Resthof mit eigenem Anbau betrieben.

»Alles bio«, sagte er.

Und Sky konnte es sich leisten, auf Qualität zu achten. Wie sich während der zweiten Runde Tee und Gras herausstellte, war die eine Sache, um die sich Sky im Leben ganz sicher niemals würde Sorgen machen müssen, Geld. Sein Vater hatte mit Schwämmen ein enormes Vermögen angesammelt. Ausgerechnet.

»Lappen, Mikrofasertücher, Feudel, alles, womit man putzen kann eben. Aber die Schwämme sind's eigentlich«, erklärte Sky, der, wie ich zu diesem Zeitpunkt ebenfalls bereits erfahren hatte, eigentlich gar nicht Sky hieß, sondern Dirk. Das war zugegebenermaßen schrecklich. Aber Daphne war auch ein schrecklicher Name, und ich hatte mich nicht in Rain umbenannt. Das hätte nämlich alles nur noch viel schlimmer gemacht.

»Dann bist du ein Hippie?«

»Und du bist ein Emo?«

»Das mit den Haaren war ein Unfall. Falsche Farbe. Eigentlich sollte es dunkelbraun sein, nicht schwarz.«

Sky zuckte mit den Schultern. »Sky's the limit. Ich hänge einfach nicht gern zu lange an einem Ort rum.« Und dann kam dieses sorgenfreie Schulterzucken, das sich nur sehr wenige Menschen erlauben können. Menschen wie Markwardt junior. Oder eben Sky, dessen Vater ihm die Wohnung, in der wir jetzt saßen und kifften, vor ein paar Jahren geschenkt hatte. Ganz nebenbei. Außerdem überwies er seinem Sohn jeden Monat eine hohe, vierstellige Summe auf dessen Konto. Einfach so.

Warum war mir so etwas nicht passiert? Ich hatte auch einen blöden Namen! Aber ich hatte ihn ganz ohne Bonus.

»Der Witz ist, ich brauch das alles nicht. Ich lebe die meiste Zeit eh in meinem Bus und fahre durch die Welt. Da braucht man nicht viel Kohle.« Das machte die Sache kein Stück gerechter.

»Und warum wohnst du jetzt nicht in deinem Bus?«

»Ich war über Weihnachten bei meiner Familie, hab den Bus in die Werkstatt gebracht und lasse da gleich noch ein paar Sachen am Innenausbau machen. Wird super.« Sky nahm einen langen Zug von dem dritten Joint, den er gerade in einem unglaublichen Tempo gebaut hatte, und reichte ihn Richard. »Außerdem ist es auch ganz schön, seine Freunde mal wieder zu sehen. Den Richie hier zum Beispiel.« Sie klopften sich gegenseitig auf die Schultern und freuten sich über die Anwesenheit des jeweils anderen und ich fühlte mich ein bisschen außen vor. Aber nicht lange. Denn Sky hatte wohl genug davon, von sich zu erzählen, und lenkte das Gespräch lieber in meine Richtung. »So und du bist jetzt also frei, ja? Herzlichen Glückwunsch.«

Über all dem Reden und den Joints hatte ich meine missliche Lage fast vergessen. Ich lachte trocken. »Frei. Sehr komisch.«

»Wieso komisch? Natürlich bist du frei. Du kannst tun und lassen, was du willst. Niemand schreibt dir vor, wann du wo sein musst …«

»Daphne sagt, die Kündigung ist eine Katastrophe«, erklärte Richard hilfsbereit und ich hätte ihn für den blöden Spruch ganz gern unterm Tisch gegen sein Schienbein getreten, hätte ich es trotz meiner langsamen Reaktionszeit erwischt. Und natürlich sagte Sky jetzt: »Den Job zu verlieren ist doch keine Katastrophe. Ein Erdbeben, das ist eine Katastrophe.«

»Hab ich auch gesagt!«, rief Richard triumphierend.

Ich verdrehte die Augen. »Okay, von mir aus. Ich hab auch gar keine Lust, mich mit euch darüber zu unterhalten. Es gibt eben verschiedene Menschen mit verschiedenen Ansichten und …«

»Richie sagt, du mochtest den Job gar nicht.«

»Mochte ich auch nicht, nichtsdestotrotz …«

»Was ist denn dann das Problem? Das würde ich wirklich gern wissen.«

Und ich hätte wirklich gern gewusst, warum dieser Luxushippie mich ständig unterbrechen musste. »Weil«, fuhr Sky fort (der Beweis dafür, dass er eigentlich gar nichts von mir hatte wissen wollen), »wenn man etwas verliert, das man hasst, dann ist es doch so, als würde man etwas finden, das man liebt. Oder nicht?«

»Hast du den Spruch mal auf nem Teebeutel gelesen?«

»Keine Ahnung, wo ich das herhab.« Beeindruckend. Sky war komplett unempfänglich für Sarkasmus. »Auf Reisen lernt man eine Menge. Was wichtig ist und was nicht, wie wenig man braucht und wie sehr einen materielle Dinge zurückhalten.«

Déjà-vu. Das hatten wir doch alles so ähnlich schon einmal an Silvester durchgekaut. Und auch jetzt hielt sich meine Lust auf diese Diskussion in sehr, sehr engen

Grenzen. Nervte mich das alles so, weil Sky Quatsch redete, oder weil er Recht hatte? Vielleicht war ich ja im Grunde nicht auf ihn, sondern auf mich selbst böse. Weil ich nicht so fühlte und handelte, wie es doch anscheinend richtig war. Das war durchaus möglich, schließlich hatten ja anscheinend alle außer mir eine gute Zeit. Es musste also an mir liegen. »Hm.« Ich hielt mir den Kopf und wünschte, ich hätte nicht so viel gekifft. Mein Gehirn arbeitete erschreckend langsam. »Ich glaube, ich will jetzt schlafen«, murmelte ich, als Richard einen weiteren Zug von dem Joint nahm, ausatmete und in einer dichten Rauchwolke verschwand. Heute konnte ich sowieso nichts mehr tun.

Als ich am nächsten Morgen auf Richards Matratze aufwachte, tat mir alles weh und ich konnte nur unter großen Mühen in den spärlichen Lichtstrahl blinzeln, der durch die dreckigen Fenster in Richards Zimmer drang. Das hatte man also davon, wenn man zugunsten von Tee auf Alkohol verzichtete: Nichts. Ich schützte meine Augen mit den Händen vor der Wintersonne, stöhnte und sammelte all meine Kraft, bevor ich mich sehr langsam von der Matratze erhob. Mein Gastgeber hatte sie spät am Abend noch mit einem sauberen Laken und neuer Bettwäsche versehen, sich sein Kissen unter den Arm geklemmt und die Nacht auf dem speckigen, alten Ledersofa im Flur verbracht, was mir leid für ihn getan hatte – aber nicht genug, um schon wieder ein *niemals* über den Haufen zu werfen.

Ich streckte mich nach meinen Schuhen, meiner Jeans und dem T-Shirt und zog mir dann auch noch meinen

Wintermantel über, denn es war außerhalb des Betts verdammt kalt. Und das galt für die ganze Wohnung, wie ich feststellte, als ich zitternd durch den Flur in die Küche wankte. Vielleicht heizten Sky und Richard nicht genug. Vielleicht fror ich, weil ich mit diesem ausgewachsenen Kiffkater zu kämpfen hatte. Vielleicht lag es aber auch daran, dass es angefangen hatte zu schneien. Das verriet mir der Schnee, den Richard mit sich in die Wohnung trug, als er bepackt mit schweren Tüten und begleitet von einem kläffenden Zwergspitz durch die Tür kam.

»Schon wach?«, fragte er, als er sich an mir vorbei in die Küche schob.

»Wie spät ist es?«

Während ich mich schwach und mit brummendem Schädel auf die Küchenbank sinken ließ, begann er, die Einkäufe auszupacken. Milch, Saft, frische Brötchen, mehrere Dosen Hundefutter. »Gleich halb eins.«

»Gleich halb eins?!«, wiederholte ich entsetzt. »Ich hab bis gleich halb eins geschlafen …« Fassungslos hielt ich mir den Kopf. »… an einem Wochentag.«

»Klar. Du bist ja auch arbeitslos.«

»Vielen Dank für den Hinweis«, motzte ich ihn an und zog meine Knie bis an die Brust, wegen der Kälte.

»Keine Ursache.« Er lehnte an der Küchenzeile und hielt eine in Plastik eingeschweißte Salatgurke in der Hand. »Das ist doch nun wirklich kein Grund, so schlechte Laune zu haben. Heute ist ein neuer Tag, da sieht die Welt schon ganz anders aus.«

Abgesehen vom Schnee? Ich horchte tief in mich hinein. »Nein. Tut sie nicht.« Eigentlich war es heute sogar schlimmer als gestern. »Ich bin noch nicht einmal vierundzwanzig Stunden arbeitslos und schon nehme ich Drogen, wohne in einem Loch und schlafe bis zum Nachmittag.«

»Ich würd's genauso machen. Aber einer muss sich ja um den Hund kümmern.« Richard lächelte schief, merkte allerdings ziemlich schnell, dass der Witz nicht so gut angekommen war.

Ich zog die Nase hoch. Großartig. Jetzt hatte ich auch noch einen Schnupfen. »Weißt du, was mein Lieblingslied des Tages ist?«

»Verrat es mir.«

»Life's a Bitch. Von Nas.«

»Life's a bitch and then you die«, zitierte er, während er die Gurke in Scheiben schnitt. »Super-Einstellung, Daphne.«

»Was soll ich denn deiner Meinung nach machen?«

Er legte das Messer zur Seite und sah mich ernst an. »Irgendetwas?«

Und da gab es nichts zu erwidern. Denn irgendetwas, das war immer drin.

Hannes hasste seine Krawatte. Sie war rot. Alle Mitarbeiter mussten rote Krawatten tragen. Rote Krawatten zu schwarzen Anzügen. Hannes hatte mir erzählt, das läge daran, dass das Mobiltelefonbusiness, laut seinem Chef, ein Sammelbecken für unseriöse Geschäftemacher wäre. Das wüssten alle. Vor allem die Kunden, denen man also irgendwie das Vertrauen zurückgeben müsste. Indem man seriös auftrat, zum Beispiel, das wäre ein guter Anfang. Im Anzug. Und mit Krawatten in Einheitsfarben. Das Problem war, dass Hannes in dem Aufzug alles andere als seriös aussah. Eher erinnerte er an einen traurigen Clown, weil die Anzughose ihm viel zu weit war und so kurz, dass man immer die Socken sah.

Meine Motivation, was die Jobsuche betraf, hielt sich an diesem zweiten Tag meiner Arbeitslosigkeit (oder dem ersten, es kam darauf an, wie man meine Situation betrachtete) in Grenzen. Da Richard mich aber aufgefordert hatte, irgendetwas zu unternehmen, hatte ich nach zwei Käsebroten mit Gurkenscheiben beschlossen, zunächst einige kleinere Angelegenheiten zu regeln. Erster Punkt: Kostenreduktion. Immer eine gute Idee, wenn man auf absehbare Zeit kein geregeltes Einkommen mehr haben würde. Zuerst wollte ich mir den Handyvertrag vorknöpfen, den Hannes, der Handyfachverkäufer mit der roten Krawatte, mir vor ein paar Jahren zusammengeschustert hatte. Und deswegen war ich hier.

Kaum hatte ich die Tür zu dem Handygeschäft vollständig geöffnet, schlug mir auch schon eine Welle viel zu lauter Ibiza-Partymusik entgegen, aber so war er eben, der Einzelhandel. Hannes lehnte am Kassentresen und polierte ein Ausstellungstelefon. Er war so konzentriert auf seine Aufgabe, dass er meine Anwesenheit gar nicht bemerkte, aber sein Kollege machte ihn freundlicherweise auf mich aufmerksam, indem er ihn unsanft gegen die Schulter boxte. Er trug, wie Hannes, einen schwarzen Anzug und eine rote Krawatte zum weißen Hemd. Seine Haare waren stoppelig und mit Haargel überzogen. Er war kaum zwanzig und kaute Kaugummi. So viel zum seriösen Eindruck …

»Daphne! Hi!« Hannes legte Handy und Poliertuch auf

dem Tresen ab, als er mich sah, und kam mir entgegen. Wir umarmten uns.

»Gute Musik«, murmelte ich.

»Geil, was?«, rief Hannes' Kollege und ich dachte, *na ja,* aber ich sagte nichts.

»Das ist unser Azubi Thorsten«, sagte Hannes.

»Hallo, Schönheit«, sagte Thorsten, und ich dachte an meine von der kalten Winterluft rote Nase und an den elektrisierten Mopp auf meinem Kopf (Mützenfrisur) und fühlte mich verarscht. »Ja,ja.« Auf dem Tresen parkten mehrere Papierflieger, die offensichtlich aus Handyverträgen und AGBs gefaltet waren. Thorsten bemerkte mein Interesse.

»Krass, nä?«

»Ja. Krass«, antwortet ich.

»Voll krass, nä?«

Ich nickte. Es war Zeit, zum eigentlichen Grund meines Besuchs zu kommen. »Ähm …, Hannes?« Ich schenkte ihm ein kleines Lächeln, »Ich bin eigentlich gekommen, weil ich etwas wegen meines Vertrags klären muss.«

»Was stimmt denn nicht mit deinem Vertrag?«

»Ich kann ihn nicht mehr zahlen.«

»Wieso das denn?«

»Weil die mir gestern gekündigt haben.« Ich wartete, bis Hannes seinen Mund wieder zugeklappt hatte.

»Das gibt's doch nicht!«

»Doch.«

»Schon mal über Sex gegen Geld nachgedacht?«, fragte Thorsten und ich überlegte kurz. Nein, weder hatte ich jemals darüber nachgedacht, meinen Körper zu verkaufen, noch hatte ich in Betracht gezogen, selbst für Sex zu bezahlen. So verzweifelt war ich glücklicherweise noch nie gewesen. Ganz im Gegensatz zu dem kleinen Spacken, mit dem Hannes hier Tag für Tag arbeiten musste. Wenn ich etwas schlagfertiger gewesen wäre, hätte ich ihm das auch direkt ins Gesicht gesagt. Aber ich war nicht schlagfertig.

Und so kam Hannes mir zuvor. »Du machst mich krank, Thorsten.« So richtig schlagfertig war das leider auch nicht.

Ganz anders Thorsten. »Ich weiß schon, du stehst ja eher auf so Fette.« Damit war dann wohl Lucy gemeint. Hannes fand das offensichtlich gar nicht witzig, aber Thorsten schlug ihm trotzdem lachend auf die Schulter. »Nur'n Witz, Mann.«

»Räum den Scheiß hier weg und setz dich ins Büro.«

»Aber da is doch auch nichts zu tun …«

»Das ist mir egal. Hau ab!«

Halbherzig fegte Thorsten seine Papierkonstrukte vom Tisch direkt in den Mülleimer und verschwand pfeifend durch eine Tür neben der Wand mit den Ladekabeln. Hannes strich in einer langen Bewegung mit der flachen Hand über den leeren Tresen. »Daphne … Ich gehöre hier nicht hin.«

»Ich weiß.«

»Ich bin nicht so wie der.«

»Nein. Bist du nicht.«

»Der verbringt seine Wochenenden auf Schaumpartys. Ich war noch nie auf einer Schaumparty. Ich würde es hassen.«

»Das kann man vorher nie wissen. Aber wahrscheinlich ist es so.« Das Leben war vielleicht kein Ponyhof oder Zuckerschlecken oder Spaziergang. Aber für manche war es zumindest eine einzige große Schaumparty. Und wenn man sich damit zufriedengab, wurde man vielleicht glücklich. Wenn einem das reichte. Ein paar Liter aufgeschäumtes Seifenwasser.

Hannes seufzte und nickte und verwandelte sich wieder in einen Handyverkäufer. »Willst du einen anderen Vertrag? Oder lieber gleich Prepaid?«

»Prepaid. Und kann ich meine alte Nummer behalten?«

»Schätzelein, sag mal, hast du sie noch alle?!«

Ich stand im Schneegestöber an der Bushaltestelle und diskutierte mit mir selbst, ob ich mir das Ticket für die Heimfahrt nun gönnen oder lieber eine kostengünstigere Variante wählen sollte. Zum Beispiel aus kleinen Ästen ein Paar Schneeschuhe basteln und den beschwerlichen Weg zu Fuß zurücklegen (dumm nur, dass es in der Innenstadt nicht so viele geeignete Äste gab). Als das Telefon klingelte und ich Bettys Namen auf dem Display sah, nahm ich ab und sagte arglos *hallo,* und jetzt musste ich mich also fragen lassen, ob ich sie noch alle hatte.

»Was?«

»Du bist seit einem Tag gefeuert und ich erfahre das von Hannes?!«

»Ja, äh … Ich war etwas überrumpelt.«

»Aber dann ruft man doch *gerade* seine beste Freundin an!«

»Mensch Betty, solche Vorwürfe kann ich jetzt echt nicht brauchen.«

»Und mich brauchst du wohl auch nicht.«

Zur Strafe schwieg ich. Offenbar hatte sie das Zeichen kapiert. »Tschuldigung«, murmelte sie. »Ich bin schwanger.«

»Richard hat Recht. Das ist wirklich deine Ausrede für alles.«

»Nur noch ein paar Monate. Dann schiebe ich alles aufs Kind, dachte ich mir. Hör zu: Ich hab heute eh nichts weiter vor. Ich komme gleich mal bei dir vorbei und du erzählst mir die ganze Geschichte, okay? Und dann verzeihe ich dir eventuell auch, dass du dich nicht gleich gemeldet hast.«

»Ich wohne aber im Moment woanders. Ich bin für ein paar Tage zu Richard gezogen. Der kümmert sich um den Hund, bis es mir besser geht.«

»Um den Hund?! Soso …«

»Was soll denn jetzt dieses *soso?«*

»Ach, nix, ist ja rein freundschaftlich, nä?«

»Ja. Allerdings!«

»Genau. Schon klar. Da steckt ja schließlich sonst nix dahinter. Würdest du mir ja sagen.«

»Was soll das denn jetzt?!«

»Schätzelein, halte durch! Ich komme jetzt zu Richard und dann kannst du mir alles erzählen.«

»Da gibt's nichts zu erzählen, Betty.«

»Alles. Auch das, was du mir nicht erzählen willst. In einer Stunde. Bis dann.«

7
EIN SCHWANK AUS DER JUGEND

Vor der Haustür traf ich Sky. Er kam auf einem klapprigen Damenrad angefahren, trotz Schnee, begrüßte mich mit einem sportiven High Five vom Fahrrad aus (auf das ich nicht vorbereitet gewesen war, weshalb ich es leider ruinierte, indem ich halb daneben schlug), stieg ab und lehnte das gute Stück an die Hauswand.

»Willst du nicht abschließen?«

»Ich hab kein Schloss.«

»Du hast kein Schloss?«

»Nee, wozu auch?«

Ja, richtig. Wozu auch? Ich zuckte mit den Schultern und merkte mir für die Zukunft, dass Sky nicht der Typ war, der irgendetwas abschloss. Sky war der Typ, der sich einfach ein neues Fahrrad kaufen konnte, wenn das alte gestohlen wurde.

Immerhin war er bei all seinem Reichtum nicht protzig. »Schau mal: Hab ich gerade gekauft.« Er hielt eine ziemlich zerschlissene Plattenhülle in die Höhe.

Ich legte den Kopf schräg, damit ich den Schriftzug auf dem Cover besser lesen konnte. »The Herbaliser? Nie gehört.«

»Würde dir bestimmt gefallen.«

»Würde es?« Ich hatte keine Ahnung, auf welcher Basis Sky diese Behauptung aufbaute, wir kannten uns ja gar nicht.

»Überzeug dich selbst. Ich wollte jetzt gleich so ein kleines Happening starten.«

»Aha.« Ein. Happening.

»Gute Musik, zwei, drei Joints. Bock?«

Nachdem ich mich erst vor wenigen Stunden noch gefühlt hatte, als würde mein Kopf in tausend Teile zerspringen? Wohl kaum. Außerdem: »Ich bekomme gleich Besuch.«

»Soll mitmachen.«

Ich wollte gerade dazu ansetzen zu erklären, dass Betty unter normalen Umständen Feuer und Flamme für ein Happening dieser Art gewesen wäre, die Umstände jetzt aber nicht normal waren. Ich kam aber nicht dazu, weil sich die Haustür öffnete und Richard die Stufen runtergesprungen kam. Er grinste, als er mich sah. »Na, das trifft sich ja prima.«

»Tut es das?«

»Allerdings. Ich dachte, wir gehen heute Abend mal aus. Damit du auf andere Gedanken kommst.«

»Schöne Idee. Aber leider kann ich mir Ausgehen nicht mehr leisten. Außerdem kommt Betty gleich vorbei. Und wäre ich nicht mit Betty verabredet, hätte ich noch eine Einladung zu einem Happening.«

Sky schwenkte fröhlich seine Platte. Richard warf einen irritierten Blick darauf. »Herbaliser? Ist das dein Ernst?«

»Ja, Mann.«

»Okay, von mir aus.« Richard griff nach meiner Hand und machte bereits ein paar Schritte von der Treppe weg.

»Vergiss das Happening, so was veranstaltet Sky jeden zweiten Tag. Und wenn Betty kommt, macht er ihr auf und unterhält sie ein bisschen. Wir gehen ja nur kurz um die Ecke zu Tante Doris. Da musst du auch nichts bezahlen, die hat ein Herz für die Verlierer der Gesellschaft.«

Ich boxte ihm in die Seite. »Du Arsch.«

»Mind the vibes, Leute, mind the vibes«, mahnte Sky und stieg behäbig die Stufen zur Haustür hoch. »Ich seh euch dann später.«

»Ach, Sky!« Richard hielt ihn am Ärmel fest. »Den Hund hab ich in der Wohnung gelassen. Gefüttert hab ich ihn schon, draußen waren wir auch, pass einfach auf, dass er keinen Scheiß macht, okay?«

»Der Hund muss tun, was ein Hund tun muss.«

»Sowieso.«

Wenn man auf der Suche nach Wärme ist, gibt es schlechtere Orte auf dem Kiez als Tante Doris' Laden. Es handelt sich hierbei um eine Kneipe im traditionellen Sinn: nur die allernötigste Beleuchtung, ein breiter Tresen, maximale Alkoholsättigung in dem massiven dunklen Holz und der zum Schneiden dicken Luft, hohe Barhocker, eine blinkende Dartscheibe, Kunstblumendeko, dieser typische Geruch von Schweiß, Korn und Tabak und eine Jukebox, die entweder Hans Albers oder Heidi Kabel spielt – sonst nix. Und mittendrin Tante Doris, Richards Großtante, die Schwester seiner Großmutter – ihr Gesicht zerfurcht von Falten – mit einem Hang zu starkem Make-up und Likör. Eine resolute Frau mit weichem Kern. Tante Doris wärmt die Seele.

»Kinners! Kommt rein! Wie schön, euch zu sehen!«

Von Richards Wohnung am Hafen zu der Souterrainkneipe in einer kleinen Nebenstraße der Reeperbahn waren es nur wenige Minuten zu Fuß. Das war auch gut so. Nachdem ich schon den ganzen weiten Weg aus der Innenstadt zur WG gestapft war, fühlten sich meine Zehen an wie Eiswürfel.

»Daphne, mien Deern, dich hab ich ja seit Monaten nicht gesehen!«

Eine glatte Lüge. »Ich war doch erst am zweiten Weihnachtstag hier«, wehrte ich mich, während ich meinen Mantel über einen Hocker hängte und mich schnell draufsetzte, damit er nicht herunterrutschte.

»Tatsächlich?«

»Ja. Als du Richard den Schal geschenkt hast.«

Wie um meine Aussage zu belegen, befreite sich Richard von dem gelben Woll-Etwas um seinen Hals und Tante Doris begann zu sinnieren. »Da sagt man immer, je älter man wird, desto schneller vergeht die Zeit, nech? Tüddelkram. Aber so was kommt von so was, Kinners. Tach für Tach am Tresen stehen und immer die gleichen Gesichter, da kann einem die Zeit schon lang werden.«

Der betrunkene Mann rechts von uns hielt ihr sein Schnapsglas hin. »Ach, Doris, sach so was nich. Wir sinn doch wie deine Kinder«, lallte er, während er wankend versuchte, aufrecht zu sitzen.

»Wenn meine Kinder so hässlich wären wie du, hätte ich mich längst aus dem Staub gemacht, Willi, das sach ich dir aber.« Sie zog ihm das Glas, das er noch immer festhielt, aus den Fingern und ließ es in die Spüle fallen. »So, und nun Abmarsch nach Hause. Hier kriegst du nix mehr.«

»Ach, Doris, noch n' Kleinen …«

»Hör auf mit Quengeln. Hau ab jetzt. Bis morgen.«

»Wie Kinder«, bemerkte Richard trocken.

Tante Doris warf ihm dafür einen strengen Blick zu und verpasste Willi auch einen, weil er nur sehr langsam von seinem Hocker rutschte und nach seiner Jacke griff. Sie wartete, bis er aus der Tür getorkelt war, bevor sie mir ihr schönstes, lückenhaftes Lächeln schenkte. »Und nun zu dir, mien Deern. Likörchen?«

»Ich hab gar kein Geld.« Ich hasste Tante Doris' Likörchen. Insofern war es schön, endlich einmal eine gute Ausrede zu haben.

Aber die ließ sie nicht gelten. »Liebes, Richies Freundin muss doch bei mir nicht bezahlen! Wo kämen wir denn da hin?«

Ich hätte es eigentlich gar nicht so schlecht gefunden, mal dahin zu kommen, dass ich nicht ständig genötigt wurde, dieses ekelhafte Zeug zu trinken. Aber mit Tante Doris war nicht zu verhandeln. Deswegen hatte ich es inzwischen auch aufgegeben, ihr klarmachen zu wollen, dass Richard und ich kein Paar waren. Auf dem Ohr war sie ebenfalls taub. Also ließ ich mir Likörchen einschenken, stieß mit der Dame des Hauses an und holte noch einmal tief Luft, bevor ich das Glas ansetzte und in einem Zug austrank.

Tante Doris tätschelte mir die Schulter. »Mit dir trink ich immer am liebsten, mien Deern.«

Ich hätte das Kompliment gern zurückgegeben, aber ich konnte leider nicht sprechen, wegen des Würgereizes. Angestrengt versuchte ich, den widerlichen Geschmack in meinem Mund herunterzuschlucken.

»Mädchen, warum guckst du denn so traurig? Ist was passiert? Hat der Richie was gemacht?«

»Nein. Hat er nicht«, brachte ich gerade noch heraus.

Mehr war auch nicht nötig, denn Richard übernahm gern das Reden für mich. »Daphne ist gefeuert worden.«

»So schön hat das noch keiner vor dir gesagt, Richard.«

Ich hätte ganz gern auch mal über etwas anderes gesprochen, aber Tante Doris stieg sofort drauf ein. »Da in deiner Schickimicki-Agentur?«

»Die ist gar nicht so Schickimicki.«

»Wie auch immer.« Sie stellte mir ein neues Glas vor die Nase und goss Likörchen ein. »Trink das mal. Das hilft.«

Ich war klar vom Gegenteil überzeugt, aber ich trank trotzdem. Ich war ja schließlich in Tante Doris' Kneipe. Da kniff man nicht.

Und während ich mich noch darum bemühte, den Likör unten zu halten, hatte Tante Doris die Flasche auch schon wieder im Anschlag. »Trinken ist die beste Medizin.« Na, wenn sie das sagte …

»Kopf hoch, mien Deern. Dann machst du jetzt eben was anderes, nech? Ganz ohne Schickimicki. Das passt ja auch gar nicht zu dir.«

»Arbeitslos sein aber auch nicht.« Es war ja schön, dass alle der Meinung waren, dass diese Kündigung der reine Glücksfall für mich war. Weil ich jetzt endlich einen Grund hatte, mich zu fragen, was ich eigentlich tun wollte, so ganz generell. Manchmal musste einem das Schicksal eben auf die Sprünge helfen, das sah ich nicht anders. Aber gleich so extrem? Musste ich unbedingt zurück auf null? Ich kam ja gar nicht dazu, mit dieser Silvesterpakt-Nummer anzufangen, weil ich mir die ganze Zeit viel grundsätzlichere Sorgen machte. Zum Beispiel darüber, wovon ich in der nächsten Zeit mein Essen bezahlen sollte. Wenn es existenziell wurde, war man doch erst recht nicht wählerisch. Da landete man schneller im Einzelhandel, als man *Pakt* sagen konnte. »Ich hätte eigentlich ganz gern ohne diesen Druck herausgefunden, was wirklich zu mir passt.«

Richard fummelte am Etikett seiner Bierflasche herum. »Dazu hattest du ja mehrere Jahre Gelegenheit. Und?«

Klugscheißer. Es war eben nicht leicht, seinen Arsch hochzukriegen, wenn man weich saß …

»Also, ich hatte meinen Traumjob und ich sach dir, mien Deern, davon zehre ich bis heute.« Tante Doris füllte mit einer unglaublichen Präzision die Schnapsgläser exakt bis zum Rand. »Ich war nämlich mal Tänzerin, hat der Richie dir das erzählt?«

Nein, hatte er nicht. Ich versuchte, mir diese kleine, klapprige Frau mit dem schlaffen Fleisch und dem Kittel tanzend auf einer Bühne vorzustellen. Nicht ganz leicht. »Was denn für Tanz? Ballett?«

»Ballett!«, platzte es aus ihr heraus. Sie fing an zu lachen und während sie lachte, drehte sie sich um, nahm ein Foto im goldenen Bilderrahmen von der Wand hinter dem Tresen und legte es vor mich hin.

Eine junge Frau, Anfang zwanzig, die Tante Doris entfernt ähnlich sah. Ihre blonden, langen Haare waren entgegen allen Regeln der Physik zu einem riesigen, flauschigen Turm aufgebauscht, ihre Lippen waren tiefrot und zu einem verführerischen Schmollen verzogen und sie trug … nicht viel. Obenrum zumindest. Zwei kleine Kreise mit Lametta dran waren über ihre Brustwarzen geklebt.

Ich sah Tante Doris entgeistert an. »Bist du das?«

»Das ist Madame Dodo. Die schärfste Braut auf dem ganzen Kiez damals, lass dir das gesagt sein.« Sie machte eine kleine Kunstpause, um das Bild liebevoll zu betrachten. »Der Laden war immer rappelvoll, alle sind nur wegen mir gekommen. Und wenn ich da oben auf der Bühne stand und mit den Hüften gekreist hab, da sind die Männer verrückt geworden. Gepfiffen und gejohlt haben sie und sich nach meinen Beinen gestreckt.« Angestrengt versuchte Tante Doris, ihr Bein lasziv auf ihrem Hocker hinter der Bar abzulegen, was aber nicht so recht gelingen wollte, und sie ließ es bleiben, zum Glück, bevor sie sich noch was brach. »Aber anfassen«, fuhr sie fort, »durfte mich niemand. Dann gab's immer eine drauf von Zehn-Zentner-Ole, der hat aufgepasst wie ein Schießhund.« Sie seufzte. »Ich habe es *geliebt!* Ich hätte nie aufgehört, wenn ich nicht irgendwann Onkel Otto kennengelernt hätte, den alten Taugenichts. Und weiß der Teufel, warum, aber den hab ich noch mehr geliebt und weil er das Tanzen aber nun mal so gar nich leiden mochte, musste ich aufhören.« Sie hängte das Bild wieder an seinen Platz an der Wand und zuckte mit den Schultern. *»C'est la vie,* wie der Spanier sagt.«

»Eine schöne Geschichte.« Mehr wusste ich nicht zu sagen. Also trank ich in einer Übersprunghandlung mein Likörglas leer und wischte mir über die Lippen.

Tante Doris sammelte das leere Glas ein und ließ es in das Spülbecken fallen. »Ich kann ja mal überlegen, ob mir was für dich einfällt, nech? Ich kenn ja Gott und die

Welt hier auf St. Pauli, da finden wir bestimmt was für dich.« Ja, bestimmt. Aber ich würde mir kein Lametta an die Brust schnallen, so viel stand mal fest. »Hast du schon eine Idee, was du gern machen würdest?«

»Am liebsten was ohne Hüftkreisen.«

»Ehrlich?« Tante Doris sah fast ein bisschen enttäuscht aus. »Dabei ist das so gut für die schlanke Linie.«

»Soll ja nur für den Übergang sein.«

»Das klingt sehr vernünftig, Liebes, das ist genau richtig. Nichtstun macht träge. Da darf man nicht lange fackeln. Vielleicht kann ja auch mal Richie in seiner Firma fragen, ob du da aushelfen kannst.«

»Aber der arbeitet doch gar nicht mehr im Kaufhaus …« Mein Blick wanderte zu Richard, der plötzlich ein wenig nervös wirkte und vermied, zurückzugucken.

»Nein, Kaufhaus, so ein Unsinn.« Stolz griff Tante Doris über den Tresen hinweg nach der Hand ihres Großneffen und drückte sie. » Wie kommst du denn darauf? Der Richie ist doch Versicherungskaufmann.«

»Versicherungskaufmann?!«

Das war der Moment, als in der Ecke bei der Dartscheibe ein kleinerer Tumult ausbrach, weil Heinz, so hieß der große Typ mit dem Schnauzbart, und Gerd, das war der kleine Dicke mit der Schirmmütze, sich nicht einig wurden, ob Gerds letzter Wurf nun gewertet werden sollte oder nicht. Heinz und Gerd waren kurz davor, die Frage mithilfe von Bierflaschen und Fäusten zu lösen. Tante Doris, in ihrer Rolle als resolute Kneipenmutter, durchquerte den Raum im Stechschritt und stellte die zwei Unruhestifter zur Rede. Das war außerdem der Moment, in dem Richard sich an seinem Bier verschluckte und einen übertrieben lang andauernden Hustenanfall bekam. Aber das war mir herzlich gleichgültig. Wäre es nach mir gegangen, hätte der Herr Versicherungskaufmann jämmerlich am Tresen ersticken können. An seinem Bier und an all den schlauen Worten, mit denen er mich seit Tagen zum Thema *Was im Leben wichtig ist* bombardierte. Heuchler. Ich nahm meinen Mantel und ging.

»Ich verstehe gar nicht, warum du jetzt so sauer bist.« Richard stolperte hinter mir her durch den Neuschnee, der inzwischen gefallen war und sich tückisch über die eine oder andere Eisplatte gelegt hatte. Im Laufen wickelte er sich seinen gelben Schal um den Hals. »Jetzt warte doch mal!«

»Auf dich?!« Ich drehte mich nicht um, stapfte weiter durch den Schnee und schlang meine Arme um meinen Oberköper. »Damit du mir noch mehr Lügen erzählen kannst?!«

»Wann bitteschön habe ich dich denn angelogen?« Richard holte auf. Er war außer Atem, das freute mich. Ich legte noch einen Schritt zu, achtete nicht darauf, wo ich hintrat, und erwischte eine glatte Stelle auf dem Gehweg. Als ich den Boden unter den Füßen verlor, machte ich ein überraschtes Geräusch. Dann landete ich mit einem Rumms, den Arsch voran, im Schnee.

»Scheiße.« Erst griff ich nicht nach der Hand, die Richard mir hinhielt. Wie sollte ich ihm denn weiter böse sein, wenn ich jetzt zuließ, dass er mir half. Ich starrte ihn nur wütend an und gab mir Mühe, mir nicht anmerken zu lassen, wie weh der Sturz getan hatte.

»Komm schon. Steh auf.«

»Das kann ich allein!« Trotz ist immer schlecht. Vor allem wenn man auf der kalten Straße sitzt und merkt, wie die Nässe sich langsam in die Kleidung frisst. Aber ich war mit Richard noch nicht fertig. So leicht kam er aus der Sache nicht raus. Ich stützte mich mit den Händen am Boden ab, stand mit zitternden Knien auf und klopfte mir den Schnee vom Mantel.

»Geht's?«

»Dasselbe könnte ich dich fragen«, zischte ich ihn an. Richard sagte einen Moment lang nichts, während ich mir den schmerzenden Hintern rieb. »Daphne, finde heraus, was zu dir passt. Daphne, das Wichtigste ist Spaß. Daphne, du verschwendest dein Leben …«

»Und?«

»Und?! Ich höre mir das seit Tagen von dir an und du bist *Versicherungsvertreter?!*«

»Kaufmann.«

»Und du gibst es nicht einmal zu!« Meine Stimme überschlug sich. Die Leute da oben in ihren Wohnungen dachten sicherlich, dass sich hier unten ein besoffenes Kiezpärchen ein kleines Wortgefecht lieferte, das kam ständig vor, da musste man nicht reagieren. Mir war das ein bisschen peinlich, aber andererseits war das hier ja auch kein kleines Wortgefecht. Hier ging es um etwas Größeres. Hier ging es ums Prinzip. Nicht nur, dass Richard so großspurig das eine predigte und das andere tat. Nein, er führte auch noch ein Doppelleben. Lebenskünstler bei Nacht, Versicherungskaufmann am Tag. Das war doch irre!

Und jetzt seufzte er auch noch, als würde ich übertreiben. »Was ist denn bitte daran gelogen? Wenn man seine Zeit mit Sachen verbringt, die einem keinen Spaß machen, dann verschwendet man sein Leben. Ist so.«

»Und als Versicherungskaufmann hat man ja bekanntlich immer richtig viel Spaß, was?«

»Kann sein. Aber ich hatte keinen Spaß daran. Deswegen hab ich den Job ja auch vor vier Jahren an den Nagel gehängt.«

»Und Tante Doris?«

»Weiß nichts davon.«

Die arme Frau. Sie glaubte also nicht nur, dass ich Richards Freundin war, sondern auch, dass er einer geregelten Arbeit als Versicherungskaufmann nachging. »Du bist ein Mistkerl.«

»Ein Mistkerl …«

»Die Frau ist wie eine Mutter zu dir. Und du lügst sie an.«

»Eben weil sie wie eine Mutter für mich ist, will ich nicht, dass sie sich Sorgen um mich macht.« Richard hakte mich unter und ich – beschämt und sprachlos, weil ich mit meinen Vorwürfen so deutlich falschgelegen hatte – ließ es widerwillig geschehen. Zumal meine Füße sich langsam aber sicher in Eisklumpen verwandelten und ich plötzlich ganz dringend nach Hause wollte.

»Komm, ich erkläre dir alles.«

Wir spazierten dicht nebeneinander im Schein der Straßenlaternen, mit gesenkten Köpfen, unsere Füße und das Eis darunter immer im Blick.

»Ich hab während meiner Schulzeit mit ein paar Freunden in einer Punkband gespielt. Gitarre.«

»Wart ihr gut?«

»Natürlich nicht! Das war eine Punkband, Daphne.«

»Ach so.«

»War jedenfalls das Einzige, worauf ich wirklich Bock hatte. Schule fand ich nie interessant. Und ich hab mir auch keine Gedanken gemacht, was ich später mal machen will. Studium kam nicht infrage, weil schon ziemlich früh klar war, dass ich das Abi nicht schaffen würde. Ich meine, ich war nicht dumm ...«

»Sicher?« Ich warf Richard einen Blick zu und musste grinsen.

Er grinste zurück. »Ich weiß, ist schwer zu glauben, aber: Ja, ich war nicht dumm. Ich war faul. Und als die Schule vorbei war, stand ich da und hatte natürlich keine Ahnung, was ich machen sollte.« Er zuckte mit den Schultern. »Dann hat mir ein Bekannter von meinem Vater einen Ausbildungsplatz in seiner Firma angeboten. Einfach so. Super.«

»Weil du dich um nichts kümmern musstest.«

»Ich war ja schließlich faul. Leider habe ich schnell gemerkt, dass ich den Laden hasse. Ich habe den Anzug gehasst, den ich tragen musste, ich habe den Schreibtisch gehasst, die anderen Versicherungsheinis, die Kaffeepausen, die Papierstapel, das beschissene Büro. Ich hab's gehasst.« Er wischte sich mit der freien Hand über seine tropfende Nase. Ich griff in meine Jackentasche und reichte ihm ein Taschentuch. »Ich wusste eigentlich vom ersten Tag an, dass ich den Job hasse. Und ich hab ihn trotzdem jahrelang gemacht. Erst die Ausbildung, dann Festanstellung. Weil ich dachte, dass ich nichts anderes finden würde, mit meinen schlechten Schulnoten, und wenn du einmal Versicherungskaufmann bist, dann ist das eben das, was du machst. Bis du stirbst. Das dachte ich. Das hat mich derartig runtergezogen, dass ich irgendwann nicht mehr konnte und Urlaub gemacht habe, zum ersten Mal weit weg von all dem. Ab nach New York, da hab ich einen alten Schulfreund getroffen, Henning. Der war damals auch in meiner Band.«

»Welches Instrument?«

»Keins. Leadsänger.«

»Okay. Und?«

»Ich hab gesehen, wie es auch hätte sein können. Henning hat alles richtig gemacht, weißt du? Der war fertig mit der Schule, ist nach New York geflogen, hat sich da in den Clubs herumgetrieben, Leute kennengelernt, Musik gemacht und dann hat er mit ein paar Typen ein kleines Label gegründet. Der hat es einfach gemacht, während ich in diesem Scheißbüro saß. Es war hart, das zu sehen. Es kam mir so vor, als wäre ich die letzten Jahre tot gewesen, begraben unter Versicherungsformularen. Verstehst du?«

Ich nickte. Klar verstand ich das. Ich kannte das Gefühl aus meiner Zeit bei Markwardt & Söhne. Als würde ich meinen Verstand, meine Seele und meine Persönlichkeit morgens an der Tür abgeben und sie nach Feierabend wieder dort abholen. Und in der Zwischenzeit existierte ich, aber ich lebte nicht.

»Dieser Trip war das Beste, was ich in meinem Leben bis dahin gemacht hatte. Weil ich kapiert habe, dass ich etwas ändern muss. Und als ich wieder zu Hause war, hab ich meinen Job gekündigt. Beste Entscheidung meines Lebens. Aber ich ärgere mich noch immer über mich. Ich habe meine Jugend verschwendet. Aus purer Trägheit.«

»Och!« Ich wuschelte ihm in gespieltem Mitleid durch die Haare. »Armer Richard.«

Doch anstatt zu lachen, wie er es sonst immer tat, griff er nach meiner Hand auf seinem Kopf, nahm sie herunter und sah mich ernst an. »Das ist nicht witzig, Daphne. Ob man sein Leben nun wegwirft, weil man faul ist oder ängstlich, ist egal. Das eine ist so scheiße wie das andere. Klar kann man auch mal auf die Schnauze fallen. Und es wird auch mal anstrengend. Aber es ist viel weniger schmerzhaft, als sich später nicht mehr an all die Stunden erinnern zu können, in denen man vor Langeweile sein Gehirn ausgeschaltet hat, weil es in diesem öden Büro nichts zu sehen und zu erleben gab.«

»Okay. Versteh ich.« Behutsam entzog ich ihm meine Hand. »Aber was ist jetzt?«

»Was soll sein?«

»Naja, du hast weder ein Apartment in New York noch ein eigenes Plattenlabel. Du bist bald dreißig, arbeitslos und wohnst zur Untermiete bei einem Hippie. Ist das wirklich eine Verbesserung?«

Richard verschränkte die Arme vor der Brust, starrte in den Nachthimmel und dachte nach. Er sah niedlich aus, mit seinen verwuschelten Haaren und der roten Nase, und ich spürte einen seltsamen Drang, ihn zu umarmen und in meiner Vorstellung umarmte er mich zurück. Ich stellte mir vor, wie er roch und fragte mich gleichzeitig, was das jetzt sollte, warum ich dieses Gefühl plötzlich hatte, und ob er diese Umarmung wohl auch wollen würde.

»Ja«, sagte er entschieden.

»Was?!« Ich sah ihn erschrocken an.

»Deine Frage. Ob das eine Verbesserung ist?«

»Ach so …« Willkommen zurück im Hier und Jetzt.

»Es ist eine Verbesserung. Weil ich frei bin.«

Ich rollte mit den Augen. »Jetzt klingst du genau wie Sky.«

»Er hat ja auch Recht. Sich zu früh festzulegen, ist das Dümmste, was man tun kann. Ist mir einmal passiert – nie wieder! Wenn du das Richtige für dich gefunden hast, merkst du es. Und bis dahin probierst du eben alles einmal aus, bis es passt.« Richard fummelte in seiner Jackentasche herum und zog seinen Schlüssel heraus. »Nur nicht zu früh entscheiden.«

Nichts leichter als das. Entscheidungen waren ja eh nicht so mein Ding.

»Und? Noch sauer?«

»Nee.«

»Gut«, sagte Richard und nahm die Stufen zur Haustür in zwei Schritten. »Willst du gar nicht wissen, wie die Band hieß?«, fragte er mich über seine Schulter.

»Doch, eigentlich schon.«

Er drehte den Schlüssel im Schloss, öffnete die Tür und hielt sie mit einer Gentleman-Geste auf, so dass ich an ihm vorbei ins Haus gehen konnte.

»No Future.«

»Noch so eine Lüge.«

In der Wohnung stank es. Der Gestank von mindestens drei Dutzend Räucherstäbchen verschiedener Richtungen erschlug einen förmlich, wenn man aus der kalten Winterluft in den dunklen Flur trat. Richard schaltete das Licht an. Feine Rauchschwaden schwebten durch den Flur.

Ich zog mir meinen Schal über die Nase. »Was ist das?«

»Skys Happening, würde ich sagen.« Richard war unbeeindruckt. Er zog sich im Gehen seinen Parka aus und warf ihn auf seinem Weg durch den Flur nonchalant durch die offene Tür seines Zimmers. So entstand das Chaos also. Durch die Tür neben der Küche drang das Wummern von Bässen. Richard drückte ohne zu klopfen die Türklinke nach unten und betrat den Raum, Skys Reich.

»Hi Sky.«

»Richard!« Skys Stimme klang gedehnt und ein wenig kratzig.

Ich steckte den Kopf ins Zimmer und winkte ihm zu. »Hallo!«

»Daphne!«

Skys Teil der Wohnung bestand aus zwei riesigen Räumen mit hohen Decken, die durch eine offene Schiebetür verbunden waren. In dem ersten Raum standen ein durchgesessenes Sofa und ein Korbsessel, auf dem Boden lag ein alter Perserteppich. Abgesehen von einer Lavalampe auf dem Fensterbrett gab es kein Licht, und das Nebenzimmer, in das man durch die halbgeöffnete Tür sehen konnte, war ebenfalls dunkel. Sky saß im Schneidersitz neben seiner Musikanlage auf dem Teppich und sah sehr glücklich aus. Vor ihm im Aschenbecher glühte ein Joint und rechts neben ihm lag etwas Flauschiges auf dem Boden. Etwas Atmendes, Lebendiges, wie ich feststellen konnte, als meine Augen sich an die Dunkelheit gewöhnt hatten. Und als ich genauer hinsah, erkannte ich, was es war.

»Benedict!«

Er lag auf der Seite, alle viere von sich gestreckt, die Zunge hing ihm aus dem Maul und seine Augen waren geschlossen. Panisch ließ ich mich neben den Zwergspitz auf die Knie fallen und berührte ihn am Kopf. Nichts. Hätte sich sein Brustkorb nicht regelmäßig gehoben und gesenkt, ich hätte ihn für tot gehalten. Und wie hätte ich das meiner Mutter erklären sollen?

»Was hast du mit ihm gemacht?«, fuhr ich Sky an.

»Kein Grund zur Aufregung.«

Das sah ich anders. »Von wegen!« Ich hob den schlaffen Hundekörper vom Boden hoch und hielt ihn Sky vor die Nase. »Hat er gekifft?«

Hinter mir fing Richard an zu lachen. »Mensch, Daphne, hast du schon einmal einen Hund Gras rauchen sehen?«

Zugegeben, wenn man nicht gerade ein Fan von platten amerikanischen High-School-Komödien war, sah man bekiffte Tiere in der Tat nur äußerst selten. Aber Sky war ein komischer Typ und ich traute ihm nicht über den Weg. Deswegen ignorierte ich Richards Einwand einfach. »Hat er es gefressen?« Ich fühlte mit meinem Zeigefinger in Benedicts Maul nach eventuellen Resten von Marihuana. Und fragte mich währenddessen, warum ich das eigentlich tat. Ich konnte den Hund nicht ausstehen. Und wenn er an einer Überdosis starb, dann blieb ihm wenigstens eine Reise im Pappkarton nach Ägypten erspart, auf die ich ihn ansonsten demnächst schicken würde, weil ich nämlich keine Lust mehr darauf hatte, den Babysitter zu spielen. Plötzlich machte der Zwergspitz ein Geräusch. Es klang sehr zufrieden. Beinahe wie Schnurren.

»Es ist ja schön, dass du mal vorbeischaust, Daphne. Aber du machst hier gerade voll die Hektik und das stört das Happening total.«

»Happening? Du hast den Hund meiner Mutter umgebracht!«

Sky hob beschwichtigend die Hände. »Unsinn. Dem Hund geht es gut. Der ist jetzt komplett tiefenentspannt.«

»Wie bitte?« Mir war nicht bewusst gewesen, dass Tiere überhaupt tiefenentspannt sein konnten. Das war doch eigentlich eine menschliche Sache, Tiefenentspannung. Eine Lifestyle-Angelegenheit. Mit Klangschalenindustrie, Fangopackungen und Qigong. Tiere brauchten keinen Lifestyle. Die hatten Instinkte. Richard setzte sich neben Sky auf den Boden und betrachtete Benedict fasziniert. »Aber mal im Ernst, Mann: Was hast du mit dem gemacht?«

»Gar nichts. Der kam hier rein, hat sich hingelegt und das war's. Wie sich das für ein Happening gehört. Das könnte unser Fräulein Bluthochdruck hier auch mal ausprobieren.« Sky griff nach dem Joint, zündete ihn noch einmal an und nahm einen langen Zug, bevor er ihn Richard reichte.

»Arsch.« Ich legte den Hund zurück auf den Teppich und streichelte ihm über den Bauch. Er wirkte wie immer, gesund und munter. Nur ohne das ständige Gekläffe. Eigentlich ganz angenehm. Mutter würde es niemals verstehen.

»Genau das meine ich.« Sky nahm den Joint wieder von Richard entgegen und zog daran. Das Papier knisterte. »Ich hab selten jemanden erlebt, der so angespannt ist wie du, Daphne. Deine Freundin ist da zum Beispiel ganz anders.«

»Meine Fr…?! Betty!« Die hatte ich ganz vergessen, über all den Likörchen, der Versicherungskaufmann-Geschichte und dem Zombie-Zwergspitz. Das kam davon, wenn man sich ständig aufregen musste, immer musste man sich aufregen. »Wo ist sie?«

»Und schon ist sie wieder auf Hundertachtzig. Daran solltest du echt arbeiten, Daphne.«

Jaja. »Danke für den Tipp, Sky.«

»Sie ist nebenan.«

Schnell ging ich auf die Tür zum Nebenzimmer zu und stieß fast mit Betty zusammen, die plötzlich aus der Dunkelheit auftauchte wie ein Geist. Sie trug lediglich Unterwäsche und sah extrem zerknautscht aus, als hätte sie zwei Tage durchgeschlafen.

Ich blieb abrupt stehen. »Betty.«

»Schätzelein.« Sie breitete ihre Arme aus und umarmte mich, warm und schwer. »Jetzt hast du das ganze Happening verpasst.«

Es sah ganz so aus.

8
ES GEHT VORAN (TEILWEISE)

»Sie war nackt?!«

»In Unterhose.«

»Ist da was gelaufen?«

»Ich hoffe nicht.«

Auch an diesem Morgen war ich inmitten von Chaos aufgewacht. Chaos in Richards Zimmer, Chaos in meinem Kopf. Und ich hatte den dringenden Wunsch, mich davon zu befreien, wenn auch nur für ein paar Stunden. Aus dem Strudel der Seltsamkeit auszubrechen und mit einem Menschen zu reden, der mir helfen konnte, über die Ereignisse des vergangenen Abends hinwegzukommen. Den Anblick von Betty in ihrer Unterwäsche, tiefenentspannt, mit von der Lavalampe auf ihren Bauch geworfenen psychedelischen Mustern. Dieses Bild würde ich mein Leben lang nicht mehr aus dem Kopf bekommen. Ich brauchte eine Zigarette. Und Maria. Maria war der unseltsamste Mensch der Welt. Sie würde das verstehen. Also fuhr ich direkt nach dem Aufstehen zu ihr.

Aber sie reagierte bei Weitem nicht so schockiert, wie ich erwartet hatte. »Wieso hoffst du, dass da nichts gelaufen ist?«

»Maria, wenn du Sky kennen würdest, würdest du mich verstehen. Der ist … komisch.«

»Komisch muss doch nicht schlecht sein. Betty ist auch komisch. Und würdest du es ihr nicht gönnen, wenn sie jemand anderen kennenlernt? Dann ist endlich mal Schluss mit dieser Mo-Kiste.«

So hatte ich das noch gar nicht betrachtet. »Das ist schlau.« Akademikerin eben. Aber musste der neue Mann in Bettys Leben ausgerechnet dieser Freak sein? Ausgerechnet Sky? Der hatte zwar abgestritten, dass er mit Betty irgendetwas anderes gemacht hatte, als ganz entspannt sein Happening zu genießen, aber er hatte dabei so gegrinst und ich war mir nicht sicher gewesen, ob das vom Gras kam oder ein Zeichen dafür war, dass er log. Und als ich ihm sagte, dass Happenings nicht die richtige Freizeitbeschäftigung für Schwangere und wahrscheinlich sogar schädlich waren, hatte er nur gelacht. »Ich hätte es aber besser gefunden, wenn sie sich einen gesucht hätte, der seine Zeit mit etwas anderem als Kiffen verbringt. Also, wenn ich da was zu sagen hätte …«

Maria tätschelte meinen Arm. »Hast du aber nicht.«

Ich seufzte. Weil das ein universelles Problem war. Irgendwie kam es mir so vor, als hätte ich schon seit ein paar Tagen überhaupt nichts mehr zu sagen. Egal zu welchem Thema. Mir passierten einfach seltsame Dinge. Mein Lieblingslied des Tages hatte ich dementsprechend gewählt. *Is it really so strange?* von den Smiths. Als ob das noch die Frage war. Natürlich war alles wirklich so seltsam.

»Und wie läuft es bei dir so? Suchst du nach einem neuen Job?« Nicht direkt unter Hochdruck, aber: »Ja.«

Ich bückte mich nach meiner Tasche, zog eine Tageszeitung heraus, die ich auf dem Weg zu Maria gekauft hatte, und legte sie vor mich auf den Küchentisch. »Stellenanzeigen.«

Marias Lippen kräuselten sich zu einem eher spöttischen Lächeln. »Na dann, viel Glück.«

»Wieso Glück?«

»Kennst du irgendjemanden, der jemals durch eine Stellenanzeige in der Zeitung Arbeit gefunden hat?«

Ich überlegte kurz. »Nein.« Aber ich wollte mir meinen ersten Schritt zur Eigeninitiative nicht durch Maria kaputtmachen lassen. Stellenanzeigen waren doch immerhin besser als nichts. Besser als Likörchen und Kiffen. »Aber es muss Leute geben, die auf diese Weise Jobs gefunden haben, sonst gäbe es ja keine Stellenanzeigen mehr, oder?«

»Klingt logisch.« Maria zündete sich eine Zigarette an und lehnte sich in ihrem Küchenstuhl zurück. »Aber wonach suchst du denn eigentlich?«

»Nach einem Job?«

»Ich meine, hast du dir inzwischen überlegt, was du gern machen würdest? Das war ja schließlich der Plan.«

Ich vergrub meinen Kopf genervt in meiner Armbeuge. »Jetzt fängst du auch noch damit an ...«

»Pakt ist Pakt, Daphne.«

»Jaja. Weißt du was? Ihr seid wirklich fein raus, seit mir gekündigt worden ist. Jetzt konzentrieren sich alle auf mich und niemand sonst muss etwas unternehmen. Betty ist weiter schwanger, Richard ist weiter Richard, Hannes ist weiter Handyverkäufer und du studierst auch weiter, als wäre nichts gewesen.«

»Das würde ich so nicht sagen.« Sie schmunzelte, amüsiert und geheimnisvoll zugleich, die Maria Lisa, senkte ihren Kopf und strich sich eine Locke hinters Ohr.

Ich stutzte. »Du würdest das so nicht sagen? Wie würdest du das *denn* sagen?« Sie war mir gleich so komisch vorgekommen, von dem Moment an, als sie mir die Tür geöffnet hatte. So ungewohnt leicht und gelassen. Ich sah, wie sie versuchte, ihr merkwürdiges Lächeln nicht zu einem Grinsen ausarten zu lassen, und wurde hibbelig. »Maria?! Was ist hier los?«

»Ach, nix.« Sie hob den Kopf und prustete los. Vollkommen verrückt. Die jetzt auch.

Ein bisschen beleidigt griff ich mir die Zigarettenschachtel und nahm eine heraus. »Wenn du dich wieder beruhigt hast, magst du mich ja vielleicht aufklären ...«

Sie stand auf, die qualmende Zigarette in der Hand, ließ mich allein am Tisch sitzen, rumorte kurz in ihrem Zimmer und kam dann, einen Zettel in der freien Hand, in die Küche zurück. »Da.«

Ich spürte, wie sie mich beobachtete, während ich das Papier studierte. Uhrzeiten und Daten und in Versalien die Abkürzungen für Flughäfen. »Willst du verreisen?«

»So ähnlich.«

Ich ließ den Zettel sinken und sah über den Rand hinweg in ihr breit grinsendes Gesicht. Ich war ja nicht auf den Kopf gefallen. Natürlich hatte ich eine Ahnung, was das hier zu bedeuten hatte. Ich konnte diese Ahnung einfach nur nicht mit der Maria vereinbaren, die ich kannte. Meine Maria war überlegt und vernünftig. Sie würde sich nie die Nächte um die Ohren schlagen, wenn sie am nächsten Tag arbeiten musste. Sie würde nie ein zu teures Kleid kaufen, nur weil es ihr gefiel. Und vor allem würde sie nie, niemals im Leben, ihr Studium abbrechen, auf alles pfeifen und sagen …«

»Ich gehe zu Arne nach Australien!«

Oder doch.

»Er hat einen Job an der deutschen Schule in Sydney angeboten bekommen und er will ihn annehmen und dort bleiben.«

»Hat er dich gar nicht gefragt?«

»Doch. Ich hab gesagt, er soll das machen. Dass ich nachkomme.« Sie drückte stürmisch ihre Zigarette aus, die sie vor Aufregung ohnehin nicht geraucht hatte, und griff nach meiner Hand. Ich war verwirrt. Maria war sonst mehr der unterkühlte Typ. Sie umarmte mich nicht einmal zur Begrüßung, weil sie Umarmungen nicht mochte. Und jetzt drückte sie einfach so meine Hand. »Und? Was meinst du?«

Ich war mir gar nicht so sicher, was ich von Marias Plänen hielt. Klar, Sydney, das klang erst mal super. Aber dann war Sydney auch wirklich weit weg. Und Marias plötzliche Persönlichkeitsveränderung machte mir Sorgen. Ich war überfordert. »Hat das was mit Fiona zu tun?«

»Hä?«

»Du hast mir noch immer nicht gesagt, wer das ist.«

»Ach, nur so eine nervige Engländerin, mit der Arne eine Weile rumgereist ist. Hab ich schon wieder vergessen.«

»Okay …«, sagte ich gedehnt. »Und warum machst du das dann?«

Maria sah mich irritiert an. »Weil ich Arne liebe und bei ihm sein möchte.«

»Und was ist mit dem Studium?« Ich hasste mich selbst dafür, dass ich so ein Spielverderber war. Ich wusste auch nicht, warum ich es tat. Noch so eine Sache, über die ich in Ruhe nachdenken musste.

»Das Studium mache ich irgendwann zu Ende. Oder ich mache was anderes. Das geht mir sowieso alles auf die Nerven, die vielen Nebenjobs, die Quälerei mit der Magisterarbeit – und wofür? Damit ich später Taxi fahre? Oder noch besser: direkt nach dem Abschluss arbeitslos bin, so wie du.«

»Autsch.«

»Tut mir leid. Aber so ist es doch nun mal. Das ist die perfekte Chance: Ein neues Leben in einem neuen Land, in dem immer die Sonne scheint, mit meinem Freund, der einen super Job hat. Würdest du da Nein sagen?«

Mein Blick wanderte von der Tageszeitung mit den Stellenanzeigen zum Fenster. Draußen schneite es wieder, die kahlen Bäume streckten ihre Krallen in den grauen Himmel und mich fröstelte. Würde ich zu Australien nein sagen? Ich zuckte mit den Schultern und das war eine Lüge, denn ein deutliches Nein wäre ehrlich gewesen.

»Ich hatte auch erst Angst bei dem Gedanken, hier alles aufzugeben und zu Arne zu ziehen. Aber als ich diese Angst dann beiseitegeschoben hatte, wusste ich, dass es die richtige Entscheidung ist.«

»Ich wünschte, ich könnte mich auch endlich mal für etwas entscheiden.«

»Wenn es richtig ist, weißt du es.«

»Das hat Richard auch gesagt.« Ich versuchte mit aller Kraft, ein fröhliches Gesicht aufzusetzen und nahm erneut Marias Flugplan zur Hand. »Und? Wann geht es los?«, fragte ich, während ich parallel die Zahlenkolonnen absuchte.

»Sonntag.«

Ich ließ entsetzt den Zettel fallen. »Diesen Sonntag?!«

Maria nickte. »Das Richtige muss man sofort tun. Alles andere ist Zeitverschwendung.«

Noch nie vorher in meinem Leben hatte ich so viel über das Verschwenden von Zeit nachgedacht. Langsam kam es mir so vor, als gäbe es gar nichts Schlimmeres. Und als hätten das alle schon immer gewusst. Nur ich hatte den Trend verpasst. War jahrelang Tag für Tag ganz altmodisch an meinem ungeliebten Arbeitsplatz erschienen, weil ich tatsächlich gedacht hatte, dass es beim Arbeiten in erster Linie darum ging, sich eine finanzielle Grundlage zu schaffen. Welch Irrtum! Aber war, sein Leben so leben zu dürfen, wie es einem am besten gefiel, nicht auch nur eine Form von Luxus? Wie ein Lamborghini etwa – oder ein Whirlpool – ganz nett, aber nicht lebenswichtig? Und war, wer sich davon deprimieren ließ, dass ihm dieser Luxus im Leben fehlte, nicht eigentlich selbst schuld? Man konnte ja auch mit dem Fahrrad ins Schwimmbad fahren und trotzdem seinen Spaß haben. Ich musste bei nächster Gelegenheit Richard mal nach seiner Meinung dazu fragen. Oder vielleicht besser doch nicht. Der brachte mich eh schon genug durcheinander.

Obwohl ich inzwischen auch zugeben musste, dass es Sinn machte, einmal gründlich seine Ziele und Wünsche für die Zukunft zu überdenken. Sonst stolperte man von einem faulen Kompromiss in den nächsten,während man sich nach Größerem sehnte … Nach Australien auswandern, das war ohne Frage groß. Ich war ein bisschen neidisch auf Maria, weil ihr diese Antwort auf eine Frage, die sie sich bis zu unserem Pakt eigentlich nicht gestellt hatte, einfach so mir nichts dir nichts vor die Füße gefallen war. Für Maria war jetzt alles klar. Das Einzige, worüber sie sich Sorgen machen musste, war das Ozonloch. Sie war der rothaarige, blasse Typ, da half keine Sonnencreme, da musste so ein Ganzkörper-Schutzanzug her, wie die Imker ihn trugen. Aber auch den konnte man beschaffen. Ich wünschte, ich wäre an ihrer Stelle. Aber das lag nicht an Australien. Sondern daran, dass sie jetzt einen Plan hatte. Und ich eben nicht.

Die Tageszeitung mit den Stellenanzeigen unter den Arm geklemmt, lief ich die Stufen zu Richards Haustür hoch. Eine junge Frau, zwei rotznäsige Kinder in Regenhosen im Schlepptau, ließ mich rein. Es war kurz nach vier. Spielplatzzeit.

Im dritten Stock angekommen, klingelte ich. Niemand öffnete. Aber es war definitiv jemand zu Hause. Das verriet dieses extrem unmelodische Gitarrenspiel, das durch die Tür nach außen drang. Unmelodisch bedeutete in diesem Fall unerträglich schlecht. Ich drückte erneut auf den Klingelknopf. Zweimal. Mit Nachdruck. Die Musik, wenn man es so nennen wollte, hörte auf, Schritte näherten sich, die Klinke bewegte sich und einen Moment später stand Richard vor mir.

»Hey!« Er ließ die Tür offen und mich im Flur stehen und verschwand wieder in seinem Zimmer.

Nach einem kurzen Moment der Verblüffung folgte ich ihm und war ziemlich überrascht, inmitten des gewöhnlichen Chaos auf der Matratze unter dem Clash-Poster nicht nur ihn, sondern auch Hannes sitzen zu sehen. Jeder von ihnen hielt eine Gitarre.

»Hannes?«

Er hob eine Hand zum Gruß. »Hi, Daphne.«

»Hast du Urlaub?«

»Nein.«

»Aber du bist nicht bei der Arbeit?« Fragen über Fragen. Und durchaus berechtigt. Es war schließlich vier Uhr am Mittwoch. Da arbeiteten normalerweise alle. Außer mir. Und Richard. Und Maria … Okay, da arbeiteten normalerweise alle Handyverkäufer.

»Richard gibt mir Gitarrenunterricht.«

»Ach. Tja … Toll!« Sollte Hannes derjenige gewesen sein, der für diese scheußliche Musik verantwortlich gewesen war (und davon ging ich schwer aus), hatte er das auch dringend nötig. Das sagte ich ihm aber nicht. Jungs sind in solchen Dingen immer überraschend empfindlich.

»Hannes will das mit der Musik jetzt ernsthaft in Angriff nehmen.« Richard und Hannes warfen sich einen Blick männlichen Einverständnisses zu.

»Ja, und deswegen habe ich auch gekündigt.« Übermütig schlug Hannes einen Akkord auf der Gitarre an. Es klang so furchtbar, dass sogar Richard das Gesicht verzog.

»Gekündigt?«, fragte ich über den Krach hinweg.

»Genau. Gekündigt. Endlich weg aus diesem Scheißhandyladen, mit diesen Scheißanzügen, den Scheißkunden und diesem Thorsten …« Er sagte den Namen Thorsten so, als wäre Thorsten eine eklige Sache, die er aus Versehen in den Mund genommen hatte und schnell wieder ausspucken wollte. Das verstand ich gut. Thorsten war in der Tat ein Spacken. »Ich hab so was von die Schnauze voll.«

»Und jetzt?«

Hannes hielt linkisch die Gitarre in seiner Hand hoch. »Jetzt mach ich meinen Traum wahr. Ich werde Singer/Songwriter.«

Ich sparte mir die Frage, ob das alles ein Scherz sein sollte. Nachdem Maria wahrscheinlich gerade ihre Koffer für Sydney packte, kam es mir schon fast normal vor, dass Hannes seine rote Krawatte für immer an den Nagel gehängt hatte, um ohne auch nur einen Anflug von Talent Rockstar zu werden. Heutzutage tat man eben alles, um sein Leben in vollem Ausmaß zu leben, schon klar. Und wenn mir jetzt auch noch jemand erzählt hätte, dass Lucy bereits auf dem Weg nach Las Vegas war, um an einer Miss-Glitzer-Wahl teilzunehmen, ich hätte wahrscheinlich nicht mehr getan, als kurz mit den Schultern zu zucken und dann in einer Zeitschrift zu blättern. Apropos …

»Und was sagt Lucy dazu?«

Hannes' Blick wanderte auf seine Socken. »Die ist ausgerastet.«

»Ja, aber Hannes, hast du echt etwas anderes erwartet? Ich meine, Lucy …«

Lucys Name stand auf dem Display meines Handys, das just in diesem Moment in meiner Manteltasche zu klingeln begann. Ein seltsamer Zufall, aber was war in dieser Woche nicht seltsam? Das Klingeln wirkte auf mich leicht hysterisch. Vielleicht bildete ich mir das aber auch nur ein.

»Bin gleich wieder da«, sagte ich und ging in die Küche, bevor ich abnahm.

Ich kam nicht einmal dazu, Hallo zu sagen.

»Daphne!«, rief Lucy ins Telefon und ihre Stimme hatte einen latenten Hall, als befände sie sich in einem Badezimmer. »Es ist etwas ganz, ganz Schlimmes passiert! Hannes hat …«, weiter kam sie nicht, weil sie von einer Reihe schneller, kleiner Schluchzer aufgehalten wurde.

»… seinen Job geschmissen«, half ich ihr aus. »Ich weiß. Ich hab gerade mit ihm gesprochen. Er ist hier bei Richard.«

Lucy schluchzte noch einmal.

»Wo bist du?«

»Bei der Arbeit. Im Klo.«

Gab es etwas Deprimierendes, als auf dem Betriebsklo zu heulen? Ja. Aber nicht vieles. Ich stellte mir vor, wie sie vergeblich versuchte, ihre Tränen vor den ohnehin schon tuschelnden Kollegen zu verstecken, wie sie sich in die kleine, weiß gekachelte Kabine flüchtete.

»Ach, Lucy.«

»Was soll ich denn jetzt bloß machen?«

»Erst mal beruhigst du dich, okay? Putz dir die Nase, wasch dir das Gesicht.«

Ich hörte das Rascheln von Klopapier, dann schnäuzte sie sich geräuschvoll. »Das bringt nichts«, erklärte sie mit verstopfter Nase.

»Natürlich bringt das was. Du kannst ja nicht den ganzen Tag da hocken.«

»Doch!«

»Nein.«

»Doch!«

Ich seufzte. »Komm schon, Lucy. Die paar Stunden bis zum Feierabend schaffst du doch noch irgendwie, oder? Und dann treffen wir uns in der Kleinen Pause und reden über alles.«

Sie schniefte und sagte eine Weile nichts. Alles, was ich hören konnte, war das unregelmäßige, klangvolle Tropfen eines Wasserhahns.

»Bist du noch da?«

»Ja«, flüsterte sie.

»Riesencurrywurst und Pommes mit Mayo und Ketchup?«

Am anderen Ende der Leitung war zu hören, wie jemand das Klo betrat. Eine Tür öffnete und schloss sich quietschend, es plätscherte, Lucy atmete in den Hörer und irgendwann folgte das erlösende Rauschen der Spülung.

»Alles okay da drin?«, fragte eine weibliche Stimme, die ich der Tippse zuordnen konnte.

»Alles okay!«, antwortet Lucy gekünstelt in einer viel zu hohen Tonlage.

Ich wartete, bis die Nebengeräusche verschwunden waren. »Und? Bist du dabei? Um halb sieben?«

Schniefen. Ausatmen. »Na gut.«

9
TU GUTES

»Und?« Keine Ahnung, wie lange Hannes schon in der Küchentür gestanden und mitgehört hatte.

Ich klappte mein Handy zu und legte es auf den Tisch, auf die einzige freie Stelle zwischen all den benutzten Bechern, Tabakresten und Bananenschalen, und setzte mich auf einen der wackeligen Küchenstühle. Im Hintergrund spielte Richard weiter auf seiner Gitarre, und es klang im Vergleich zu dem, was ich mir vorher hatte anhören müssen, richtig gut.

Hannes ging am Tisch vorbei zur Küchenbank und hätte sich fast auf den Zwergspitz gesetzt, der dort lag und schlief. Der Hund regte sich kein bisschen, als Hannes ihn zur Seite schob. Ich hatte ganz vergessen, dass ich ja auch noch dieses Problem zu lösen hatte. Der tiefenentspannte Spitz musste zum Arzt. Aber das hatte zu warten. Jetzt ging es um Hannes. Und Lucy.

»Sie sitzt auf dem Klo und heult.«

»Oh.« Er wartete wohl darauf, dass ich ihm sagte, er habe nichts falsch gemacht. Als ich aber nichts sagte, sah er mich entschlossen an. »Das tut mir ja auch leid. Aber ich kann doch so eine Entscheidung nicht davon abhängig machen, wie Lucy das findet.« Für einen Moment hielt er inne und überdachte vermutlich, was er gerade gesagt hatte. Dass ihn Lucys Meinung zu seiner Kündigung im Grunde nicht interessierte. Dass er die Malen-nach-Zahlen-Bildchen an den Wänden seiner Wohnung gern in Kauf nahm, um mit ihr zusammen zu sein. Aber jeden Tag in diesem Handyladen zu stehen, nur damit sie sich keine Sorgen machte? »Es ist doch *mein* Leben.«

Ich konnte beide Seiten verstehen. Den Wunsch nach Sicherheit und den Drang, dem Klammergriff eines ungeliebten Jobs zu entkommen. Also konnte ich mich schlecht hinstellen und Hannes sagen, dass er einen Fehler gemacht hatte. Natürlich war es *sein* Leben, da hatte er ja Recht. Und Lucy war zwar seine Freundin, aber welche Verpflichtungen hatte er ihr gegenüber?

»Hast du das vorher gar nicht mit ihr besprochen?«, fragte ich ihn.

»Es war eher ein spontaner Entschluss. Als du letztens da warst wegen deines Handyvertrags, hatte ich plötzlich das Gefühl, es keine Sekunde länger ertragen zu können. Ich dachte, ich würde explodieren. Oder Amok laufen. So was. Jeder Tag in dem Laden war so sinnfrei …«

»Und sie hat nichts geahnt?«

»Sie hätte was ahnen können. Aber ich glaube, sie wollte einfach nicht.«

Ich nickte. Mein Blick fiel auf die Tageszeitung mit dem Stellenteil vor mir auf dem Tisch. Ich hatte noch immer keinen Blick darauf geworfen. Eigeninitiative war einfach nicht meine Stärke. »Und jetzt? Ich meine, das kann doch nicht dein Ernst sein. Singer und Songwriter, das ist doch nicht wirklich dein Plan.«

Hannes sah mich erstaunt an. »Wieso denn nicht?«

Ich öffnete den Mund und schloss ihn wieder, auf der Suche nach Worten und komplett perplex. Hatte er sich nicht selbst spielen gehört?

Es klingelte an der Wohnungstür und Richard unterbrach seine Musik, um zu öffnen. Hannes und ich schwiegen und warteten ab, wer zu Besuch kam. Beiläufig schlug ich die Zeitung auf der Seite mit den kaufmännischen Berufen auf.

Pfiffige Teamassistenz (m/w) gesucht.

Na, das klang doch ganz nach mir. Begrüßungsgemurmel im Flur und wenige Sekunden später stand Betty mit roten Wangen in der Küche. Auf dem Kopf trug sie eine riesige, rote Strickmütze, unter der sie ihre Dreads versteckt hatte.

»Schätzelein!« Sie umarmte mich von hinten und drückte mir einen kalten Kuss auf die Wange. »Und der Hannes!« Während sie sich neben ihn auf die Küchenbank drängelte und er noch schnell den Zwergspitz auf den Boden legte, öffnete Richard den WG-Kühlschrank. »Noch jemand ein Bier?«

Ich winkte ab, Betty sowieso. Hannes hob wortlos die Hand und ließ sich eine Flasche öffnen.

»Und? Was macht ihr so?«, fragte Betty atemlos und ich fragte mich, wovon sie so außer Atem war. Von den vielen Treppen in den dritten Stock oder von diesem breiten Grinsen, das sie mit sich herumtrug. Aus mir ebenso schleierhaften Gründen. Jedenfalls wartete sie keine Antwort ab, sondern legte den Kopf schief, um zu sehen, was ich da las. »Sind das Kontaktanzeigen?«

»Fast so schlimm. Jobangebote.« Eigentlich witzig, dass

man zwei so wichtige Dinge wie den Job und den Partner fürs Leben im Anzeigenteil einer Zeitung finden sollte. Da konnte man ja auch gleich Kinder inserieren. Oder Organe.

»Lass mal sehen!« Betty zog die Zeitung zu sich herüber und Richard und Hannes stießen klirrend mit ihren Bierflaschen an. »Hier! Pfiffige Teamassistenz gesucht. Das klingt doch voll nach dir.«

»Sehr komisch.«

Sie fing an zu kichern. »Aber du bist doch pfiffig.«

»Willst du mich jetzt verarschen oder was?«

Betty fing an zu lachen und Hannes machte mit, hörte aber sofort wieder auf, nachdem er meinen Blick gesehen und sich daran erinnert hatte, dass er sich besser noch ein wenig länger um einen betretenen Gesichtausdruck bemühen sollte, nachdem er dafür verantwortlich war, dass Lucy sich bis eben im Sanitärbereich von Markwardt & Söhne die Augen aus dem Kopf geheult hatte und ich als Telefonseelsorge eingesprungen war. Er schuldete mir was.

Richard studierte über Kopf das Inserat. »Weiterleiten von Gesprächen, Fuhrparkmanagement, Terminkoordination …«

Betty zog sich die Mütze vom Kopf. »Was ist denn bitte Fuhrparkmanagement?«

»Taxis bestellen.« Genervt schlug ich die Zeitung zu und zog sie auf meinen Schoß. »Ich schaue mich ja bloß um, was es so auf dem Arbeitsmarkt gibt.«

»Ja, aber muss es denn genau derselbe Job sein, den du gerade losgeworden bist?«

Ich wollte Richard gern antworten, dass dies nun einmal das war, was ich konnte, aber dass er das nicht als Argument gelten ließ, wusste ich, seit er mir seine Geschichte erzählt hatte. »Wie gesagt, ich verschaffe mir nur einen Eindruck vom Angebot.«

»Dann guck dir doch auch mal eine andere Sparte an.«

»Jaja.« Von mir aus. Aber wenn ich mir das Angebot so ansah, war meine Lust darauf, als Sachbearbeiterin oder Außendienstmitarbeiterin zu arbeiten, genauso groß wie darauf, wieder einen Job als Teamassistentin anzunehmen. Gleich null. »Und was machst du hier?«, fragte ich Betty, einfach um das Thema zu wechseln.

»Sky besuchen. Ist er da?«

Alle Blicke wanderten zu Richard, der noch einen Schluck Bier nahm und den Kopf schüttelte. »Ich hab keine Ahnung, wo der ist. Vielleicht spazieren?«

Betty sah ein bisschen geknickt aus. »Also heute Morgen hat er noch gesagt, ich soll heute Nachmittag vorbeikommen.«

»Dann ist er bestimmt gleich wieder hier.« Richard klopfte Hannes auf die Schulter. »Woll'n wir?«

Hannes nickte. Er erhob sich von der Bank und legte mir auf dem Weg aus der Küche kurz die Hand auf die Schulter, eine Geste, die ich einfach mal als Dankeschön interpretierte. Dann war ich mit Betty allein. Eine Chance, sie zu fragen, was da eigentlich passiert war, am Abend vorher. Denn sie war quasi, direkt nachdem sie mich begrüßt hatte, wieder eingeschlafen. Am Morgen hatte ich sie dann nicht gesehen. Und als Freundin hatte ich schließlich ein Recht auf Details. »Betty, was läuft da?«

»Was läuft wo?« Sie zog eine Papiertüte mit Süßigkeiten aus ihrer Jackentasche und steckte sich einen Gummischnuller in den Mund, bevor sie mir die Tüte hinhielt. »Auch?«

»Nein danke.« Schwaches Ablenkungsmanöver. »Ich meine, das gestern Abend. Was war das?«

»Sky ist echt krass.« Sie nickte anerkennend und kaute dabei ausgiebig. »Voll der krasse Typ. Aber gut krass.«

»Betty. Lief da was?«, fragte ich ungeduldig.

In demselben Tonfall fragte sie zurück: »Schätzelein, was meinst du denn bloß?«

»Sex!«, rief ich und endlich war es raus.

»Sag das doch gleich.« Betty schluckte und lächelte zufrieden. »Nein, Sex gab's nicht. Aber laut Bleigießen müsste da ja noch was kommen.«

Ich wünschte langsam wirklich, diese Silvesterparty hätte nie stattgefunden. »Du redest gar nicht mehr von Mo. Was ist denn mit dem?«

»Was soll mit dem sein?« Eine Lakritzraute fand ihren Weg in Bettys Mund. »Seit wann interessierst *du* dich überhaupt für Mo?«

Das war die falsche Frage. Ich interessierte mich nicht für Mo. Aber ich interessierte mich dafür, warum Betty es plötzlich nicht mehr tat.

Auf dem Weg zur Kleinen Pause passte ich nicht auf (kein Wunder, wo ich doch die ganze Zeit versuchte, mir Betty und Sky *nicht* beim Liebesakt vorzustellen) und rutschte schon wieder auf einer vereisten Pfütze aus. Daraufhin rieb ich mir den gesamten Weg bis zum Stammimbiss unseres Freundeskreises den Hintern. Schon seltsam, dass ich mich ständig darüber beschwerte, dass mein Po zu fett war, und dann, wenn ich das Fett mal gut als Polster gebrauchen konnte, versagte es total. Das machte, dass ich es noch mehr hasste.

Ich war etwas zu spät dran, weil ich nicht so schnell humpeln wie gehen konnte, und Lucy wartete schon, sie saß am Fenster unter dem Fernseher, auf dem heute ein Fußballspiel übertragen wurde.

Sie trug ein weißes Sweatshirt mit einer pinkfarbenen Comic-Katze darauf, hellblaue Jeans und Moonboots in Magenta. Ihre Haare standen links und rechts von ihrem Hinterkopf als kurze Pferdeschwänze ab und waren im vorderen Bereich durch einen breiten Haarreifen aus rosa Stoff gesichert. Als ich den Imbiss betrat, nahm sie gerade betrübt einen Schluck aus einer 0,5-Liter-Flasche Cola und hatte, dem dreckigen Geschirr nach, das auf dem Tisch vor ihr stand, schon mindestens eine Riesencurrywurst mit Pommes und Mayo verdrückt. Ich warf einen Blick auf die Uhr über dem Spielomat. Fünf Minuten nach der verabredeten Zeit. Frustfressen dauerte eben einfach nicht so lange.

Ich humpelte zu dem Tisch, an dem sie saß, und ließ mich erleichtert auf den Stuhl ihr gegenüber fallen. Das hätte ich besser nicht getan. Mein Hintern war für diese Art Manöver noch nicht bereit gewesen und ich stöhnte vor Schmerz auf.

Lucy sah mich schockiert an. »O Schreck, Daphne! Was ist denn los?!«

O Schreck? Das war fast so gut wie *Schokovergnügen.* »Nichts Schlimmes. Ich bin bloß auf den Arsch gefallen.«

Lucy nickte ernsthaft, als würde ihr das ständig passieren. »Auf den Arsch fallen ist gemein.«

»Du sagst es. Hast du schon bestellt?«

»Ja. Aber ich nehm noch mal das Gleiche.«

Ich zögerte einen Moment, weil ich nicht sicher war, ob ich ihr sagen sollte, dass es nicht half, sich mit Fett und Kohlehydraten vollzustopfen, wenn man traurig war. Aber a) wusste ich, dass es doch irgendwie half, und b) dachte ich, dass das bestimmt nicht die Sorte Ratschlag war, die sie jetzt brauchte. Daran erinnert werden, dass sie eh schon zu viel auf den Rippen hatte.

Ich bestellte also noch eine Riesencurrywurst mit Pommes und Mayo für Lucy und eine Portion Pommes ohne alles für mich. Irgendwie war mir nicht nach Essen. Diese ganze Jobangelegenheit und der schleichende Wahnsinn unter meinen Freunden schlugen mir auf den Magen.

»Und? Geht's wieder ein bisschen?«

Lucys Unterlippe begann sofort zu zittern und ihre Augen sahen glasig aus. Mitleidinduzierte Heulattacke. Kannte ich. »Warum tut er das bloß?«, fragte sie mit belegter Stimme.

Ich griff nach ihrer kleinen Patschhand und drückte sie. »Weil er nicht glücklich war.«

»Aber *wir* waren doch glücklich.«

»Lucy …« Wie sagte ich das jetzt nett, ohne dass sie zwischen Frittenfett und Champions League in Tränen ausbrach? »… Es gibt einen Unterschied zwischen du, ich und wir.«

Sie sah mich verständnislos an.

Schade, ich hatte den Satz eigentlich deutlich und vor allem diplomatisch gefunden. Dann eben anders. »Also: Hannes mochte seinen Job nicht. Und deswegen hat er ihn gekündigt. Das hat doch nichts mit dir zu tun. Oder euch. Nur mit ihm.«

»Das hat sehr wohl was mit mir zu tun!« Lucy ballte ihre Hand zur Faust und haute auf den Tisch, dass das Besteck nur so klapperte. »Ist doch klar, warum er jetzt Rockstar werden will.«

»Lucy, ich glaube, es ist relativ unwahrscheinlich, dass Hannes irgendeine Art von Star wird …«

»Weil er als Rockstar alle Frauen haben kann, die er will. Und dann braucht er mich hässliche, fette Kuh nicht mehr.«

»Huch!« Das waren ja völlig neue Aspekte.

»Einmal Riesencurry mit PommMayo, einmal Pommes ohne alles!«

Ich rannte zum Tresen und holte unsere Bestellung bei der einfarbigen Frau ab (blasse Haut, blonde Haare, weißer Kittel), die zu beschäftigt war, auf mein Dankeschön hin auch nur zu lächeln. Vielleicht fand sie mich auch ganz grundlos scheiße. Das kam schon ab und an mal vor.

Lucy piekste zwei Stücke Wurst mit Soße und mehrere Pommes auf ihre Gabel und schob sich das ganze Paket in den Mund. Sie kaute mit traurigen Augen.

»Um auf die hässliche, fette Kuh zurückzukommen …« Ihr Kiefer hielt einen Moment inne und ich sprach schnell weiter, bevor dieser Moment in einer Katastrophe endete. »Du weißt doch selbst, dass das Unsinn ist. Hannes ist mit dir zusammen, weil er mit *dir* zusammen sein will. Er liebt dich so, wie du bist. Das ist etwas ganz Tolles, Lucy.«

»Weil ich froh sein kann, dass mich überhaupt jemand

liebt«, motzte sie mich an. Ohne vorher runterzuschlucken. Was in der Tat nicht sonderlich liebenswert aussah.

Und ich stellte mir die wirklich dringende Frage, warum ausgerechnet ich hier zurate gezogen wurde. Hallo? Ich war diejenige mit den Liebesgeschichten, die nie die Sechs-Monats-Grenze überschritten. Das konnte sehr gut daran liegen, dass ich in Liebesdingen komplett inkompetent war. Hatte daran vielleicht mal jemand gedacht?

»Du musst das so sehen, Lucy: Eure Beziehung ist nur dann wirklich glücklich, wenn Hannes auch wirklich glücklich ist. Und bisher war er das nicht.«

»Aber jetzt bin *ich* nicht mehr glücklich. Ich will keinen Rockstar als Freund. Ich will einen Handyverkäufer.« Lucy war eben nicht wie die anderen Mädchen.

»Aber das kannst du doch gar nicht wissen. Lass dich von seinem Glück anstecken. Unterstütz ihn ein bisschen. Glaub mir, das ist das Beste.« *Niemand mag eine fordernde, nörgelnde Zicke,* dachte ich im Stillen. Eine Erkenntnis, die man als Frau irgendwann erlangt. Und die nur den Männern zugutekommt. Aber hier ging es ja um Hannes. Der war anders. Der war ja fast selbst ein Mädchen. Lucy aß langsamer. Irgendwo unter ihrem rosa Haarreifen hatte es begonnen zu arbeiten. »Du meinst, dass er gekündigt hat, ist gut für mich?«

»Es ist auf jeden Fall nicht prinzipiell schlecht. Und es gibt keinen Grund zu heulen. Ihr habt einander, das ist doch das Wichtigste.« Ich schien tatsächlich Talent für so was zu haben Gebt mir eine schmalzige Datingshow bei RTL! Schnell!

»Danke, Daphne.« Lucy schenkte mir ein kleines Lächeln. Dann schob sie den Teller mit Wurst und Pommes von sich weg und schnaufte. »Ich kann nicht mehr. Willst du den Rest?«

Tu Gutes und dir wird Gutes widerfahren. So ist es doch.

Es war fast zehn, als ich wieder in die WG kam. Ich ging in die Küche, setzte Teewasser auf und genoss diesen friedlichen Moment. Sky hörte nebenan leise Musik mit sehr dumpfen Bässen, und Richard klimperte in seinem Zimmer auf der Gitarre, aber das alles kam von so weit weg, dass ich es fast als Ruhe empfand. Zwar war ich bei weitem noch nicht tiefenentspannt wie Betty und Benedict, aber irgendwie fühlte ich mich leichter. Ich übergoss den Teebeutel mit kochendem Wasser, griff nach dem heißen Becher und versuchte, nichts zu verschütten, als ich die Tür zu Richards Zimmer öffnete.

Er lehnte an der Wand unter dem Clash-Poster und hatte noch immer seine Gitarre auf dem Schoß, seit Stunden schon spielte er auf dem Ding. Neben ihm auf einem alten Pulli schlief Benedict.

Ich kraulte den Zwergspitz hinter dem Ohr und stellte den Becher auf dem Boden ab. »Heiß.«

Er lächelte, brachte seine Gitarre wieder in Position und fing an, etwas zu spielen, das mir bekannt vorkam, doch obwohl ich konzentriert zuhörte, kam ich nicht darauf, welches Lied es war. Ich lehnte mich an den schmutzigen Fensterrahmen und sah nach draußen. Dort lag der nächtliche Hafen im gleißenden Licht. Kleine orangefarbene Lichter im Nebel, schwarzes Wasser und auf der Straße Schnee. Plötzlich war ich seltsam zufrieden und entspannt – trotz des ganzen Wirrwarrs in meinem Leben. Ich fand es schön, in diesem Moment hier mit Richard zu sein. Und diesem Lied.

»Was spielst du da eigentlich?«

Er sah mich an und griff weiter seine Akkorde. »Kennst du das nicht?«

»Doch, aber ohne Text komme ich nicht drauf.«

Richard grinste, räusperte sich und spielte weiter, bis er zum nächstmöglichen Einsatz Luft holte und anfing zu singen. »I'll play your favourite song, darlin'. We can rock it all night long, dar...« Dann musste er lachen. »Sorry.«

Ich lachte auch. »Singen ist nicht so deine Stärke, was?«

»Und das ist der Lohn für meine Mühe?« Er tat beleidigt und legte die Gitarre zur Seite. »Weißt du jetzt wenigstens, was es ist? Oder war am Ende alles umsonst?«

»Bob Marley. Mellow Mood.«

»Die Kandidatin hat kein Feingefühl, aber hundert Punkte.«

»Na, immerhin.« Ich wandte mich wieder zum Fenster um, blickte auf den Hafen, ließ das alles einen Moment auf mich wirken, die ganze Situation und das Drumherum und dachte, dass Richard noch immer auf der Matratze auf dem Boden saß, als ich sagte: »Danke.«

»Wofür?«

Ich erschrak, weil er sich direkt neben mich gestellt hatte, ohne dass ich es gemerkt hatte. »Jedenfalls nicht für den Herzinfarkt!« Ich musste ein paarmal durchatmen, bevor sich alles wieder normalisiert hatte. »Musst du so schleichen?«

»Danke wofür?« Er ließ nicht locker.

»Na …« Als er noch nicht direkt neben mir gestanden hatte, wäre es leichter gewesen, die Frage zu beantworten. Jetzt merkte ich, wie ich rot anlief. Fast so schlimm wie Lucy. Peinlich. »Danke, weil … Dass ich hier sein darf. Und dass du so ein guter Freund bist, dass ich dir so wichtig bin. Ich meine, ich bin ja nicht einmal meiner Mutter so wichtig wie dir, und die hat mich immerhin unter Schmerzen auf die Welt gebracht, das sagt sie immer wieder, klar, das kann natürlich auch ein Grund sein, warum sie mich nicht mag, wer mag schon Schmerzen, ich jedenfalls nicht, wahrscheinlich würd ich auch in Afrika bleiben, an ihrer Stelle …«

Richard legte mir kumpelhaft den Arm um die Schulter und drückte mich an sich. Er war wirklich riesig. »Ich bin froh, dass du dich entschieden hast, eine Weile hier zu wohnen.«

»Entscheiden, entscheiden, entscheiden«, murmelte ich, aber er ging nicht darauf ein.

»Ich hab dich gern in meiner Nähe.«

»Ha! Als ob! Ich bin die reinste Nervensäge.«

»Ja, das stimmt …« Er lächelte meinen empörten Blick einfach weg und pflanzte mir einen Kuss auf mein Haar, nur einen Hauch. »Aber dabei bist du trotzdem ganz bezaubernd.«

Alles klar, jetzt war also ich gefragt, die Frau mit den Prinzipien, mit den wirklich starken Prinzipien, die zwar hin- und hergerissen war, aber eigentlich wusste, was richtig war.

Aber leider war ich komplett benebelt von diesem raren Wie-im-Film-Moment, in dem das Licht perfekt durch das Fenster schien, Richards Hand genau richtig auf meinem Rücken ruhte, knapp überm Po, und er mich so ansah, dass sich meine Wahrnehmung irgendwie verschob. Der Mond stand groß und hell und rund über dem Hafen, ein Anblick, bei dem es schwer nachzuvollziehen war, warum immer alle so ein Aufsehen wegen der Sonne machten. Und irgendwie fühlte sich plötzlich alles sehr richtig an, als unsere Gesichter sich einander näherten, langsam genug, dass ich jederzeit einen Rückzieher hätte machen können, aber nicht einmal einen Gedanken daran verschwendete.

Wir küssten uns. Es war ein langer Kuss. Wahrscheinlich, weil es so lange gedauert hatte, bis es endlich dazu kam. Vielleicht auch, weil wir beide nicht wussten, was danach passieren würde, wenn der Kuss zu Ende war.

Als es vorbei war, behielt Richard sein Gesicht nah an meinem. »Daphne?«, fragte er. »Darf ich zu dir auf meine Matratze?«

Und ich sagte: »Ja.« Mir fiel einfach nichts mehr ein, was dagegen sprach.

10
DIE ALTEN FEHLER

Als die Morgensonne sich ihren Weg durch die zahlreichen Schichten Dreck an Richards Fenster bahnte, befreite ich mich, ohne ihn zu wecken, aus seiner Umarmung und zog mir zähneklappernd Socken, Jeans und Pulli an. Währenddessen beobachtete ich ihn. Seine zerzausten Haare hingen ihm über die Augen. Er atmete leise. Gut so. Ich konnte Schnarcher nicht ausstehen. Die Nacht hatte ich selig durchgeschlafen, ohne das typische Wachliegen und Herumwälzen, wenn man neben jemandem schläft, der neu ist. Doch jetzt, im Licht des Morgens, das ja prinzipiell alle Geschehnisse der Nacht wahlweise so unwirklich aussehen lässt, als wären sie entweder nicht passiert oder hätten nicht passieren dürfen, war ich bei weitem nicht mehr so entspannt, wie ich es noch beim Einschlafen gewesen war. Mellow Mood is gone. Und in mir regte sich etwas Schreckliches. Die Ahnung, einen Fehler gemacht zu haben. Der Hollywood-Moment war vorbei. Dafür stand ich hier vor einem typischen Daphne-Problem. Da lag ein Mann. Und alles war kompliziert.

Erst mal eine Tasse Tee und eine Zigarette, das hilft beim Denken. Ich schlich durch die stille Wohnung in die Küche, in der Benedict mitten im Raum herumlag und friedlich schlief. Ich versuchte, so wenig Krach wie möglich zu machen, als ich in dem Hängeschrank mit den Anti-Atom-Aufklebern einen sauberen Becher suchte, schaltete den Wasserkocher ein, drehte mir eine Zigarette und rauchte sie am Küchenfenster. Draußen präsentierte sich in all seiner Tristesse ein weiterer grauer Januartag und in mir sah es auch nicht besser aus. Tja, und das war dann ja wohl der Beweis. Wenn die letzte Nacht kein Fehler gewesen wäre, müsste ich mich dann jetzt nicht fantastisch fühlen? Stattdessen kam mir dieser Moment vor wie ein nasser, stinkender Anzug, den ich am liebsten schnell ausziehen und wegwerfen wollte. Innerhalb von einer Nacht hatte ich eine gut funktionierende Freundschaft mit Sex zerstört. Eine Superleistung. Warum hatte ich das gleich noch mal gemacht? Weil über dem Hafen Nebel hing? Ich hatte sie doch nicht mehr alle.

Ich blieb nicht lang allein mit meinen Gedanken. Als ich die Zigarette etwa zur Hälfte geraucht hatte, hörte ich Stimmen und wie sich die Tür des Nebenzimmers öffnete. Wenige Sekunden später standen Sky und Betty im Raum. Ich drückte die Zigarette schnell in einer dreckigen Tasse aus, wegen der Sache mit der Schwangerschaft und dem Rauchen, und wedelte den Qualm beiseite. Dann wandte ich mich den beiden Neuankömmlingen zu und stutzte kurz. Sky trug wieder seine Shorts, heute aber kein T-Shirt dazu, und mir fiel auf, dass er ziemlich gut gebaut war, straff und muskulös, ein bisschen wie Mo, absolut Bettys Typ. Seine Hände waren gelb. Warum, erklärte sich schnell, wenn man sich

Betty ansah. Sie trug nur eine Unterhose und einen offenen Bademantel. Und auf ihrem runden Babybauch erstrahlte quietschgelb und mit wirbeligen Zackenstrahlen eine riesige Sonne. Das Zentrum bildete ihr Bauchnabel. Bodypainting. Ich hatte so was schon mal im Nachmittagsfernsehen gesehen und da war ich kein bisschen weniger peinlich berührt gewesen.

»Habt ihr gemalt?«

»Gefällt's dir?« Sky drehte ungelenk mit dem nicht gelben Teil seines Unterarms am Wasserhahn herum.

Ich suchte nach den richtigen Worten. »Für mich wäre das nichts …«

»Du findest es zum Kotzen, Schätzelein, das hab ich gleich an deinem Gesicht gesehen.« Betty quetschte sich auf die Küchenbank und versuchte dabei, das Gemälde auf ihrem Bauch nicht zu verschmieren. »Aber wenn man schon mal schwanger ist, dann kann man sich doch auch witzige Sachen auf den Bauch malen. Oder nicht?«

»Doch. Klar.« Man konnte es aber auch lassen.

»Ich krieg den Scheiß nicht ab.« Nicht weniger ungelenk als vorher drehte Sky den Wasserhahn also wieder zu. »Ich geh duschen.«

»Viel Glück!« Betty betrachtete die gelbe Fläche auf ihrem Bauch. »Wenn er das nicht von den Händen bekommt, seh ich wohl noch bis zur Entbindung so aus.«

»Vielleicht geht es auch nie wieder weg.«

»Wer weiß.« Betty lehnte sich mit dem Rücken an die Armlehne der Bank, streckte ihre Beine von sich und fing, während sie aus dem Fenster sah, an zu summen. Ein Lied, das verdächtig nach *Like a Virgin* klang, was ich höchst irritierend fand. Okay, immerhin summte sie nicht einen der letzten großen Hits von Madonna, der, um welchen auch immer es sich handelte, garantiert schlechter war als *Like a Virgin.* Oder alles andere, was sie gemacht hatte, bevor sie sich einen lustigen Hut aufgesetzt, ein Kind adoptiert und ihre Arme so trainiert hatte, dass sie aussahen wie die von Arnold Schwarzenegger. Aber …

»Seit wann magst du Madonna?«

»Mag ich doch gar nicht. Weißt du, was ich mag?«

»Sky?«

»Klaro. Das ist was ganz anderes als die Sache mit Mo. Bei Sky fühle ich mich endlich wieder wie eine Frau, weißt du, was ich meine?« Ich hatte eine Ahnung und das reichte mir auch. Keine weiteren Details, bitte. »Schön und gar nicht fett. Und sexy.« Na, herrlich. »Seitdem ich Sky kenne, finde ich es gar nicht so schlimm, schwanger zu sein. Weißt du, was zum Beispiel echt gut daran ist?«

»Will ich es wissen?«

»Ich hab zum ersten Mal in meinem Leben Riesentitten.« Zum Beweis öffnete sie den Bademantel ein Stück. »Oder?«

»Ja. Riesig. Hat Sky dich darauf hingewiesen?«

»Schätzelein, das muss der mir nicht sagen. Da muss man ja blind und dumm sein, um das nicht zu sehen, also echt.« Sie zog den Frotteestoff so zurecht, dass alles wieder bedeckt war und fragte mich plötzlich, völlig aus dem Nichts und erschreckend beiläufig: »Und du hattest gestern also endlich Sex mit Richard, ja?«

»Ich hatte was?!« Ich wusste sehr wohl, dass ich Sex mit Richard gehabt hatte und ich hatte auch sehr gut verstanden, dass mich Betty soeben danach gefragt hatte.

Ich hatte aber nicht damit gerechnet. Dass sie es wusste. Und dass sie mich einfach so darauf ansprechen würde, als ginge es um ein neues Kleid, das ich trug. Aber auf ein neues Kleid hätte Betty mich sowieso nicht angesprochen. Sie machte sich nichts aus Kleidern. Aber sie hatte ein großes Interesse an …

»Sex, Schätzelein. Und tu nicht so, als würde ich mich irren. Sky und ich haben alles gehört.«

Vor Scham wäre ich am liebsten im Erdboden versunken. Aber das war nicht möglich, das schaffte niemand ohne Treibsand. »War es so laut?« Das war mir gar nicht so vorgekommen. Aber klar, das hatte Sex nun mal so an sich.

»Normal, würde ich sagen.« Betty rollte den Bademantelgürtel ein und wieder ab. »Ich hab mich eh schon die ganze Zeit gefragt, warum das so lange dauert mit dir und Richard. Ich meine, das sieht doch ein Blinder mit'm Krückstock, dass ihr euch liebt.«

Ich schluckte. Liebe? Nach Liebe fühlte sich das aber gar nicht an. »Betty?«

»Ja?«

»Ich hätte das nicht tun sollen.«

»Was genau?«

»Mit Richard schlafen.«

Sie sah mich mit großen Augen an. »Aber warum denn nicht? Der ist doch klasse!«

Wenn du ihn so klasse findest, dann kannst du ja mit ihm schlafen und eure Freundschaft ruinieren. Hätte ich fast gesagt. Aber ich biss mir auf die Zunge. »Es ist kompliziert.«

»Nein, Schätzelein, du *machst* es kompliziert. Richard

ist super und der liebt dich total, das merkt man, obwohl du eine neurotische Kuh bist.«

Ich schnappte nach Luft.

»Ja, eine neurotische Kuh. Keine Ahnung, was in deinem Kopf abgeht, aber es ist auf jeden Fall großer Quatsch. Ich beobachte euch jetzt schon eine Weile und ich kapiere nicht, warum du nicht endlich mal die Augen aufmachst und dir eingestehst, dass …«

»Guten Morgen!« Da stand er. Richard. In Boxershorts. War ich eigentlich die Einzige, der kalt war? Und wie viel von dem, was ich eben mit Betty besprochen hatte, hatte er gehört?

»Richie!« Betty schenkte Richard ein Lächeln und mir einen heimlichen Blick, den ich sofort verstand. *Mach keinen Scheiß, Daphne.*

Aber so leicht war das nicht. Ich bekam ja nicht einmal den Mund auf, um Hallo zu sagen. Ich brabbelte irgendetwas und als Richard sich zu mir herunterbeugte, um mir einen Kuss zu geben, drehte ich den Kopf unwillkürlich weg. Und wenn das kein Scheiß war, dann wusste ich auch nicht. Richard sah mich irritiert an, sagte aber nichts weiter dazu, und Betty war zum Glück geistesgegenwärtig genug, um die Situation zumindest ein wenig zu entschärfen, indem sie sagte: »Schätzelein, ich hab mir überlegt, vielleicht solltest du eine Anzeige aufgeben.«

»Hä?« Ich war zu sehr damit beschäftigt, Richards Blick auszuweichen, um ihr folgen zu können. Ich hätte nach wie vor alles für einen Quadratmeter Treibsand gegeben. Aber ich saß hier fest. Nebenan fing Sky unter der Dusche an zu singen.

»Gib doch selbst eine Anzeige auf. Daphne sucht einen geilen Job, alles, was Spaß macht und Geld bringt. Oder so.«

»Ich weiß nicht, Betty …«

»Ist vielleicht auch gar nicht nötig.« Richard lehnte sich an die Küchenzeile. »Tante Doris hat eben angerufen. Sie hat was für dich gefunden.«

»Ich soll in Tante Doris' Bar arbeiten?« Jetzt musste ich ihn irgendwie doch ansehen.

Sein Gesicht war ernst. »Nein, nicht bei ihr. Aber ein Bekannter sucht jemanden, der in seinem Laden hilft. Du solltest da am besten gleich mal vorbeigehen.«

»Was ist denn das für ein Job?« Und hat er was mit Hüftkreisen zu tun?

»Geh hin und find's raus.«

In doppelter Hinsicht ein sehr guter Vorschlag. Zurück ins Berufsleben. Und erst mal weg von Richard. Zwei Fliegen mit einer Klappe. So viel Glück hatte ich eigentlich gar nicht verdient.

Richard hatte mir in seiner krakeligen Jungsschrift eine Adresse aufgeschrieben. Er hätte mir auch einfach den Weg beschreiben können, denn mein Ziel lag nur wenige Straßen von seiner Wohnung entfernt. Aber irgendwie waren wir beide nicht sonderlich kommunikativ an diesem Morgen (Überraschung!) und so hatte ich auch durch zweimaliges Nachfragen keine weiteren Informationen zu meinem bevorstehenden Bewerbungsgespräch aus ihm herausbekommen. Entweder wusste er wirklich nichts. Oder es war ein so schrecklicher Job, dass er dachte, ich würde gar nicht erst hingehen, wenn er mir zu viel verriet. Oder er strafte mich mit Schweigen, weil er mein Verhalten unmöglich fand. Lauter gute Gründe.

Richards Gekrakel führte mich zu einem kleinen Souterrain-Laden in einer Straße zwischen Reeperbahn und Elbe. Ob ich dort richtig war, wusste ich nicht so genau, die Hausnummer neben der Eingangstür stimmte zwar mit der auf meinem Zettel überein, aber das Geschäft sah tot aus: kein Schild über oder an der Tür, keine Ware hinter der dreckigen Schaufensterscheibe und in dem Raum hinter der Ladentür nichts als Dunkelheit. Unschlüssig sah ich mich um und suchte die Straße nach einem anderen Geschäft ab, einer Kneipe oder einem Café, in dem man vielleicht schon auf mich und meine unbändige Arbeitskraft wartete, aber außer Wohnhäusern gab es hier nichts. Am liebsten wäre ich umgekehrt, aber wie hätte ich Tante Doris dann erklärt, dass ich einfach gegangen war, ohne wenigstens mal an der Tür geklopft zu haben? Das hätte mit einer gehörigen Standpauke geendet. Ich wischte mir mit dem Handrücken über die tropfende Nase, stieg die drei Stufen zur Ladentür hinunter und war sehr erstaunt, als die Tür sich öffnen ließ.

Immerhin, der Raum hinter der Tür war angenehm warm. Die Lichtsituation war dann wiederum nicht so toll. Als sich die Tür mit einem Scheppern wieder geschlossen hatte, stand ich quasi im Dunkeln. Einladend war etwas anderes. Kurz kämpfte ich gegen einen sich aufbäumenden Fluchtreflex an und folgte mutig dem einsamen, kleinen Lichtschein, der aus der Ecke gegenüber dem Eingang kam. Mein Weg führte mich vorbei an Regalen.

Der Laden war voll davon. Regale, bis unter die niedrige Decke, vollgestopft mit Kram. Mit allem Kram, den man sich nur vorstellen kann. Von Geschirr über Bücher und altes Spielzeug bis hin zu Lampen, Hirschgeweihen und Bilderrahmen. Küchengeräte, Schreibmaschinen, Teppiche. Werkzeug, Koffer und Werkzeugkoffer. Natürlich konnte ich fast nichts davon wirklich erkennen, das meiste musste ich erahnen. Abgesehen von einem alten Fahrrad, das strategisch ungünstig mitten im Gang an einem Regal lehnte. Das erfühlte ich. Und zwar nicht zu knapp. Ich schrie vor Schreck und Schmerz auf, als mir das rostige Ding mit einem leisen Rrring auf den Fuß fiel. *Interessant,* dachte ich, *die Klingel scheint vollkommen in Ordnung zu sein.* Und dann sagte ich laut »Scheiße« und hätte gern nachgesehen, ob ich mich verletzt hatte, mein Schienbein puckerte so. Ein Königreich für ein Deckenlicht.

»Was zur Hölle?!«

Ja. Das fragte ich mich auch schon seit ein paar Minuten. Ich drehte mich in die Richtung, aus der die Stimme kam, die meine Gedanken so schön verbalisiert hatte, eine Stimme wie Donnergrollen, wie sie nur Männer haben, die ihren Bäuchen mit Bier ein gewisses Volumen gegeben und ihren Kehlen über die Jahre mit zu vielen Zigaretten zugesetzt haben. Eine Stimme, die einen das Fürchten lehren konnte. Und in der Tat erschien in dem kleinen Lichtschein, dem ich gefolgt war, der Umriss eines Mannes – groß und breit und kahlköpfig – und ich fühlte mich an diverse schlechte Horrorfilme erinnert. Allen voran dieser eine mit Paris Hilton.

»Hilfe«, flüsterte ich, als ob das irgendetwas gebracht hätte.

»Wer ist da?«

»Daphne Weiland?« Ja, meine Stimme zitterte. Das wäre aber jedem anderen in dieser Situation auch so gegangen. Ganz sicher.

»Kenn ich nicht.«

Ich versuchte ein unsicheres Lächeln, das mein Gegenüber ohnehin nicht sehen konnte. »Ähm … Doris schickt mich.« Keine Reaktion. »Tante Doris? Die Frau von Otto?«, versuchte ich es anders. »Die mit der Kneipe? Wissen Sie, wen ich meine?«

»Ich bin ja nicht total bescheuert.« Der Schattenmann stemmte seine Hände in die Hüften.

Mir reichte es. Ich nahm all meinen Mut zusammen und holte zur Sicherheit auch noch einmal tief Luft. »Okay, also, ich weiß ja nicht, wie es Ihnen geht, aber ich kann nichts sehen. Gibt es hier kein Licht?«

Der Schatten streckte einen Arm seitlich zur Wand aus und erst hörte ich ein leises Klicken und dann das Sirren von Hallogenröhren über meinem Kopf, die flackernd zum Leben erwachten. Erst gar kein Licht, jetzt Stadionbeleuchtung, was war aus dem guten alten Mittelmaß geworden? Ich kniff die Augen zusammen.

»Besser?«

»Geht so«, antwortete ich. Blinzelnd gewöhnte ich mich langsam an die neue Lichtsituation und nutzte die Gelegenheit, mir den Mann etwas genauer anzusehen. Er war nicht kahlköpfig, wie ich vermutet hatte, aber sein Haar war grau und schütter und das mit der Kahlköpfigkeit war nur noch eine Frage der Zeit, also hatte ich so Semi-Recht gehabt. Er trug ein weinrotes Samtjackett, das er straff über seinem dicken Bauch zugeknöpft hatte, eine weite, beigefarbene Cordhose und auf seiner kleinen, spitzen Nase eine runde Lesebrille mit dünner, goldener Fassung, wie damals John Lennon. Er hatte die Arme jetzt vor der Brust verschränkt und musterte mich genauso, wie ich ihn musterte. Was er wohl dachte? Weil er nichts sagte, musste ich wieder ran. »Und?«

»Und was?«

»Ich bin wegen des Jobs hier.«

»Aha.« Er strich sich mit Zeigefinger und Daumen über seinen Neuntagebart. Das erzeugte ein kratzendes Geräusch.

Ich zuckte mit den Schultern. »Also?«

»Was können Sie denn?«

»Ich habe als Teamassistentin in einer Werbeagentur gearbeitet …«, begann ich.

Er seufzte genervt und schob seine Brille etwas höher auf seinen Nasenrücken. »Und was können Sie?«

Ich war irritiert. »Das habe ich Ihnen doch eben gesagt. Dachte ich.«

»Assistentin in einer Werbeagentur?«

»Ja.«

»Das ist doch keine Fähigkeit.«

Na prima. Nicht nur, dass ich meinen Job all die Jahre nicht hatte leiden können, er zählte nicht einmal als Qualifikation. Wobei der Mann mit der Halbglatze natürlich irgendwie Recht hatte. Die Berufsbezeichnung sagte in der Tat nichts darüber aus, was ein Mensch konnte und was nicht. Ich hatte auch schon Taxifahrer erlebt, die ums Verrecken nicht Autofahren konnten, kein Witz! »Naja, okay, also ich kann … Ähm …« Es dauerte deprimierend lange, bis mir etwas einfiel, was ich konnte. »Ich kann …«, vor lauter Verzweiflung kaute ich auf meiner Unterlippe, »… Tee kochen?«

»Wenigstens sind Sie keine Angeberin.«

»Nein. Das nun wirklich nicht.«

»Dann machen wir es anders. Ich sage Ihnen, was ich brauche, und Sie sagen mir, ob Sie das können. Ich brauche jemanden, der gut aufräumen kann, der gut sortieren kann, der ein gutes Auge für Dinge hat. Ich brauche jemanden, der Kunden beraten und Waren verkaufen kann. Haben Sie Erfahrung damit? Verkaufen?«

»Ich hab mal im Einzelhandel gearbeitet. Kleidung.« Und damit hatte ich abgeschlossen, oder etwa nicht? Nie wieder Pullis, das hatte ich mir doch geschworen. Lieber tot als Pullis.

»Gibt's ein Problem?«

»Wieso?«

»Sie sehen aus, als ob Sie gleich anfangen zu heulen.«

Das nun nicht. Aber richtig glücklich war ich mit der Situation auch nicht. Ich hatte hier bisher zwar noch keinen Pulli gesehen, aber es ging ja ums Prinzip. »Eigentlich wollte ich das nicht machen.«

»Was?«

»Einzelhandel.«

Der Mann blickte sich um, als würde er den Laden zum ersten Mal unter diesem Aspekt betrachten. Er sah fast ein wenig amüsiert aus, ein Gesichtsausdruck, der nur Sekunden später wieder verflogen war. »Was wollen Sie denn machen? Eigentlich.«

Ich verdrehte die Augen, weil mir sein spöttischer Tonfall nicht gefiel und weil er jetzt auch noch damit anfing. Ein komplett Fremder. *Was wollen Sie denn machen?* Ich hasste diese Frage. Und dass ich keine Antwort darauf hatte.

»Weiß ich nicht.« Ende der Diskussion.

»Bis Sie es wissen, können Sie hier einsteigen und Tee kochen.« Er hielt mir seine Hand hin. »Josef Schimanski.«

Ich reichte ihm meine. »Daphne Weiland.«

»Das haben Sie mir schon gesagt. Halten Sie mich für schwerhörig?« Er hatte einen festen Händedruck.

»Ich habe einen Job.« Ich sagte das ein paarmal vor mich hin auf meinem Weg zurück in die WG und versuchte ganz genau zu fühlen, wie es sich anfühlte, wenn man das von sich sagen konnte. »Ich habe einen Job.« Neun Euro die Stunde, fünf Tage die Woche, neun Stunden am Tag, Beginn nächste Woche. »Ich habe einen Job.« Es war gut, nicht mehr arbeitslos zu sein. Ein Grund weniger, sich Sorgen zu machen. Ich war jetzt Trödelladenassistentin. Ich versuchte ein »Juhu«, aber es blieb mir im Hals stecken. Trödelladenassistentin. Das fühlte sich nicht gerade so an, als würde ein Wunsch in Erfüllung gehen. Es roch vielmehr nach einem faulen Kompromiss. Ich hatte gedacht, ich würde etwas euphorischer sein, wenn sich meine Jobsituation geklärt hatte. Ich hatte gedacht, dass es sich anfühlen würde, als wäre ich zehn Kilo leichter. Befreit. Aber so fühlte es sich nicht an.

Ich horchte tief in mich hinein. Ich würde wieder Geld verdienen. Und ich würde wieder morgens aufstehen und zur Arbeit gehen. Eine Aufgabe haben. Das hatte ich doch gewollt. Aber ich erinnerte mich auch daran, was ich Richard am Abend zuvor gesagt hatte. Dass ich mir

Zeit lassen würde, um den Job zu finden, den ich wirklich machen wollte. Und was war jetzt passiert? Ich hatte das erstbeste Angebot angenommen. Warum hatte ich Ja gesagt? Aus Angst oder Erleichterung? Weil ich Tante Doris nicht vor den Kopf stoßen wollte oder vor Josef Schimanski Angst hatte? Egal, aus den falschen Gründen jedenfalls. Ich hatte versagt, auf der ganzen Linie. Mein Lied des Tages: Gisbert zu Knyphausen, *Spieglein, Spieglein.* Wenn man sich schon selbst zerfleischte, dann doch bitteschön wenigstens mit Sinn und Verstand.

Ein Auto fuhr zischend an mir vorbei und wirbelte schwarzen Schneematsch auf. »Besser als nichts«, sagte ich, und das kam mir leichter über die Lippen. Es war eine Übergangslösung. Es war nicht, was ich wollte, aber bis ich wusste, was das eigentlich war, würde ich alte Lampenschirme abstauben und Spazierstöcke verkaufen. Bis dahin und keinen Tag länger. *Versprochen, Daphne? Versprochen.*

Mein Handy klingelte. Vielleicht jemand, dem ich von meinem vorübergehenden Job erzählen konnte. Jemand, der sich für mich freuen würde, wenn ich es schon nicht tat. Aber es war nur meine Mutter.

»Du gehst gar nicht an dein Telefon zu Hause. Wo treibst du dich eigentlich immer rum?«

»Dasselbe könnte ich dich fragen.«

»Aber du weißt doch, wo ich bin. Ich bin in Ägypten.«

»Und ich in Hamburg. Das ist schon ein klein bisschen präziser, nicht?«

Ich merkte, dass meine Mutter bemüht war, sich zusammenzureißen und einen Streit im Keim zu ersticken. Wahrscheinlich wollte sie sich kurzfassen, wegen der Telefonkosten. »Ich habe nicht so viel Zeit. Weißt du, wie teuer es ist, ein deutsches Mobiltelefon von Ägypten aus anzurufen?«

Richtig geraten. »Naja, das kostet vermutlich nur einen Bruchteil von dem, was es kostet, wochenlang Urlaub in Ägypten zu machen.«

»Du bist garstig.«

Ja, vielleicht. Aber es war auch garstig, sich ein Tier anzuschaffen und es dann bei nächstbester Gelegenheit abzuschieben. Und es war garstig, sich nicht ein kleines bisschen für seine einzige Tochter zu interessieren. Kinder und Tiere – wenn denen etwas angetan wurde, waren doch sonst immer alle sofort auf den Barrikaden. Warum merkte meine Mutter nicht, was sie da veranstaltete? Musste ich wirklich erst dem Kinderschutzbund einen Tipp geben? Und Peta?

Meine Mutter seufzte. »Wie geht es Benedict?«

»Schwer zu sagen«, erwiderte ich so beiläufig wie möglich, aber mit der nötigen Schärfe. »Er ist nicht mehr derselbe, seit er mit dem Kiffen angefangen hat. Ich hab schon überlegt, ihn zum Tierarzt zu bringen, aber das wird sicher teuer.«

Stille am anderen Ende der Leitung. »Daphne. Hast du Drogen genommen?«

»Machst du dir etwa Sorgen um mich?«

»Kind, ich mache mir immer Sorgen um dich.«

»Ha!«

Am anderen Ende der Leitung hörte ich im Hintergrund eine tiefe Männerstimme und meine Mutter antwortete, den Hörer leicht abgedeckt, auf Englisch, was irgendwie peinlich klang, da sie der Sprache nicht wirklich mächtig war. Ich wischte mir einen Tropfen von der Nase und zog den Kopf ein vor dem kalten Winterwind.

»Daphne?« Die Stimme meiner Mutter klang wieder klar, deutlich und auf Deutsch durch die Leitung. Ich sagte nichts. Ich war sauer.

»Wir sprechen ein anderes Mal, wenn du nicht ganz so miese Laune hast, okay? Joe und ich müssen jetzt weiter.«

»Wann kommst du zurück?«

»Demnächst. Erst machen wir eine Tour den Nil entlang. Das wird sicher schön.«

»Ja. Sicher.« Hoffentlich merkte sie, dass ich alles andere als begeistert klang. Hoffentlich verdarb es ihr den Tag ein wenig. »Und wann bekomme ich von dir Geld für den Tierarzt?«

»Daphne, Kind, wirklich, ich muss jetzt auflegen. Wir sprechen bald, ja? Bis dann.«

Bis dann, Mutter.

11
NACH AUS KOMMT AUSZUG

»Und?«

Ich fragte mich, ob Richard eigentlich neben der Wohnungstür auf mich gelauert hatte oder nur zufällig auf der Ledercouch im Flur saß. Einfach so. Wie man das eben machte. Im Flur abhängen. Zur Abwechslung.

Ich hatte noch die Türklinke in der Hand. Bereit zur Flucht, das schien zum Motto des Tages zu werden. »Warum sitzt du hier im Flur?«

Er zeigte auf Benedict, der neben ihm lag und schlief. »Den Hund streicheln. Nachdenken. Kann man doch mal machen.«

Stimmt. Unter weniger komplizierten Umständen vielleicht.

»Und?«, fragte er noch mal.

»Ich hab den Job.«

»Ich meine: Können wir uns jetzt unterhalten?«

Die Frage war ja nie wirklich gewesen, ob wir konnten, wir waren schließlich zwei Menschen, die über alles verfügten, was man für eine Unterhaltung brauchte, Münder, eine gemeinsame Sprache. Wir hatten sogar ein Gesprächsthema, sonst immer ein echter Pluspunkt, in diesem Fall das Problem. Ich wollte über alles reden, den neuen Job, Kaninchenzucht, notfalls auch über Politik, Religion und Geld. Aber nicht über letzte Nacht. »Können wir uns unterhalten?«, wiederholte ich wie ein Idiot.

»Von mir aus ja.«

Von mir aus nicht. »Ich …« Ich zuckte heftig zusammen, als es plötzlich an der Tür klingelte – der schrille Ton direkt neben meinem Ohr –, und drückte hastig den Summer, damit es aufhörte. Unten öffnete sich die schwere Haustür und fiel mit einem lauten Knall wieder ins Schloss. Dann folgten schlurfende Schritte auf der Treppe.

»Erwartest du jemanden?«, fragte ich Richard. In meinen Ohren fiepte es.

»Hannes.«

»Ach so.« Perfekt. Ich lehnte mich an den Rahmen der Wohnungstür. »Dann hast du jetzt ja eh keine Zeit.«

»Wieso?«

»Weil du jetzt Besuch hast.«

»Hannes kann auch allein Akkorde üben.«

»Ach, und unser Gespräch schiebst du dann schnell mal dazwischen oder wie?« Ich war selbst überrascht, dass ich automatisch versuchte, die Geschichte so zu drehen, als wäre Richard der Böse. Und erschrocken darüber, wie plump diese Masche war.

Richard sah das offensichtlich ähnlich. »Jetzt tu doch nicht so, als würde dir viel daran liegen, das zu klären.«

Ich hätte es einfach sein lassen sollen. Aber nein. »Das weißt du doch gar nicht.«

»Daphne!« Richard stand plötzlich von der Ledercouch auf und starrte mich wütend an. Fehlte nur noch, dass er mit dem Fuß aufstampfte. Tat er aber nicht. »Hör auf, mich zu verarschen, okay? Lass den Scheiß!« Seine Stimme hallte im Treppenhaus nach.

»Was ist denn hier los?« Hannes war vorsichtshalber vor der Türschwelle stehen geblieben, seinen Gitarrenkoffer in der Hand und den Dufflecoat schon aufgeknöpft. Er sah mich von der Seite an und ich senkte den Kopf, schaute auf Richards Füße, das Einzige an ihm, das nicht wütend aussah, und sagte: »Nichts.«

Erst war es still im Flur, dann hörte ich Richards Stimme und wie er sich anstrengte, sie zu beherrschen: »Wollen wir anfangen?«

Hannes berührte meinen Arm, sagte aber nichts, dann verschwanden Richards Füße aus meinem Blickfeld und als Nächstes schloss sich seine Zimmertür. Das war's.

Ich blinzelte eine Träne weg und fragte mich ärgerlich, warum ich überhaupt weinte. Ich hatte doch schließlich bekommen, was ich wollte. Ich war einem klärenden Gespräch zum zweiten Mal an diesem Tag erfolgreich aus dem Weg gegangen. Das hatte ich mir gewünscht, genau das. Es fühlte sich aber beschissen an. Falsch. Und so war es ja kein Wunder, dass ich nie wusste, was ich wollte, denn wenn ich es doch einmal tat und mein Wunsch in Erfüllung ging, dann stellte sich immer schnell heraus, dass ich mir nur Quatsch gewünscht hatte. Ich war einfach zu dumm zum Wollen.

»Und?« Betty steckte ihren Kopf aus der Küchentür. Sie trug noch immer den Bademantel und hatte ganz bestimmt alles mitgekriegt. Ich hasse WGs.

»Betty, was machst du eigentlich noch hier?«

»Ich besuche Sky.«

»Seit drei Tagen?«

»Schätzelein, was ist denn bloß los mit dir? Ich versteh dein Problem nicht.«

Mein Problem war, dass heute alles schiefgegangen war, was hätte schiefgehen können. Ich hatte einen neuen miesen Job, ich hatte mich mit Richard entzweit, ich hatte erfahren, dass ich auf unbestimmte Zeit weiterhin Hundehalterin war, und ich hatte irgendwie das Gefühl, dass es bei allen anderen voranging. Objektiv betrachtet vielleicht nicht unbedingt in die richtige Richtung, ich war mir ziemlich sicher, dass Hannes niemals Rockstar werden würde, und dass Betty in Sky den Mann fürs Leben gefunden hatte, bezweifelte ich auch, aber *es tat sich was!*

Nur ich, ich trat auf der Stelle. Schlimmer noch: Ich ging rückwärts. Ich unternahm nichts. Ich ließ alles einfach geschehen. Es war zum Kotzen.

Betty kam barfuß durch den Flur auf mich zu und nahm mich in den Arm. Sie hatte noch immer diese Sonne auf dem Bauch. »Du bist komisch«, sagte sie irgendwo in meinem Nacken.

Ich war begraben unter ihren Dreads und das Atmen fiel mir schwer. Ich traute mich aber nicht, meinen Kopf zu heben, weil ich befürchtete, sie würde mich dann loslassen. Und ich wollte noch nicht losgelassen werden. »Ich weiß nicht, was ich tun soll. Ich mach alles falsch.« Das war ein guter Versuch, in Worte zu fassen, was mein Problem war.

»Ist doch egal. Dann machst du eben alles falsch.«

Jetzt hob ich doch den Kopf. »Das ist doch nicht egal!«

»Man kann dem Leben ja eh nicht sagen, was es machen soll. Ist doch viel entspannter, alles mitzunehmen, was kommt – und dann mal sehen. Wir müssen einfach nur zu jeder Zeit cool abhängen.«

Ich war perplex. »Cool abhängen?«

»Genau, Schätzelein. Das ist mein Mantra. Und diese Angelegenheit da mit Richard ... Ganz schöne Scheiße. Ist nur passiert, weil du nichts falsch machen wolltest, wenn ich das mal so von außen beurteilen soll.«

»Richtig.«

»Siehste.«

»Und jetzt?«

»Hängst du einfach cool ab.«

Ich war mir nicht sicher, ob ich der richtige Typ für das Konzept des coolen Abhängens war. Das lag eher Leuten wie Sky und Betty, die sich auch mal treiben lassen konnten, ohne alle zwei Sekunden panisch den Kopf zu heben, um zu gucken, wo die Reise hinging. Vielleicht konnte man diese Gelassenheit ja lernen. Wenn man mehrere Jahre in einem buddhistischen Kloster verbrachte oder so. Aber auf die Schnelle lag mir nichts ferner, als cool abzuhängen. Ich musste etwas tun. Und ich musste raus hier, den Kopf freikriegen.

»Ich glaube, ich gehe erst mal mit Benedict zum Tierarzt.«

»Auch gut.«

Ich sammelte den Zwergspitz von der Couch auf und legte ihn halb über meine Schulter. Er gähnte einmal und schlief dann weiter. »Was sagt Mo eigentlich dazu, dass du jetzt quasi mit Sky zusammenwohnst?«

Betty zuckte mit den Schultern. »Was soll er dazu sagen? Er weiß nichts davon.«

Ich nickte und ging zur Haustür.

»Ach, Schätzelein, übrigens: Gratuliere wegen dem Job. Jetzt fühlst du dich bestimmt besser, nicht?«

Ich sah Betty nachdenklich an. »Irgendwie nicht«, antwortete ich und zog die Tür hinter mir zu.

»Also von vorn: Der Hund steht unter Drogeneinfluss?«

»Wenn Sie das jetzt so sagen, klingt das richtig übel.«

»Frau Weiland, das *ist* übel!«

Da hatte Doktor Hallberg unbestreitbar Recht. Er warf mir einen strengen Blick zu und sah dabei seltsam steril aus, wie Meister Proper. Und wie Meister Proper trug auch Doktor Hallberg Glatze, wohl aus aerodynamischen Gründen. Oder vielleicht weil es praktisch war. Vielleicht hatte er ja mal volle, lange Haare gehabt, war es irgendwann aber leid gewesen, dass sich ständig Springmäuse und Wellensittiche darin verfingen, und hatte sie dann abgeschnitten. Das konnte durchaus sein. Ich tippte trotzdem auf die Aerodynamik. Er sah aus wie jemand, dem Aerodynamik wichtig war, der jeden Tag mit dem Rennrad zur Arbeit kam und am Wochenende im Windkanal trainierte. Sein Schweiß roch bestimmt nach Gatorade.

Der Zwergspitz lag auf dem Behandlungstisch wie ein Feudel, den da jemand vergessen hatte. Doktor Hallberg nahm ein Klemmbrett und einen Stift zur Hand. »Wie genau ist das passiert?«

»Das hab ich Ihnen doch schon erzählt.« Ich hatte ungefragt eine ziemlich krude Story heruntergeleiert, nachdem ich mit dem scheintoten Benedict im Arm den Behandlungsraum betreten hatte. Seinen Zustand auf Drogen zu schieben, schien mir eine gute Lösung.

»Er hat also Schlaftabletten gefressen?«

»Aus Versehen. Die lagen auf dem Boden rum.«

»Hersteller? Name?«

»Das weiß ich nicht, sie gehören meiner Mitbewohnerin.«

Ich erntete wieder einen strengen Blick. Wie unfair das war. Ich konnte doch nichts für all das.

»Wie lange ist das jetzt her?«

Ich überlegte. »Drei Tage?«

Doktor Hallbergs Augenbrauen, die einzigen behaarten Stellen auf seinem Kopf, wanderten aufwärts. »Und da kommen Sie erst jetzt?«

»Weil ich mir das erst heute zusammengereimt habe. Mit den Tabletten. Weil er so schläfrig ist.« Warum musste ich eigentlich eine so schlechte Lügnerin sein?

Doktor Hallberg glaubte mir offensichtlich kein Wort. »Ich glaube Ihnen kein Wort.«

Na also. Ich sah auf den Boden.

»Frau Weiland, das macht alles keinen Sinn, was Sie mir da erzählen. Entweder wäre der Hund jetzt tot oder putzmunter, aber dieser Zustand …« Er zeigte auf den Feudel. »Keine Lügen mehr. Was ist passiert?«

Ich rang mit mir. Aber wenn Doktor Hallberg nach der Wahrheit verlangte, dann lieferte man die besser auch ab, sonst verdonnerte er einen sicher zu vierzig Liegestützen mindestens. Und ich schaffte nicht einmal drei. »Ich fürchte, er ist auf so einem Happening-Trip hängen geblieben.« Wieder die Augenbrauen. »Gucken Sie nicht so. Ich hab mir extra das mit den Schlaftabletten ausgedacht, weil ich wusste, dass Sie mir die Wahrheit sowieso nicht glauben.«

»Ein Happening?«

»Der Mitbewohner eines Freundes, bei dem ich gerade wohne, hat das veranstaltet. Mit Lavalampen und Marihuana und allem, was dazugehört. Meine schwangere Freundin war auch dabei. Die ist jetzt sehr glücklich.«

Der Arzt nickte langsam. »Okay. Und was genau ist bei diesem … Happening passiert?«

»Keine Ahnung. Ich war nicht da. Wenn Sie es genau wissen möchten: Als das mit dem Hund passiert ist, saß ich in einer Kneipe und habe Likör getrunken. Ich habe die Aufsichtspflicht verletzt. Nennt man das bei Tieren so?« Ich sah den Arzt fragend an, aber er reagierte nicht. »Es ist ja auch gar nicht mein Hund.«

»Wem gehört der Hund denn?«

»Meiner Mutter. Aber die ist in Ägypten und kommt wohl erst mal nicht mehr wieder, weil sie sich in so einen Typen verliebt hat.«

»Interessant.«

»Sie finden das vielleicht interessant. Aber ich drehe langsam durch. Jeden Tag werden alle verrückter und ich bin mittendrin.«

Doktor Hallberg strich sich über seinen kahlen Kopf und legte das Klemmbrett weg. Er hob Benedict hoch, der wie ein nasser Sack einfach auf der Arzthand rumhing und sich träge umsah. *Einfach cool abhängen,* der wusste, wie's ging. »Haben Sie es schon mit Schnipsen probiert?«

»Ist das Ihr Ernst?«

»Nein, das ist nicht mein Ernst. Soll ich Ihnen sagen, was ich glaube? Wir haben es hier mit einem wirklich alten Hund zu tun.«

»Wie bitte?« Ich war immer davon ausgegangen, dass Benedict noch fast ein Welpe war. Ich kannte mich ja nicht so aus mit Hunden, ich konnte sie nicht einmal leiden, aber so klein wie er war, konnte er auf keinen Fall ausgewachsen sein. Hatte ich gedacht. Dann wiederum war er natürlich ein Zwergspitz, das erklärte sicher die unzureichende Körpergröße. Und ich hatte meine Mutter nie gefragt, woher sie ihn hatte und, ja, wie alt er eigentlich war.

»Ja, ein alter Hund. Sehen Sie, wie grau er um das Maul herum ist?«

»Ich dachte, das wäre weiß.«

Ich glaube, Doktor Hallberg war in diesem Moment davon überzeugt, es mit einer ausgemachten Vollidiotin zu tun zu haben. Seufzend legte er Benedict wieder auf dem Untersuchungstisch ab und strich ihm über den Kopf. »Ich schätze den Hund auf sechzehn Jahre.«

»Vor einer Woche ist er noch herumgesprungen und hat gebellt und jetzt schläft er nur noch und Sie sagen, das ist das Alter?«

»Frau Weiland, so ist das Leben. Man rennt herum und tut und macht und irgendwann wird man müde und will seine Ruhe haben. Und dann ist auch bald Schluss.«

Ich ließ mich auf einen Hocker in der Ecke des Behandlungszimmers sinken. »Und da können Sie nichts machen?«

»Ich bin Tierarzt, nicht Gott. Aber eine Wurmkur könnte ich Ihnen anbieten. Interesse?«

Der arme Benedict. Ich hatte ihm also Unrecht getan, als ich sein Bellen und Trippeln und Hecheln und Kläffen als nervtötendes Betteln um Aufmerksamkeit abgetan hatte. In Wahrheit war diese Überdrehtheit nichts anderes gewesen als ein letztes Aufbäumen seiner Lebensenergie, bevor es mit großen, schläfrigen Schritten dem Ende entgegenging. Ich fühlte den starken Drang, mich irgendwie bei ihm zu entschuldigen, als ich ihn in meinen Armen aus der Praxis und durch das Treppenhaus des Altbaus nach draußen trug, aber wie entschuldigte man sich bei einem Hund? Immerhin hatte ich ihn noch einmal ordentlich entwurmen lassen, das freute ihn bestimmt. Ich fragte mich, ob meine Mutter wusste, wie wenig Zeit ihr Zwergspitz noch hatte. Ich hoffte, dass er zufrieden war, wenn er auf sein Leben zurückblickte, dass er an genügend anderen Hundepos gerochen, genug Duftmarken gesetzt, Stöckchen geholt und Leckerlis bekommen hatte. An all diese Dinge dachte ich, während ich das Praxisgebäude verließ und den Heimweg antrat. Heimweg. Das war auch so eine Sache. Ich wusste, dass das mit dem WG-Leben wohl fürs Erste vorbei war. Bei Richard konnte und wollte ich nach allem, was vorgefallen war, nicht mehr wohnen. Also hieß es, einmal noch zurück und Sachen packen und dann den echten Heimweg antreten. In meine eigene, einsame Wohnung. Ich fühlte mich, als wäre ich kurz davor, das Licht in meinem Leben auszuschalten, die Heizung runterzudrehen und am offenen Fenster zu erfrieren.

»Gott, Daphne, reiß dich zusammen«, murmelte ich.

»Hey, Daphne! Pass auf!«

Was denn noch alles?, dachte ich und hob den Kopf, nur um festzustellen, dass ich eine Sekunde später mit Mo zusammengestoßen wäre, der just in diesem Moment aus dem Kiosk neben dem Eingang zur Tierarztpraxis gekommen war. Er hatte den *Kicker* und eine Packung Kaugummi in der Hand. Ich starrte ihn an und wusste nicht, was ich sagen sollte. Mo und ich hatten uns noch nie viel zu sagen gehabt. Am liebsten wäre ich einfach weitergegangen und hätte ihn ignoriert, aber dafür war es jetzt zu spät. Mir blieb nur zu hoffen, dass er genauso wenig Lust auf ein Gespräch hatte wie ich und wir gleich wieder getrennte Wege gehen konnten.

»Hi, Mo.«

»Hi, Daphne.«

Füßescharren. Gesprächsthema suchen.

Mo zeigte auf Benedict. »Haste den gerade einschläfern lassen?«

»Nein. Der ist nicht tot. Der will bloß seine Ruhe.«

»Aha.«

»Er ist alt.«

»Kaugummi?« Er hielt mir die Packung hin.

Ich winkte ab. »Nee, danke. Ich hab voll Hunger, wenn ich jetzt Kaugummi kaue, wird mir schlecht.«

»Kenn ich.«

So, na das sollte dann ja wohl als Pflichtunterhaltung genügen. Ich machte einen langen Schritt an Mo vorbei und sagte im Gehen: »Naja, war schön, dich zu sehen. Bis bald dann mal.« Aber so einfach kam ich nicht weg. Mo hielt mich am Ärmel fest und ich blieb zwangsläufig stehen.

»Daphne?«, fragte er und er sah dabei merkwürdig verzweifelt aus – wie ein Model, das versucht, verzweifelt zu gucken. »Weißt du, wo Betty ist?«

»Betty?«, fragte ich, um Zeit zu schinden, weil ich

mich nicht daran erinnern konnte, ob Betty erwähnt hatte, dass sie nicht wollte, dass Mo wusste, wo sie war, oder ob sie es ihm bloß nicht gesagt hatte, weil sie keine Gelegenheit gehabt hatte. Warum musste ich jetzt ihren Schlamassel ausbaden? Ich hatte schon genug eigenen Schlamassel.

»Sie ist seit Tagen nicht zu Hause gewesen. Ans Telefon geht sie auch nicht. Ich mach mir Sorgen.«

»Es geht ihr gut.« Aber Mo ging es nicht gut, das merkte ich. Er sah aus, als würde er entweder gleich anfangen zu heulen oder vor mir auf die Knie fallen (auf beides hatte ich keine große Lust). Also dachte ich: Warum eigentlich nicht? Warum sollte ich Mo nicht erzählen, wo Betty sich aufhielt? Und mit wem. Und was sie tat. Vielleicht rüttelte es ihn ja wach. Vielleicht wurde ihm ja klar, dass er weder Betty noch sein ungeborenes Kind an Sky, den Guru, verlieren wollte. Gut, vielleicht mischte ich mich hier in Sachen ein, die mich nichts angingen, aber mein letzter Stand war, dass Betty Mo über alles liebte und seine Entscheidungsschwäche sie wahnsinnig machte. Und vielleicht war das ja die Lösung, der Schlüssel zum Erfolg, der richtige Hebel. Eifersucht. Einen Versuch war's allemal wert.

»Betty hängt im Moment cool ab«, erklärte ich Mo so beiläufig wie möglich. »In der WG von Richard. Also eigentlich hängt sie bei Sky ab. Der ist ein Hippie oder ein Guru oder so was.«

Mo runzelte die Stirn.

»Mit dem verbringt Betty die meiste Zeit, die malen sich mit Körperfarbe an und so.« Ich schüttelte amüsiert den Kopf. »Und sie hat neuerdings auch ein Mantra.«

Mos Augen weiteten sich vor Entsetzen. Jetzt brauchte es nicht mehr viel.

»Sie sagt, dass sie wirklich glücklich ist mit Sky. Also … glücklicher als mit dir, tut mir leid, Mo, ja und …«, ich tat so, als würde ich nur so vor mich hinplappern, aber ich bemerkte jede Regung in seinem Gesicht. Die Wut, die Angst, die Entschlossenheit. Ich hatte ihn so weit. »… und sie trägt den ganzen Tag nur einen Bademantel. Sonst nichts.«

»Wo wohnt Richard gleich noch mal?« Er riss sich zusammen, er versuchte seine Stimme zu kontrollieren. Es gelang ihm gerade so.

Ich war zufrieden, wechselte Benedict auf meinen linken Arm und hakte Mo mit dem rechten unter. »Du hast Glück, ich bin gerade auf dem Weg dahin. Du kannst einfach mitkommen.«

»Warum hast du das gemacht, Daphne?«

»Ich hab gar nichts gemacht, Betty. Mo wollte wissen, wo du bist und was du machst, und ich habe es ihm gesagt. Sollte ich lügen?«

Wir saßen am Küchentisch der WG und warteten ab, was als Nächstes passieren würde, während aus dem Nebenzimmer Skys Stimme drang, der Mo erklärte, dass es zwischen Tantra und Mantra einen nicht zu vernachlässigenden Unterschied gab. Mo brüllte ihn an, das sei ihm egal.

Betty seufzte. »Wer hätte gedacht, dass er meinetwegen so eine Leidenschaft entwickeln würde?«

»Er hat die ganzen letzten Tage versucht, dich zu erreichen. Er hat sich Sorgen gemacht.« Ich sah den Anflug eines Lächelns auf ihrem Gesicht, das Lächeln einer Frau, die angenehm überrascht von einem Mann ist. Ein seltener Anblick, zumindest in meinem Leben kam das nicht so oft vor. »Und für wen entscheidest du dich jetzt? Mo oder Sky?«

»Woher soll ich das wissen? Nur weil Mo jetzt hier ankommt und eine Szene macht, heißt das noch gar nichts. Ich meine, der hat mich monatelang nicht mit dem Arsch angeguckt. Und jetzt ist er beleidigt, weil ihm jemand in sein Territorium gepinkelt hat. Sobald er den vertrieben hat, bin ich wieder abgemeldet. Darauf hab ich überhaupt keinen Bock.«

Ich nickte. »Kannste haben.« Eine knifflige Situation.

Richard tauchte mit einem verwirrten Gesichtsausdruck und der Gitarre in der Hand in der Tür auf. Als er mich sah, verfinsterte sich seine Miene, aber er war doch zu neugierig, um nicht zu fragen. »Was ist denn bei Sky los?«

»Mo ist gekommen, um Bettys Ehre zu retten.«

»Spacken.« Er lehnte die Gitarre an die Wand, öffnete den Kühlschrank und holte zwei Flaschen Bier heraus.

Ich wusste nicht genau, was ich erwartet hatte. Dass ich einen lustigen Spruch brachte und er lachen und das Schlimmste überstanden sein würde. Unwahrscheinlich. Trotzdem traf mich Richards zweisilbige Reaktion härter, als ich vermutet hätte. Ich schluckte. Und beschloss, dass ein guter Moment für ein klärendes Gespräch nicht kommen würde. Nicht, solange wir nicht ein wenig Abstand gewonnen hatten. »Ich zieh aus.«

Er machte die Kühlschranktür zu und öffnete eine Bierflasche mit der anderen. Nebenan nannte Mo Sky einen Freak.

»Gut«, sagte Richard. »Ich glaube, das ist das Beste.«

»Ist es das?« Er *wollte,* dass ich ging? Nicht dass ich das nicht verstehen konnte, aber baff war ich trotzdem.

Er zuckte mit den Schultern. »Ja, ist es. Ich hab ein paar Sachen zu regeln. Und du hast jetzt einen Job und alles ist wieder gut, oder? Daphne? Stimmt doch? Alles ist wieder gut?«

»Naja, ich weiß nicht, ob man das so sagen kann … Aber …«

»Zieh aus, Daphne. Ist besser so.«

Die Türklingel schrillte und das war Richards Signal, die Küche zu verlassen. Die Gitarre nahm er mit.

Ich blieb mit offenem Mund zurück. »Was war *das* denn gerade?«

Betty schnalzte mit der Zunge. »Tja, ich glaube, er hat gerade mit dir Schluss gemacht.«

»Wir waren gar nicht zusammen!«

»Manchmal ist es nicht wichtig, welchen Namen eine Sache hat, Schätzelein. Die Dinge sind so, wie sie sind.«

Während ich noch zutiefst verwirrt darüber nachdachte, was eben passiert war, steckte Lucy ihren Kopf ins Zimmer. Sie trug eine rote Pudelmütze mit einem rosafarbenen Schneemann darauf zu einem pink-weißkarierten Wintermantel und winkte uns begeistert zu. »Huhu!«

Ich winkte schwach zurück. »Hi Lucy.«

»Naaa? Wie geht's?«

»Seltsam?«

»Ich hole Hannes von seiner Gitarrenstunde ab.«

»Das ist aber nett.«

»Das ist nicht nett, das ist selbstverständlich. Ich muss

doch meinen Freund unterstützen.« Lucy zwinkerte mir übertrieben zu und hörte gar nicht mehr auf. »Na?«, fragte sie und quetschte angestrengt ihr linkes Auge zu. Betty fing an zu lachen.

»Ich hab's schon verstanden, Lucy, du kannst aufhören.«

»Ah, gut, ich dachte schon, du kapierst nicht, was ich meine.« Sie rieb sich mit dem Zeigefinger über das strapazierte Augenlid. »Na jedenfalls: Du hattest so Recht! Mit allem, was du gesagt hast.« Mit kleinen Schritten kam sie auf mich zu, umarmte mich und drückte mir einen dicken Kuss auf die Wange. »Danke, danke, danke, Daphne. Danke. Du bist ein Engel.«

Ich tätschelte hilflos den Bommel ihrer Mütze, weil ihre Umarmung meine Bewegungsfreiheit ansonsten fundamental einschränkte. »Okay …« Da sollte sie mal Richard fragen, der war garantiert anderer Meinung.

Die Tür zu Skys Zimmer wurde lautstark geöffnet und wieder geschlossen. Eine Sekunde später stand Mo wutschnaubend in der Küche. »Betty? Kommst du?«

»Aber Mo. Ich habe nur einen Bademantel an.«

»Das ist ja das Problem. Kommst du jetzt? Oder nicht?«

»Und wohin gehen wir dann, Mo?« Betty machte keine Anstalten, von ihrem Platz aufzustehen.

»Wohin sollen wir denn gehen? Nach Hause natürlich.«

»Aber warum?« Er wand sich. Bettys Blick ruhte auf ihm. Die Luft knisterte vor Spannung. Es war faszinierend zu sehen, wie er mit sich kämpfte. Und wie er am Ende aufgab und die Schultern sinken ließ. Er sackte regelrecht in sich zusammen und sagte mit der lächerlich weinerlichen Stimme eines Kindes, das zu müde war, um weiterzulaufen: »Mensch, Betty, was soll das denn? Du weißt doch, dass ich dich liebe.«

»Ach ja? Woher denn?«

Er stutzte. »Hab ich dir das nie gesagt?«

Betty erhob sich von ihrem Platz auf der Bank und ging auf Mo zu. »Nein. Hast du nicht. Und du musst es auch jetzt nicht machen. Jetzt will ich es gar nicht hören.«

Mo war deutlich anzusehen, dass er nicht so recht wusste, wie er sich verhalten sollte. Er stammelte etwas, das keinen Sinn machte, und Betty ging an ihm vorbei aus der Küche. »Ich gehe jetzt nach Hause. Ich muss nachdenken.«

»Ich muss auch los.« Ich stand auf. »Packen.«

»Ui! Verreist du?« Lucys Wangen glühten vor Aufregung.

»Nein.« Ich schob den Stuhl, auf dem ich eben noch gesessen hatte, an den Tisch und folgte Betty aus der Küche. »Ich verreise nicht, Lucy. Im Gegenteil: Ich muss zurück in die Realität.«

12
AUFBRUCHSTIMMUNG

Die Luft war glasklar und eiskalt, der Himmel hellblau und die Sonne spiegelte sich auf den vereisten Straßen. Kurz: Es war ein guter Tag, um das alles hinter sich zu lassen und nach Australien auszuwandern. Und genau das hatte Maria vor.

Von ihrem Geld war nichts mehr übrig und so wollte sie eigentlich die günstige Variante wählen und mit der Bahn zum Flughafen fahren, aber da ich jetzt schließlich wieder einen Job hatte (den ich einen Tag später beginnen würde), Geld verdiente und nicht mehr sparen musste, lud ich meine Freundin auf eine letzte gemeinsame Taxifahrt ein. Wir redeten nicht viel währenddessen, ich ließ sie in Ruhe wehmütig aus dem Fenster schauen, während ich sie wehmütig ansah. Ich hasse Abschiede.

Im Terminal stellten wir uns gemeinsam am Check-in an.

»Wenn ich Übergepäck hab, raste ich aus. Ich hab fünfmal den Koffer auf die Waage gestellt, um ganz sicher zu sein, dass er nicht zu schwer ist.«

»Dann ist er auch nicht zu schwer.«

»Es sei denn, meine Waage ist kaputt.« Maria knabberte nervös an den Rändern ihrer Fingernägel. Ich muss-

te lachen. Weil ich sie noch nie so nervös erlebt hatte.
»Das ist nicht witzig, Daphne. Ich hab kein Geld übrig für Übergepäck.«

»Dann lässt du eben was hier und ich schicke dir das nach oder so. Wird schon.« Ich tätschelte ihre Schulter, aber sie schien es gar nicht zu merken. Sie ließ den Blick durch die helle Flughafenhalle und über die Wartenden gleiten.

Und schnappte plötzlich nach Luft. »Ich bin noch nie geflogen, Daphne.«

»Was?!«

»Ich bin noch nie geflogen. Ich hab doch gesagt, weiter als bis zu Tante Hildegard hab ich's nie geschafft.«

»Flensburg, oder?«

Maria nickte verzweifelt.

»Wow. Und dann gleich Australien …«

»Erinner mich bloß nicht daran.« Sie sah aus, als würde sie sich gleich übergeben. Schwer atmend setzte sie sich vorsichtshalber auf ihren Koffer. »Erzähl mir lieber was. Lenk mich ab.«

Wovon soll man erzählen in solchen Momenten, wenn einem nicht einmal eine gemeinsame Stunde blieb? Da war eigentlich jedes Thema entweder zu trivial oder zu tiefschürfend. Ich probierte es mit einem Schwank aus unserer Jugend.

»Weißt du noch, damals, als wir nach unserer Schicht in der Kinderabteilung immer noch in diesen Chinaimbiss gegangen sind?«

»Zum Bratnudeln-Essen, ja, ich weiß.«

»Was haben die gekostet? Zwei Euro?«

»Im Verhältnis zu unserem Stundenlohn war das echter

Luxus.« Maria schüttelte ungläubig den Kopf. »Wahnsinn. Ich arbeite schon seit fast einer Dekade für einen Hungerlohn.«

»Dafür wirst du jetzt mit Sonne und Strand belohnt.« Wir rückten mit Marias Koffer einen Schritt in der Schlange vor. »Der Abend, an dem du mir erzählt hast, du willst Arne beichten, dass du dich in ihn verliebt hast.«

Sie lächelte bei dem Gedanken daran. »Hat ja nicht so geklappt damals. Aber dann beim zweiten Anlauf.«

»Was lange währt, wird endlich gut.«

»Gilt vielleicht auch für dich und Richard.« Maria warf mir einen Seitenblick zu und hatte damit die beste Aussicht auf mein vehementes Kopfschütteln. »Wer weiß«, setzte sie nach.

»Ich weiß das. Der Zug ist abgefahren. Ich hab alles versaut. Es ist keine Liebe, es ist keine Freundschaft mehr, es ist einfach nur kaputt. Alles.«

»Abwarten.«

»Jetzt klingst du fast wie Betty mit ihrem *einfach cool abhängen.*«

»Cool abhängen?«

»Sehen, was das Leben so bringt. Ich wünschte, ich könnte das, Maria. Manchmal schäme ich mich dafür, dass ich so … na, so …« Ich suchte nach dem richtigen Wort. Aber alle Worte klangen unattraktiv.

»Verkrampft?«

Genau das hatte ich gemeint mit unattraktiv. Beleidigt schob ich die Unterlippe vor. »Nein, nicht verkrampft. Kontrolliert, dachte ich eigentlich. Dass ich so kontrolliert bin. Schau dir mal Richard an. Oder Betty. Oder

Sky. Die lassen einfach alles auf sich zukommen und haben auch noch Spaß dabei. Die heulen nicht ständig rum. Die machen ganz ruhig ihr Ding und genießen ihr Leben.« Noch einen Schritt weiter in der Schlange. Wenigstens hier kam man mal voran.

»Daphne, eins kannst du mir glauben: Meistens sind es die coolen Leute, von denen man glaubt, dass sie alles im Griff haben, die nachts wachliegen und nicht wissen, wie es weitergehen soll. Die lassen es sich nur nicht anmerken. Und du machst das schon ganz richtig, du folgst deinen Instinkten und gleichzeitig hörst du nie auf, dich zu fragen, wie es weitergehen soll. Du gibst nicht auf. Darum geht es im Leben. Du bist, wer du bist. Und mit der Person, die du bist, musst du da irgendwie durch. Klappt doch gar nicht so schlecht.«

»Naja …«

Maria schien zu erraten, was ich dachte. »Keine Sorge, du bist ein ganz wunderbarer Mensch. Du brichst eben nur schneller und häufiger als andere in Verzweiflung aus. Oder Panik. Aber du regelst trotzdem alles irgendwie. Glaub an dich.«

»Ach, Maria«, seufzte ich, und schob ihren Koffer mit dem Fuß ein Stückchen weiter. »Was soll ich nur ohne dich machen?«

»Vielleicht cool abhängen? Oder was anderes? Meine Oma sagt immer: Es gibt nichts Gutes, außer man tut es. Probier das doch mal aus.«

»Ganz schön tiefschürfendes Gespräch für eine Warteschlange.«

Maria lächelte. Und erschrak. »O Gott, wo ist mein Pass?«

»Jackentasche?« Während Maria panisch ihre Jacke abklopfte, rückten wir an die erste Stelle der Check-in-Reihe. »Der nächste Schalter ist unserer«, sagte ich unnötigerweise und Maria seufzte erleichtert auf, als sie das weinrote Heftchen mit den Tickets in ihrer Hand hielt. Insgeheim hätte ich nichts dagegen gehabt, wenn sie das Ding im Taxi hätte liegen lassen. Dann wäre sie geblieben.

Irgendwie war es tröstlich, vor der Sicherheitskontrolle in diesem Pulk von Menschen zu stehen, die sich voneinander verabschiedeten, für ein paar Tage oder, wie in Marias und meinem Fall, auf unbestimmte Zeit. Einige von ihnen würden sich gleich bis auf die Haut durchleuchten lassen und im Anschluss die Welt bereisen, während die anderen bleiben würden, im schnöden Hier und Jetzt. Gehen ist leichter als Zurückbleiben.

Ich drückte Maria fest an mich. Auch wenn ich wusste, dass sie das eigentlich nicht leiden konnte. Nach wenigen Sekunden hatte sie sich auch schon wieder aus meiner Umklammerung befreit.

»Weißt du, was blöd ist?«

Mir fiel da so einiges ein, aber ich wollte ihr nichts vorwegnehmen. »Was denn?«

»Dass ich die Geburt von Bettys Baby verpasse. Das macht mich echt traurig.«

Ja. Echt traurig. Ich war auch echt traurig. Meine Freundin verließ mich und zog ans andere Ende der Welt. Und all die Dinge, die sie hier verpassen würde, all die Dinge, die ich in ihrem Leben verpassen würde, all die Momente, in denen ich nur ihr erzählen wollte, wie ich mich fühlte und worüber ich nachdachte: Ich hatte keine Ahnung, wie ich diese Lücke in meinem Leben füllen sollte. »Du wirst mir so fehlen.«

Maria sah mich lange an. Und so wie mir die Tränen langsam in die Augen stiegen, taten sie es auch bei ihr. Irgendwann nahm sie mich in den Arm. Sie drückte mich so fest, wie sie es noch nie vorher getan hatte. »Du wirst mir auch fehlen«, flüsterte sie mir ins Ohr und gab mir einen Kuss auf die Wange. Das war wirklich noch nie vorgekommen. »Ich bin ja nicht aus der Welt.«

Ich schüttelte den Kopf, wischte mir die Tränen aus dem Gesicht und versuchte ein Lächeln. »Nee, nur am anderen Ende davon. Sag Arne, ich werde ihm das nie verzeihen. Meine Rache wird furchtbar sein.«

»Komm einfach vorbei, dann lock ich ihn für dich in einen Hinterhalt.«

»Ich schau mal in meinem Kalender nach, wann es am besten passt.«

Wir versuchten zu lachen und scheiterten kläglich. Hier gab es nichts zu lachen. Wir würden uns lange Zeit nicht wiedersehen, das wussten wir beide. Also ließen wir es bleiben und standen einfach noch einen Moment schweigend beieinander, während um uns herum das Leben tobte.

TEIL ZWEI

EINE WOCHE IM MAI

13
PAKT FÜR FORTGESCHRITTENE

Guten Morgen, Daphne!
Oder gute Nacht … Ich gewöhne mich einfach nicht an diese Zeitverschiebung. Kein Wunder, dass Arne mich damals immer mitten in der Nacht angerufen hat. Es ist so schwer, sich vorzustellen, dass du in Hamburg gerade schlafen gehst, wenn ich doch eben erst aufgestanden bin. Apropos Hamburg: Wie läuft's da drüben? Wie geht es Betty? Ist das Baby schon da? Nein, du hättest mir doch bestimmt gleich Bescheid gesagt, oder? (Wehe, ich werde nicht sofort informiert, wenn es so weit ist, egal ob Tag oder Nacht, bei dir oder bei mir, ich will das wissen!)
Bei euch sollte ja jetzt der Sommer anrücken, hier geht's gerade los mit dem Winter. Es wird langsam kühler und letzte Woche hat es zweimal geregnet … Ich weiß, das ist Jammern auf hohem Niveau. Aber man gewöhnt sich viel zu schnell daran, dass immer die Sonne scheint. Ich glaube, ich kann nie wieder nach Hamburg zurück. (Nur ein Witz. Ich vermisse euch alle schrecklich. Bloß das schlechte Wetter kann mir gestohlen bleiben.) Für Arne läuft es richtig gut an der Schule und wir haben jetzt endlich das perfekte Apartment für uns gefunden, schön groß und schattig. Ich suche noch immer nach einem kleinen Job,

um die Haushaltskasse aufzustocken, hatte aber bisher kein Glück. Nervt ein bisschen.
Also, halt mich auf dem Laufenden. Ich hab so lange nichts von dir gehört und mache mir ein bisschen Sorgen. Dabei sollte das doch eigentlich andersrum sein, schließlich lebe ich ja in dem Land mit den Giftspinnen. Und deswegen: Melde dich!
Alles Liebe,
Maria

Der Sommer war, da hatte Maria Recht, zu meiner großen Überraschung im Anmarsch. Jedes Jahr befürchtete ich aufs Neue, dass der Winter niemals zu Ende gehen würde, und jedes Jahr lag ich aufs Neue falsch damit.

Die Stadt war an allen Ecken ergrünt, Vogelgezwitscher, Blätterrauschen und Motorradgeknatter erfüllten die Luft, die Damen der Eppendorfer Schickeria trugen ihre neuen Designersonnenbrillen spazieren und auf dem Galão-Strich, zwei Straßen entfernt von Bettys Haustür (also da, wo die hippen Menschen Hamburgs ihren portugiesischen Milchkaffee tranken), wurden die Plätze knapp. Auch hier herrschte eine hohe Designersonnenbrillendichte. »Mein Viertel geht vor die Hunde«, maulte Betty, hochschwanger, in ihrem Kiosk, »aber nützt ja nix.« Und dann nahm sie sich meistens noch ein Eis aus der Truhe. Wenn man schon an der Quelle saß …

Ich bekam von dem Sommer-Erwachen auf den Straßen meiner Stadt zumindest tagsüber nicht viel mit. Schuld daran war mein Job als Trödelladenassistentin. Hatte ich beim Vorstellungsgespräch noch gedacht, dass die Dunkelheit in Josef Schimanskis Geschäft unter anderem der schwachen Wintersonne zuzuschreiben war, stellte ich bereits an meinem ersten Tag dort fest, dass selbst ein Zehntausend-Watt-Scheinwerfer nichts hätte ausrichten können gegen die alte Sperrholzplatte, mit der mein Chef das Schaufenster verrammelt hatte. Als Lichtschutz. Erfolg auf der ganzen Linie. Der Effekt, den das auf mich hatte, war, dass ich mir morgens vorkam wie ein Bergarbeiter auf dem Weg in den Stollen. Trotzdem stellte ich nach einer Weile zu meinem eigenen Erstaunen fest, dass ich mehr Spaß an meinem Job hatte als zunächst erwartet. Josef Schimanskis Sammelsurium hatte nichts mit dem öden Pulli-Falten von damals zu tun. Hier gab es nichts von der Stange, nur Einzelstücke, das meiste davon Müll, aber dazwischen fand man immer wieder echte Schätze. Das wussten auch die Kunden. Sie waren selten, aber versiert, wir bekamen regelmäßig Besuch von Sammlern, die sich leise und konzentriert durch den Ramsch wühlten und Herrn Schimanski mit Vornamen ansprachen. Laufkundschaft kam so gut wie gar nicht und wenn sich doch einmal aus Versehen jemand in den Laden verirrte, nur um ein bisschen zu stöbern, vertrieb Josef Schimanski ihn mit seiner knurrigen Art sofort wieder. Ihm waren die Experten lieber. Die waren so wie er. Verschroben.

»Das sind Fachleute, die haben wenigstens was in der Birne. Mit denen kann man *reden*«, versuchte er einmal, mir seine Vorliebe zu erklären.

»Ja, aber wenn wir mehr Kunden hätten, dann brächten die auch mehr Geld in den Laden«, war mein Gegenargument. Ein schlagendes, wie ich fand. Das war doch eine Schnapsidee, ein Geschäft, in dem nicht jeder einkaufen durfte. Obwohl … Cartier machte das ja auch so.

»Für kein Geld der Welt geb ich mich mit Idioten ab.« Wie er es immer machte, wenn er nicht mehr reden wollte, rückte Herr Schimanski an dieser Stelle seine Brille zurecht, lehnte sich in dem Ledersessel hinter seinem antiken Schreibtisch zurück und verschanzte sich hinter einer Zeitung.

»Ich könnte mich doch um die Idioten kümmern.«

»Na, das passt ja.«

Ich ignorierte die nicht besonders gut versteckte Beleidigung. »Können wir dann wenigstens die Sperrholzplatte vom Schaufenster …?«

»Nein!«

So lief das meistens. Ich fragte mich oft, was Josef Schimanski so bitter gemacht hatte und es dauerte eine Weile, bis ich mich an seine ruppige Art gewöhnt hatte. Man durfte es einfach nicht persönlich nehmen. Er war ein Sonderling. Der zu allem Überfluss nur ein Outfit zu besitzen schien, was mir an seiner Stelle schon genügt hätte, um bis ans Lebensende schlechte Laune zu haben. Außerdem gab es ab und zu auch schöne Momente, wenn er mir zum Beispiel geduldig erklärte, woran man erkannte, dass ein Glas aus echtem Kristall war oder welche Porzellantasse mehr wert war als die anderen – und warum. Dann plapperte er, für seine Verhältnisse, wie ein kleiner Wasserfall, das heißt, er sagte auch mal mehr als zwei Sätze hintereinander, und ich fand ihn beinahe liebenswert. Das hätte ich ihm aber niemals gesagt. Dann hätte er mich einen Idioten genannt. Mal wieder.

Im Trödelladen erlebte ich etwas, das so bei Markwardt

& Söhne nie vorgekommen war: Ich lernte dazu. Damit rechtfertigte ich vor mir selbst die Tatsache, dass ich nach vier Monaten noch immer diesen Job machte, der ja eigentlich nur als Übergangslösung gedacht war. Tief im Inneren wusste ich, dass ich mal wieder knietief in einem Kompromiss steckte, und das schon seit viel zu langer Zeit. Ein Gedanke, den ich aber so fleißig beiseiteschob, wie ich mir eigentlich den Kopf über meine wahren Ziele und Wünsche zerbrechen sollte. Es war nun einmal leider so: Der beste Tag, um den Arsch hochzukriegen, war immer morgen.

An dem Dienstag, an dem Marias E-Mail aus Australien angekommen war, saß ich auf dem Boden vor dem Spielwarenregal, bürstete einer alten Puppe das verfilzte Haar aus und summte mein Lied des Tages: *Working in a Coalmine* von Lee Dorsey. Ich hatte ein schlechtes Gewissen, weil ich mich tatsächlich lange nicht mehr bei meiner Auswanderer-Freundin gemeldet hatte. Es gab aber auch nichts zu erzählen. Es war mal wieder nichts los, und ich war mir der Ironie dieses Umstands sehr wohl bewusst. Das Durcheinander Anfang des Jahres erschien rückblickend wie ein Sturm im Wasserglas. Seitdem schien das meiste, was in Bewegung gekommen war, langsam wieder stillzustehen, abgesehen davon vielleicht, dass Hannes entgegen jeder Erwartung jetzt tatsächlich etwas besser Gitarre spielte. Aber für mich hatte sich nicht viel getan. Die alte Wohnung, die alten Arbeitszeiten, der alte Hund und der alte Beziehungsstand.Richard und ich hatten uns ausgesprochen, wir waren ja schließlich erwachsen. Leider war diese Aussprache derartig schlampig durchgeführt worden, dass noch immer jede Menge zwischen uns stand, nur sprach es keiner von uns mehr an. Wir waren vereint in Feigheit. Oft ärgerte es mich, wie kompliziert unsere Freundschaft geworden war, und ich wunderte mich darüber, dass wir fast Dreißigjährigen größere Probleme damit hatten, einen Konflikt zu lösen, als zwei Erstklässler auf dem Schulhof. Richards und mein Umgang miteinander war seltsam, aber zivilisiert. Nur war das eine E-Mail wert? *Mach dir keine Sorgen, Maria, es ist alles ausgesprochen zivilisiert hier.*

Die Ladentür erzeugte beim Öffnen ein schabendes Geräusch auf dem alten Teppichbelag. Ein Geräusch, das man wie gesagt in diesen Räumlichkeiten selten zu hören bekam und das Herrn Schimanski sofort dazu veranlasste, raschelnd seine Zeitung abzulegen und nachzusehen, wer sich da in sein Territorium wagte. Freund oder Feind, Sammler oder Idiot.

»Was wollen Sie?!«, knurrte er.

Genau das wollte man hören, wenn man ein Geschäft betrat. Ich quittierte das Verhalten meines Chefs mit einem Augenrollen und bürstete weiter.

Eine etwas unsicher klingende, mir wohlbekannte Stimme antwortete von der anderen Seite des Regals, vor dem ich hockte. »Ähm … Ich suche Daphne. Ist sie hier?«

Ich ließ Puppe und Bürste fallen und beeilte mich, hinter meinem Regal vorzukommen, bevor Herr Schimanski richtig loslegen konnte – jedoch vergeblich.

»Ist sie hier? Bin ich die Auskunft oder was? Seh ich aus wie Fräulein Weilands Privatsekretärin?« Mein Chef nahm seine John-Lennon-Brille von der Nase und rubbelte sie am Ärmel seines weinroten Jacketts sauber.

»Hannes! Mensch, das ist ja eine Überraschung!« Ich legte meinem Freund schützend einen Arm um die Schulter und bewegte ihn mit leichtem Druck zum Ausgang.

Auf seinem Gesicht machte sich merklich Erleichterung breit. »Gott sei Dank.«

Herr Schimanski setzte seine Brille wieder auf. »Jaja, Gott sei Dank. Das ist hier doch kein Café oder so was. Wenn Sie sich verabreden wollen, dann machen Sie das nach Feierabend.«

»Wir gehen kurz raus.« Ich griff nach Hannes' Hand und zog ihn zur Ladentür. Er leistete keinen Widerstand. »Bin gleich wieder da.«

»Das will ich stark hoffen, Fräulein Weiland. Ich bezahl Sie ja schließlich nicht fürs Gleich-wieder-da-Sein.« Ein letztes empörtes Schnaufen, dann zog Josef Schimanski sich wieder in seine Leseecke zurück. Dort war er eh am glücklichsten.

Es war ein sonniger Tag und ich musste die Augen zusammenkneifen, weil ich das Licht einfach nicht gewöhnt war, was mich darin bestärkte, dass ich irgendwie einen Weg finden musste, Herrn Schimanski davon zu überzeugen, dass er diese dämliche Sperrholzplatte vor den Trödelkatakomben abriss. Notfalls musste ich es selbst tun. Mit einem Brecheisen. Wenn er mal kurz unterwegs war, um sich eine Zeitung und Brillenputztücher zu besorgen. Es war schließlich Sommer. Und diese Dunkelhaft ein Fall für die Arbeitsaufsicht. Oder vielleicht sogar Amnesty International. Ich setzte mich auf die oberste Stufe der Ladentreppe und nutzte die außerplanmäßige Pause, um mir eine Zigarette anzuzünden.

Hannes hockte sich neben mich. »Scheiße, wie hältst du das mit dem Kotzbrocken nur aus?«

»Geht schon. Er ist gar nicht *so* ein Kotzbrocken, weißt du? Er hat nur etwas gegen Idioten.«

Hannes schnappte empört nach Luft. »Ich bin aber kein Idiot!«

»Nimm's nicht persönlich. Es ist ziemlich schwer, nicht in diese Kategorie zu fallen.« Ich blies eine kleine Rauchwolke aus und sah zu, wie sie sich in den blauen Himmel hinaufschlängelte.

Hannes sah mich stirnrunzelnd an. »Für mich definitiv ein Kotzbrocken.«

»Ich mag ihn irgendwie.«

»Aber du hast ja noch nie ein gutes Händchen mit Männern gehabt.« Bevor ich etwas auf diese Unverschämtheit (die leider der Wahrheit entsprach) erwidern konnte, öffnete Hannes seine Umhängetasche, griff hinein und hielt mir ein pinkfarbenes DIN-A5-Blatt hin. »Ich wollte dir nur schnell das hier vorbeibringen.«

»Was ist das?«

»Mein Flyer. Hat Lucy entworfen.«

Ich nahm den Zettel entgegen und sah ihn mir genauer an. Ein Foto von einem unsicher grinsenden Hannes mit Gitarre. Über dem Bild fand ein zweifelhaftes Design aus Sternchen und Notenschlüsseln statt, die um eine schnörkelige Überschrift angeordnet waren.

»Hannes aus Vechta?« Es war unmöglich, an dieser Stelle nicht zu lachen.

»Was denn? Ich komm doch aus Vechta.«

Ich rang nach Luft. Hannes legte die Stirn in Falten. Ich versuchte, mich zusammenzureißen. Wirklich. Aber wer dachte sich bloß so einen Mist aus? »Hannes. Aus Vechta. Das ist so derartig uncool, ich weiß gar nicht, was ich sagen soll.«

Er atmete entschlossen aus und klappte seine Umhängetasche zu. »So ist es nun einmal. Ich bin Hannes aus Vechta. Und ich habe gar nicht den Anspruch, cool zu sein. Ich bin nicht cool. Ich mache einfach nur Musik. Und wenn du dich bis dahin wieder beruhigt hast, kannst du ja am Freitag vorbeikommen, da hab ich meinen ersten Gig.«

Ich suchte den unteren Rand des Flyers ab und fand die Daten. »In Tante Doris' Bar?«

»Warum nicht? Hat Richard klargemacht.« Hannes zog sich den Gurt seiner Umhängetasche über den Kopf. »Falls du Zeit hast, würde ich mich freuen, wenn du kommst.«

»Klar komm ich. Das lass ich mir doch nicht entgehen.« Auf gar keinen Fall würde ich Hannes' Auftritt verpassen, nicht nur, weil er mein Freund war. Es war außerdem auch sehr wahrscheinlich, dass er ein paar liebe Worte brauchen konnte, nachdem ihn Tante Doris' betrunkene Stammgäste von der Bühne gebuht hatten. »Dein erster Schritt zum Rockstarolymp.« Ich räusperte mich und sagte so leise, dass er es wohl nicht hörte: »Wer hätte das gedacht?«

Hannes seufzte. »Wenn es nach Lucy geht, bin ich schon da. Sie hat extra T-Shirts drucken lassen. Die sind …«, er atmete seufzend aus und ließ die Schultern hängen.

»Die sind bestimmt toll. Ich nehm eins.«

»Das sagst du jetzt. Warte, bis du sie siehst.«

Ich klopfte Hannes aufmunternd auf die Schulter, faltete den Flyer zusammen und steckte ihn in meine Hosentasche.

»Sie sind pink!«, platzte es aus ihm heraus.

»Klar. Ist eben Lucy.«

Hinter uns kamen drei kleine Jungs den Gehweg entlang. Sie trugen Kapuzenjacken und nannten sich gegenseitig *Ficker.* Der Sommer war so gut wie da.

Meine Mutter und ihr Joe hatten Ägypten einmal der Länge nach bereist, als er beschloss, sie in seine Heimat zu »entführen« (so nannten das frischverliebte Archäologen wohl), die Vereinigten Staaten von Amerika. Das letzte Mal, als ich sie angerufen hatte, besuchten sie gerade seine Familie in Chicago. An sich machte mir die neu entdeckte Vorliebe meiner Mutter für das Nomadentum ja nichts aus, hätte es nicht bedeutet, dass ich nach wie vor den alten Zwergspitz an der Backe hatte. Und daraus ergab sich für mich ein Problem, denn eines hatten der Trödelladen und die dümmste Werbeagentur der Welt gemeinsam: Haustiere waren nicht erlaubt.

Ich brauchte also einen Hundesitter für den Hund, für den ich selbst nur der Hundesitter war. Eine ziemlich absurde Situation. Zum Glück hatte sich Betty bereiterklärt, mir in dieser Angelegenheit auszuhelfen. Denn zum einen hatte man in der Kioskbranche anscheinend kein Problem mit Haustieren, zum anderen meinte sie, dass sie an dem Hund ja schon mal trainieren könnte, wie es war, sich um ein Kind zu kümmern. Das fand ich fragwürdig. Aber ich war viel zu froh über ihr Angebot, um Zweifel zu säen.

Und so ging ich wie jeden Tag nach Feierabend vom Hafen in die Schanze, ein Weg, der zunehmend angenehmer wurde, seit sich die ersten warmen Sonnenstrahlen ihren Platz in der obligatorischen Hamburger Wolkendecke erobert hatten. Es war herrlich. Und ich mit dieser Ansicht leider nicht allein. Spätestens beim Schulterblatt, dem Zentrum der jugendlichen Hipster- und Spaßkultur dieser Stadt – abseits des Rotlichtviertels –, verwandelte sich mein kleiner Spaziergang seit einigen Tagen in einen fast unbezwingbaren Hindernisparcours. Das lag daran, dass die Cafés und Restaurants ihre Straßenbestuhlung bis zum Kantstein ausgeweitet hatten, bei gutem Wetter stieg der Umsatz schließlich proportional zur Anzahl der Bierbänken, das wusste jedes Kind und jeder Gastronom. Auf kleinstem Raum saßen dicht gepackt Menschen mit ähnlichen Frisuren, rührten in ihren Heißgetränken und redeten über *Events*. Als ich im Kiosk ankam, war ich mehreren Fast-Zusammenstößen mit diversen Kellnern und einem Auto knapp entkommen und mit den Nerven am Ende.

»Betty, ich hasse diese Leute.«

»Und ich bin fett. Also jammere mir nix vor.«

Benedict lag vor dem Zeitschriftenregal auf dem Boden und schlief. Als ich ihm den Kopf tätschelte, gähnte er und legte dann wieder eine Pfote über die Schnauze, um zu zeigen, dass er jetzt lieber seine Ruhe hätte. Vor einem halben Jahr hatte das noch anders ausgesehen.

»Und wie geht es dir so?«

Betty lehnte sich entkräftet an die Zigarettenwand hinter sich. »Es soll endlich rauskommen!« Sie stupste ihren riesigen Bauch an, als würde das irgendwie helfen.

»Anstupsen bringt nix.«

»Schätzelein, tu ja nicht so, als hättest du das hier schon mal durchgemacht. Ich bin die Erste, okay? Ich mach euch das allen vor. Und wenn ich meinen fetten Bauch anstupsen will, dann mach ich das auch. Und wenn das Kind davon jetzt rauskommen sollte, dann kannst du dich mal schön bei mir entschuldigen für deine neunmalklugen Sprüche.« Sie nahm einen Salmilolli aus dem Spender und hielt mir auch einen hin.

Ich schüttelte den Kopf. »Lass das bitte.«

»Die Lollis?«

»Nein, das Stupsen.«

»Warum denn?«

»Am Ende kommt es wirklich raus.«

»Na, das wäre doch prima.«

»Ja … Aber was soll ich denn dann machen?«

»Entbinden, Schätzelein, entbinden.«

Ich zog skeptisch die Augenbrauen hoch. »Da muss ich passen. Das soll Mo machen.«

»Der kann doch nix.«

Nachdem Mo Betty im Januar im Stil eines Actionhelden aus der WG gerettet und ihr seine Liebe gestanden hatte, war seine Entschlossenheit wie befürchtet ziemlich schnell wieder erlahmt. Aber das war Mo: Der Nebenbuhler war ausgeschaltet, die Gefahr gebannt, wofür sich also noch Mühe geben? Das kannte ich schon, und ich war inzwischen zu gelangweilt, um mich darüber noch aufzuregen. Und Betty vielleicht zu schwanger. Den Kontakt zu Sky ließ sie sich jedenfalls nicht verbieten. Das fand ich total in Ordnung. Mo hatte seine Chance gehabt. Und versaut. Ich hätte ihn damals einfach mit seinem Kaugummi vor der Tierarztpraxis stehen lassen sollen.

»Was hat er denn jetzt schon wieder gemacht?«, fragte ich ohne große Neugier.

»Was hat er *nicht* gemacht, Schätzelein! Frag mal lieber, was er *nicht* gemacht hat. Mich zum Arzt fahren, das hat er nicht gemacht. Ich hatte heute Morgen einen Termin und hab ihn gefragt, ob er mich bringt. Allein schaffe ich das nicht. Ich bin ein verdammter … ein …«, sie wedelte mit den Händen auf der Suche nach dem Wort, »Mutantenkürbis! Ein Mutantenkürbis, riesengroß und unbeweglich und ich kann mir nicht einmal mehr selbst die Schuhe anziehen.«

»Kürbisse tragen keine Schuhe.«

»Daphne, jetzt ist nicht die Zeit für Witze. Das ist ernst. Das ist schließlich auch sein Kind. Und die Leute beim Arzt gucken mich eh schon immer an, als wäre ich asozial. Das liegt an den Haaren, das sag ich dir. Alles Spießer. Und jetzt stell dir mal vor, ich wäre da heute barfuß hin, das hätte es nicht besser gemacht, glaub mir das mal. Die hätten das Jugendamt geholt. Noch bevor das Kind draußen ist.«

»Quatsch!«

»Alles muss man immer allein machen.«

»Ich bin doch auch noch da.«

»Du? Du würdest ja nicht einmal mein Kind entbinden, wenn es drauf ankommt.«

»Für den Job gibt es ja auch Hebammen, hab ich gehört.« Schnell das Thema wechseln, bevor sie noch auf die Idee kam, mich zu einem Intensivkurs zu verdonnern. Zum Beweis meiner Freundschaft. »Hat er gesagt, warum er nicht da war?«

»Training. Der macht Sport und ich kann mich nicht mal bücken. Ich raste aus!«

»Das ist schlecht fürs Kind.« Das hatte ich jedenfalls irgendwo gelesen. »Wie wär's, wenn du stattdessen mal wieder einfach cool abhängen würdest?«

»Kannst du vergessen. Ich stehe kurz vor der Geburt.« Sie steckte sich den Lolli in den Mund und zog ihn vorwurfsvoll schmatzend wieder heraus. »Dass ich Vorwehen habe, interessiert ihn auch nicht die Bohne.«

»Vorwehen?!« Mir war nicht wohl bei dem Gedanken. Am Ende würde ich doch noch entbinden müssen. Hier, im Kiosk, aus einem Teppich aus Bravos. Ich war nicht bereit für so etwas.

»Weißt du was, Schätzelein?« Betty seufzte und hielt mir erneut einen Salmilolli entgegen. Diesmal nahm ich ihn. »Ich glaube, ich wär echt besser dran ohne Mo.«

Jetzt ging das schon wieder los. Ich runzelte skeptisch die Stirn. »Hm.«

»Was?«

»Naja, seit ich dich kenne, bist du hinter Mo her und wenn du ihn hast, nervt er dich und wenn er weg ist, stört dich das auch.«

»Irgendwas ist ja immer.«

»Aber das muss dir doch auch langsam mal auf den Keks gehen. Und demnächst hast du ein Kind, dann geht das nicht nur dich was an, Betty.« Mir war klar, dass ich wie eine Hobbypsychologin in einer Nachmittagstalkshow klang. Aber wenn sie selbst nicht merkte, dass ihre Beziehung mit Mo komplett verkorkst war, dann sah ich es als meine Aufgabe, sie darauf aufmerksam zu machen.

Mehr als ein Schulterzucken hatte sie für meinen Einwand aber nicht übrig. »Ich seh das so, Schätzelein: Wenn die Mutter glücklich ist, ist das Kind glücklich. Und ich bin mit Mo mal glücklich und mal nicht. Ist eben so. Ich meine, wenn du es besser weißt, dann raus mit der Sprache: Was macht mich glücklich?« Sie lehnte sich über den Tresen und schnappte mir völlig unerwartet den Lolli aus der Hand. »Den bekommst du wieder, wenn du mir eine Antwort gegeben hast.«

Es ging mir nicht um den Lolli. Der war eh nicht so toll. Aber ich verschränkte trotzdem beleidigt die Arme vor der Brust. Weil ich ihre Frage blöd fand. »Betty, woher soll ich denn bitte wissen, was dich glücklich macht?«

»Ja, eben! Kannste nicht wissen. Also tu nicht immer so, als wüsstest du, was das Beste für mich ist.« Sie funkelte mich herausfordernd an. »Weißt du wenigstens, was *dich* glücklich macht?«

»Ich hab keine Ahnung«, antwortete ich wahrheitsgemäß.

»Ha!«, rief sie triumphierend. »Dachte ich mir. Wird aber langsam mal Zeit, nä? Es gibt da diesen Pakt, schon vergessen?«

»Hab ich nicht.« Wie könnte ich auch? Diese seltsame Abmachung hatte mich schließlich eine Freundin und Hannes und Lucy fast ihre Beziehung gekostet. »Aber dabei ging es, soweit ich mich erinnerte, nicht um die Frage, was glücklich macht, sondern darum, was man mit seinem Leben machen will.« Selber *ha!*

»Soso.«

»Ja, genau. Karriere, Job, so was.«

Betty sah kein bisschen verunsichert aus. »Meinst du?«

»Ja, Betty. Meine ich. Du warst doch auch da.«

»Okay. Ich fasse zusammen.« Sie legte einen Finger ans Kinn und die Stirn in Falten. »Du sagst also, herauszufinden, was man mit seinem Leben machen will, und herauszufinden, was einen glücklich macht, das sind zwei verschiedene Sachen.«

»Ja.«

»Das hängt nicht vielleicht irgendwie zusammen?«

Ich war gerade im Dagegen-Modus und hatte blitzschnell ein Nein auf der Zunge, aber dann sah ich Betty an, und Betty sah mich an. Und es machte irgendwie Klick.

Sie nickte zufrieden und reichte mir wie zur Belohnung meinen Lolli. »Merkste selber, nä?«

Allerdings. Ich merkte etwas. Aber was?

14
HERZANGELEGENHEIT

Liebste Maria,
bitte verzeih mir, dass ich mich so lange nicht gemeldet habe. Es ist nicht so, dass ich dich vergessen hätte, aber es ist so langweilig hier und ich will dich nicht damit langweilen, denn dann ist dir auch langweilig und damit ist ja niemandem geholfen.
Apropos helfen: Ich wünschte, du wärst jetzt hier, um mir mit diesem Pakt zu helfen. Der Pakt. Du weißt schon, diese Sache, die du innerhalb einer Woche abgehakt hast, du alte Streberin. Selbst wenn es darum geht, sein Leben grundsätzlich zu ändern, bist du die Erste, die es schafft. Und ich? Ich bin hoffnungslos verloren. Ich habe das Gefühl, gar nicht mehr zu wissen, worum es hier eigentlich geht. Vier Monate sind vorbei, und ich bin kein Stück weitergekommen. Kannst du mir nicht einen Tipp geben? Was macht glücklich, Maria, das wüsste ich gern.
Übrigens: Hannes hat am Freitag einen Auftritt in Tante Doris' Bar. Nein, das ist kein Witz. Über so etwas würde ich niemals Witze machen. Ja. Ich konnte es auch nicht fassen. Ich wünschte, du könntest dabei sein und es miterleben. Küsse!
Daphne

»Herr Schimanski, was macht Sie glücklich?«

Er sah mich an, als hätte ich ihm gerade vorgeschlagen, in seinem Laden eine Après-Ski-Party zu veranstalten. »Was ist das denn für eine bekloppte Frage?«

»Ich meine es ernst.« Wirklich. Es interessierte mich brennend, ob ein Mann, der so unglücklich wirkte wie Josef Schimanski, überhaupt Glück empfinden konnte.

Er legte seine Zeitung ab und starrte mich an. »Das kann ich mir vorstellen, dass Sie das ernst meinen, Fräulein Weiland. Sie haben ja auch sonst nur Flausen im Kopf.«

»Geben Sie mir einfach eine Antwort, dann lasse ich Sie in Ruhe. Versprochen.«

Josef Schimanski glotzte regungslos vor sich hin und ich vermutete, dass er nachdachte. Irgendwann bellte er mir seine Antwort förmlich entgegen. »Der Laden.«

»Der Laden?!« Ausgerechnet. Darauf hätte ich keine zwanzig Cent gewettet. »Aber Sie haben doch immer schlechte Laune, wenn Sie hier sitzen.«

»Wollten Sie mich jetzt nicht in Ruhe lassen? Oder muss ich mir merken, dass Ihre Versprechen genauso wenig wert sind wie Ihre Arbeit?«

»Ich meine ja nur …«

»Sie wissen doch wohl von den fünf Säulen?« Er zählte an seinen Fingern mit, weil er offenbar befürchtete, ich könnte den Faden verlieren. »Liebe, Beruf, Familie und Freunde, Gesundheit.«

Ich nickte. Das hatte ich ja selbst erst an Silvester Richard vorgebetet.

Herr Schimanski fuhr fort: »Ich hab keine Familie oder Freunde, körperlich bin ich am Ende, ich liebe niemanden und das Einzige, was mir dann noch bleibt, ist ja wohl für jeden Idioten zu erkennen: dieser Laden.«

»Oh.« Das war das Deprimierendste, was ich in diesem Monat gehört hatte. Wenn nicht sogar in diesem Jahr. »Das ist doch scheiße.«

»Nein, Fräulein Weiland. Das ist das Leben. Die meisten Menschen glauben, sie könnten es beeinflussen, aber vertrauen Sie mir, es kommt, wie es kommt. Sich zu wehren ist nicht nur zwecklos, sondern auch eine dumme Verschwendung von Energie.«

»Die man viel dringender zum Zeitunglesen braucht«, murmelte ich, eher zu mir selbst, so viel Bitterkeit hielt man ja ohne Sarkasmus gar nicht aus.

»Menschen machen zu viel Unsinn.« Josef Schimanski starrte grübelnd vor sich hin, als würde ihm nach und nach der ganze Unsinn einfallen, den Menschen seit Anbeginn der Zeit schon verzapft hatten. »Klare Antworten zu verlangen, ist auch Unsinn, Fräulein Weiland.«

»Ach ja?« Ich hatte immer gedacht, das wäre der beste Weg, auch klare Antworten zu bekommen, aber in Josef Schimanskis kleinem Universum galten eben andere Regeln. »Und wieso ist das so?«

»Weil es die so gut wie nie gibt. Ab und zu mal in der Mathematik, aber sonst? Vergessen Sie's.« Er griff wieder nach seiner Zeitung. »Was macht Sie glücklich, Herr Schimanski?«, äffte er mich noch einmal nach.

»Ich wollte doch nur wissen …«, versuchte ich einen neuen Anlauf.

Er warf mir über den Rand der Zeitung hinweg einen genervten Blick zu. »Was denn?«

Jetzt oder nie. »Ist Glück der Sinn des Lebens?«

»Was habe ich gerade über klare Antworten gesagt?« Für Herrn Schimanski war die Diskussion ganz klar beendet. Er brummte noch etwas, lehnte sich in seinem Stuhl zurück und verschwand hinter dem Titelblatt.

Dann eben nicht. Vielleicht war mein griesgrämiger Chef doch nicht der richtige Gesprächspartner für dieses Thema gewesen. Irgendwie ein bisschen so, als würde man sich mit einem Vegetarier darüber unterhalten wollen, wie gut ein argentinisches Steak schmeckte. Aber immerhin war ich so an diese Fünf-Säulen-Sache erinnert worden. Und da ich inzwischen von diesem ganzen Pakt und dem, was sich daraus entwickelt hatte, komplett verwirrt war, konnte ein bisschen Struktur nicht schaden.

Wenn ich diese Schablone auf mein eigenes Leben legte, kam dabei Folgendes heraus: Gesundheitlich war alles okay. Beim Beruf wurde es allerdings schon haarig. Seit vier Monaten schlug ich mich jetzt mit diesem Problem herum – ohne echtes Ergebnis. Vielleicht gab es gar keine perfekte Lösung für mich. Und wenn man diese Frage auf später verschob, blieben noch die menschlichen Komponenten. Freunde (überwiegend gut), Familie (na ja, man gewöhnt sich an alles) – und Liebe. Die verdammte Liebe. Das konnte doch nicht allen Ernstes schon wieder das Problem sein!

»Haben Sie vor, heute noch etwas anderes zu tun, als da rumzustehen?«

Mir war gar nicht aufgefallen, dass ich mich seit dem Ende der Unterhaltung mit meinem Chef nicht vom Fleck bewegt hatte. Abwesend griff ich nach meinem Klemmbrett mit den Inventurzetteln, das ich auf dem

Schreibtisch abgelegt hatte, und warf einen Blick auf die antike Uhr an der Wand über Herrn Schimanskis Kopf. »In fünf Minuten ist eh Feierabend.«

»In zehn. Ich häng Ihnen die Zeit, die für dieses nutzlose Gespräch draufgegangen ist, hinten dran.«

»Na, das bringt's ja.« Aber darüber zu diskutieren wäre komplett sinnlos gewesen, und so zuckte ich nur mit den Schultern und wollte mich gerade auf den Weg in die Keramikabteilung machen, als die Ladentür sich mit dem typischen Schabgeräusch öffnete. Um diese Uhrzeit war das durchaus ein Grund, stehen zu bleiben und zu sehen, wer da ins Geschäft kam. Ein Sammler konnte es nicht sein. Für die lohnte sich fünf Minuten Stöberzeit nicht und sie kannten die Öffnungszeiten genau.

Das wusste auch Herr Schimanski, der sich hinter seinem Schreibtisch zu voller Größe aufgerichtet hatte, bereit, einen Angriff der Idioten mit aller Kraft abzuschmettern. »Wer ist da?«

»Hallo?«, kam die Gegenfrage vom Eingang, jemand, der sich nicht auf Anhieb in dem dunklen Laden zurechtfand, jemand, von dem ich genau wusste, wer es war. Ein Besuch, der eigentlich kein Zufall sein konnte.

Schritte kamen näher und ein Kopf lugte um die Ecke. Richard. Wie ich es bereits erraten hatte. »Ich bin auf der Suche nach Daphne.«

Josef Schimanski kämpfte mit einem Anfall von Schnappatmung und lief rot an, hatte sich aber einen Moment später wieder gefangen und lief jetzt zur Höchstform auf. »Langsam kommt es mir so vor, als wäre das hier nicht mehr mein Laden, sondern die verfluchte Daphne-Weiland-Begegnungsstätte.«

»Und Sie sind Josef Schimanski?«

»Wüsste nicht, was Sie das angeht.«

»An sich nichts. Aber ich habe meiner Großtante versprochen, Sie zu grüßen, wenn ich Sie sehe. Also … vorausgesetzt, Sie sind Josef Schimanski.«

»Ist er«, half ich weiter.

Weil ich ein Stück entfernt von dem Schreibtisch und der kleinen Lampe stand, hatte Richard mich bis zu diesem Moment nicht bemerkt. Was gut war. So hatte ich ein bisschen Zeit gehabt, mich zu sammeln.

Richard drehte seinen Kopf in meine Richtung, hob die Hand und winkte kurz. »Hi, Daphne.«

»Hi«, sagte ich.

»Von Doris?«, unterbrach Herr Schimanski unsere nicht unbedingt tiefgehende Unterhaltung, und seine Stimme klang ungewohnt weich und gleichzeitig rau, ein bisschen wie sein weinrotes Samtjackett. »Sie sollen mich von Doris grüßen?«

Richard nickte. »Genau.«

Josef Schimanski fuhr sich fast verlegen durch sein kaum noch vorhandenes Haar und ich hätte schwören können, dass er auch ein bisschen rot anlief. »Tja, also, das ist ja wirklich schön. Grüßen Sie sie zurück, wenn Sie sie sehen, ja? Von Josef.«

Von Josef?!

Richard grinste. »Alles klar.«

An dieser Stelle gab es zwei Dinge, die mich wirklich interessierten. Einmal, wie es möglich war, dass sich mein Chef innerhalb einer Nanosekunde vom bitteren Zyniker in einen Trottel verwandelte, und dann noch, was um alles in der Welt Richard hier tat. Es erschien mir leichter, auf Letzteres eine schnelle Antwort zu bekommen. »Was machst du hier?«

»Dich abholen.« Mich was? »Hast du Schluss?«

Ich sah auf die Uhr hinter dem Schreibtisch. »Ich weiß nicht. Eigentlich sollte ich heute fünf Minuten länger arbeiten …«

Aber Herr Schimanski winkte ab. »Lassen Sie mal, Fräulein Weiland. War nur ein Witz.«

»Seit wann machen *Sie* denn bitte Witze?!«

Während mein Chef mir zur Antwort einen schelmischen (!) Blick zuwarf, war Richard quasi schon auf dem Weg zur Tür. »Na prima, dann los.«

»Moment mal, wohin gehen wir denn überhaupt?«

»Wirst du sehen.«

»Ich muss erst Benedict bei Betty abholen.«

»Alles schon geklärt.«

Ich stemmte entrüstet die Hände in die Hüften. Du klärst einfach so meine Sachen für mich?« Ich meine, das ging doch nicht! Wir lebten schließlich nicht mehr in den Fünfzigern.

Er schnalzte genervt mit der Zunge. »Ich verstehe gar nicht, was es da jetzt zu diskutieren gibt, Daphne. Sei doch froh, dass ich dir ein bisschen Arbeit abnehme.«

Ich war nicht froh, ich fand das komisch. Erst hatten wir Sex, dann einen fetten Streit, dann benahmen wir uns monatelang zivilisiert und plötzlich, aus heiterem Himmel, tauchte Richard hier auf und fühlte sich berufen, mir Arbeit abzunehmen. Ich wusste nicht, was von alledem ich am schlimmsten fand. Trotzdem musste man das ja nicht unbedingt hier und jetzt im Laden unter den verklärten Augen meines Chefs diskutieren. Der mir ohnehin irgendwie unheimlich war. Ich schnappte mir meine Tasche, zog meine Lederjacke über und drehte mich auf dem Weg zur Tür zu Richard um. »Dann komm jetzt auch.«

»Und vergessen Sie die Grüße an die reizende Doris nicht!«, rief Herr Schimanski uns hinterher.

Die unglaubliche Wandlung des Josef S. war so schnell vorbei, wie sie geschehen war. Schon als ich mich am Ausgang noch einmal umdrehte, um die Tür hinter mir zuzuziehen, las er wieder in seiner Zeitung, die Stirn in Falten und so missmutig, wie ich ihn kannte. Schöne Momente vergehen so schnell.

Vor der Tür warteten in der frühen Abendsonne ein uralter Zwergspitz, eine kugelrunde Betty und ein muskulöser Hippie in einem Batik-Shirt. Die drei sahen aus, als wären sie auf dem Weg nach Goa. Eine moderne Interpretation des Maria-und-Josef-Themas. Ich begrüßte Sky mit einem Kopfnicken und umarmte meine Freundin.

»Schön, dass du auch mal wieder vor die Tür kommst.«

Sie verlagerte den größten Teil ihres Gewichts auf Sky und streckte verzückt ihren rechten Fuß vor, an dem ein ausgelatschter Adidas-Turnschuh befestigt war. »Sky hat mir die Schuhe angezogen.«

Der Mann, von dem die Rede war, grinste breit. »Man tut, was man kann.«

Davon war ich überzeugt. Ich musste mich unwillkürlich schütteln und fragte mich, warum ich die Männer in Bettys Leben nie leiden konnte. War es Eifersucht? Oder hatte sie wirklich so einen schlechten Geschmack? »Was machst du eigentlich noch hier?« Das hatte vielleicht etwas unfreundlicher geklungen, als ich es gewollt hatte. Aber nicht, als es gemeint gewesen war.

Sky sah mich verwirrt an. »Wie bitte?«

»Solltest du nicht schon längst wieder mit deinem Bus durch die Gegend reisen?«

»Nein. Wieso?«

»Weil du das so machst?«

»Ich mache nichts *so.* Ich mache immer nur, was ich will.«

Na, herzlichen Glückwunsch.

»Und im Moment will ich lieber hier sein.« Und dann erklärte er wortlos, aus welchem Grund er lieber hier sein wollte, im windigen Hamburg, indem er Betty einen Arm um die Schulter legte und sie an sich drückte. Alles klar. Bettys Kind würde also in einem VW-Bus aufwachsen. Warum auch nicht? »Gehen wir ein Eis essen?«, fragte Sky die Frau in seinem Arm, und sie seufzte.

»Ja. Klar. Ich bin ja noch nicht fett genug.«

Sky hob Benedict vom Boden auf. »Den kannst du in der WG abholen, wenn ihr fertig seid.«

»Wenn wir womit fertig sind?« Ich drehte mich zu Richard um, der abwartend ein bisschen abseits stand. »Was hast du eigentlich mit mir vor?«

»Warum fragst du? Ich sag's dir doch eh nicht.«

Auch wieder wahr.

Zunächst einmal machten Richard und ich einen Spaziergang runter zum Fluss und schlenderten die Kaimauer entlang. Die Häuser der Hafenstraße, der Pudel, Park Fiction, das leerstehende, blaue Haus, das Fischrestaurant, wir ließen all das hinter uns, und führten eine zivilisierte Unterhaltung über Unverfängliches. Darin waren wir inzwischen richtig gut. Das Wetter, das letzte Spiel des FC St. Pauli, andere Leute: Hannes, Betty, Sky und was Maria so am anderen Ende der Welt trieb, das waren in den letzten Monaten unsere Themen gewesen, damit waren wir gut gefahren und dabei blieben wir auch jetzt. Insgeheim aber fragte ich mich, was es mit diesem Ausflug auf sich hatte. Wenn Richard nur hatte spazieren gehen wollen, dann hätte er darum nicht so ein Geheimnis machen müssen. Da wartete noch ein dickes Ende auf mich, das spürte ich, dafür war man ja Frau und verfügte über weibliche Intuition. Und dicke Enden waren selten erfreulich. Je länger wir also gingen und Smalltalk hielten, desto größer wurde mein Drang, endlich zu erfahren, was das Ganze sollte. Oder nein, eigentlich wollte ich weglaufen. Aber das hätte ein wenig verrückt gewirkt, also tat ich es nicht.

Bei der Fischauktionshalle bogen wir links ab, gingen über die Brücke zu dem Ponton, an dem immer die Hafenfähren anlegten, stiegen über das Geländer und setzten uns auf der falschen Seite des Sicherheitsgeländers auf den Boden.

»Da wären wir«, sagte Richard.

»Okay.« Ich sah mich um, als gäbe es hier außer Wasser noch etwas anderes Interessantes zu entdecken. »Und jetzt?«

»Reden wir.«

»Aber das machen wir doch schon die ganze Zeit.«

»Ich meine nicht das sinnlose Blabla, das wir jetzt seit Monaten abspulen.«

»Das ist doch kein Blabla!«

Natürlich war es das. Wusste ich auch. Aber Blabla war sicher. »Wir reden die ganze Zeit nur um den heißen Brei. Das ist wie weglaufen.« Richard blickte die Elbe hinab und der Wind spielte in seinen Haaren. Das sah schön aus. »Ist schon lange überfällig, dass wir mal richtig miteinander sprechen. Über uns.«

Ich antwortete darauf mit einem gedehnten »Jaaaaa …«, denn einerseits, andererseits … Ich war ja im Grunde derselben Meinung, ich glaubte nur nicht, dass es viel bringen würde, außer Ärger. Und jetzt sah es so aus, als wäre Richard derjenige, der die Notwendigkeit erkannt hatte, und ich eine dumme Kuh. Was nicht stimmte. Im Gegenteil. Ich war weiter als er. Ich hatte die Konsequenzen bedacht.

»Willst du etwas sagen? Sonst fange ich an.«

Mir fiel nichts ein, also schüttelte ich nur den Kopf und wartete ab, was er loswerden wollte. Jetzt war das Ganze eh nicht mehr aufzuhalten.

»Okay, also ich wollte dir sagen, dass ich ein paar Sachen organisiert habe und dass sich in meinem Leben demnächst so einiges ändern wird und ich weiß nicht …«

»Ich auch nicht.«

»Kannst du ja auch nicht. Ich hab ja noch gar nichts gesagt.«

»Richtig.«

»Das wollte ich dir gleich erzählen, also, welche Sachen sich ändern werden, ich möchte, dass du es von mir erfährst.«

»Was hast du denn vor? Wirst du Vater oder so was?«

»Nein, ich werde nicht Vater oder so was.«

Gott sei Dank. Ich versuchte, mir meine Erleichterung

nicht anmerken zu lassen. Eifersüchtig wegen des Mannes, den ich nicht wollte. Das war absurd. Das musste ich für immer für mich behalten, so peinlich war das.

»Aber erst will ich dir sagen …« Richard holte tief Luft, als würde er gleich bis auf den Boden der Elbe abtauchen wollen. Er wirkte angespannt und sein Blick, als ich ihn ansah, war unsicher. Jetzt war es also so weit. »… wegen der Sache mit uns, im Januar, na ja, also das hätte nicht sein müssen, oder vielleicht ja doch, gegen manche Dinge kann man sich eben nicht wehren, du weißt schon, die sind so und man ist irgendwie Sklave seiner Gefühle, die machen mit einem, was sie wollen.«

Weil er mich völlig verwirrte mit seinem zusammenhangslosen Geschwafel, und weil ich ihm nicht folgen konnte, und weil ich ihm nicht in die Augen sehen konnte, beobachtete ich lieber eine Möwe, die da im Wasser rumschwamm.

»Naja, worauf ich hinauswill, ist vermutlich einfach, dass es nicht so hätte kommen müssen, aber irgendwie doch und ich habe daraus jedenfalls Konsequenzen gezogen und davon möchte ich dir gern erzählen, weil …, äh …«

Hol mal Luft, dachte ich, und Richard blickte in die Ferne mit dem gepeinigten Ausdruck eines Mannes, der sich selbst nicht mehr versteht. Gott sei Dank klingelte zu unser beider Rettung mein Telefon. Ich machte eine entschuldigende Geste und Richard nickte, irgendwie erleichtert.

»Hallo?«

»Huhu!«, flötete eine Stimme am anderen Ende der Leitung.

Ich warf vor Schreck einen schnellen Blick auf das Display, um die Nummer zu überprüfen. Es war eine deutsche Handynummer. »Mutter?!« Sie hatte einfach das unglaublichste Timing der Welt.

»Ja-ha! Ich bin wieder da-ha!« Und war überdies offensichtlich bester Laune.

»Aber du bist … Du wolltest doch einen Rundtrip machen? Mit Joe, nicht? Durch die USA? Dauert das nicht ewig? Die sind doch riesig …«

»Freust du dich gar nicht, dass ich wieder zu Hause bin?«

In einer anderen Situation wäre meine Freude eventuell größer gewesen, das konnte ich nicht leugnen. Aber jetzt war ich überrumpelt. »Warum hast du denn nicht Bescheid gesagt, dass du kommst?«

»Ach, das war alles so spontan. Wir sind eben gerade am Flughafen angekommen … Moment, Joe hat eine Frage.« Ich hörte, wie meine Mutter ihrem Freund in gebrochenem Englisch den Weg zum Taxistand erklärte. Vielleicht. Wie gesagt, Englisch war nicht ihre Stärke. Sie nannte Joe *Sweety*. Ich bekam eine leichte Gänsehaut und während ich sie wegrubbelte, erhaschte ich einen Blick auf Richard, der an einem losen Faden am Ärmel seines Pullis herumfummelte. »Kind, hörst du mich?« Meine Mutter schrie in den Hörer wie in ein Dosentelefon.

»Laut und deutlich.«

»Ach, ich bin so froh, wieder zu Hause zu sein. Und dann der Benedict! Der süße Kleine. Ich hole ihn morgen ab, ja?« Dann hörte ich, wie meine Mutter Joe erklärte, dass er in den Drehtüren ganz langsam gehen müsse, weil sie sonst einfach stehen blieben, »No fast, Sweety.« Hilfe. »Also dann, bis morgen. Tschü-hüss!«

Tuten. Ich klappte fassungslos mein Handy zusammen. »Meine Mutter ist wieder da.«

»Jedenfalls, Daphne, ist es mir wirklich wichtig, dass du nicht schlecht von mir denkst«, fuhr Richard fort, als wäre er nie unterbrochen worden. »Wichtiger, als du denkst, denke ich. Und dafür tue ich alles.«

»Hä?«

»Wie, hä?«

»Wofür tust du alles?«

»Was?«

»Richard, du stammelst doch sonst nicht so rum. Hast du irgendwelche Drogen genommen oder was ist los?«

Er ließ den herausgezogenen Faden in die Elbe segeln. »Ja, Mann, wenn ich nervös bin, kann ich nicht gut reden.«

Nicht gut reden. Allerdings. »Sprich einfach.« Mir war inzwischen vollkommen egal, wie unangenehm das sein würde, was er mir zu sagen hatte, ich wollte es nur schnell hinter mich bringen, weil ich Angst hatte, mein Gehirn würde sonst überhitzen. Und mein Herz machte auch schon wieder diese kleinen Sprints …

»Was ist dein Lied des Tages? Du hast doch immer ein Lied des Tages, oder?«

Was hieß schon immer? Ich hatte meinen tollen Vorsatz schon seit einiger Zeit ziemlich schleifen lassen. Zu viele andere Dinge im Kopf. Und Richard doch eigentlich auch. Wie kam er also jetzt darauf? »Ich hab noch keins.«

»Ich aber. Element of Crime. *Du hast mir gesagt.*

Wegen der Stelle: *Wenn du mich suchst, wirst du mich finden …*«

»… *Verliebte geh'n hier immer an den Fluss*«, ergänzte ich tonlos. Aber ich war nicht an den Fluss gegangen. Er hatte mich hierhergelotst.

»Daphne … Ich mag dich.«

»Ich mag dich auch, aber …«

»Eben. Aber, immer aber. Du magst mich, ich mag dich, warum müssen wir uns verhalten, als wäre das nicht so? Das ist doch hirnrissig. Ich meine, erst läuft es gut, dann haust du ab. Und du hast nicht *einen* ordentlichen Grund dafür.«

»Das stimmt doch gar nicht!« Die Worte kamen heftiger aus meinem Mund, als ich es gewollt hatte, aber ich war aufgewühlt und in mir drin zitterte etwas und schwankte und ich fühlte mich seekrank. Konnte aber auch an dem Ponton liegen. »Ich will nicht, dass unsere Freundschaft kaputtgeht. Wegen Sex. Und weil wir es einfach drauf ankommen lassen. Ich spiele mit so etwas nicht.«

»Aber ist es dafür nicht schon zu spät, Daphne? Ganz ehrlich? Unsere Freundschaft ist doch eh total im Eimer.«

Ich presste die Lippen aufeinander, gegen die Tränen, die kamen, weil ich so aufgeregt war. Klar war unsere Freundschaft in den letzten Monaten nur ein schlechter Witz gewesen, nichts mehr wert, aber das wollte ich mir nicht eingestehen. Das hätte bedeutet, Richard nicht mehr in meinem Leben zu haben. Der Gedanke allein brachte mich um. »Es gibt nichts mehr zu retten, oder?«

»Aber es gibt etwas zu probieren.«

Die Sonne ging schräg links von uns auf der anderen Seite der Elbe in Zeitlupe unter. Ein perfekter Moment. Perfekte Momente waren Richards Spezialität. Und trotzdem schüttelte ich den Kopf. Perfektion ist trügerisch.

Er nahm meine Hand. Es war kitschig. Und genau das, was man sich eigentlich wünscht. Er sah ernsthaft und entschlossen aus, als könnte nichts in der Welt jemals das in eine Lüge verwandeln, was er als Nächstes sagte. »Ich liebe dich.«

Ich entzog ihm meine Hand, stand auf und ging.

Ich hatte Benedict bei Betty in der WG abgeholt und ihr keine Erklärung dafür gegeben, warum ich so neben der Spur war, wie sie gleich feststellte. Ich war zu Fuß zurück nach Eppendorf gegangen, eine Stunde hatte das gedauert, weil Benedict sich die meiste Zeit hinterherschleifen ließ. In meinem Kopf hatten sich rasende Gedanken und komplette Leere abgewechselt. An, aus, an, aus. Und am anstrengendsten war es, die leise, aber hartnäckige Stimme in meinem Kopf zu ignorieren, die mir zuflüsterte, dass ich alles falsch gemacht hatte. Ich hatte mir ja schon viele Fehler in meiner Beziehung mit Richard geleistet, aber dieser jetzt war mit ziemlicher Sicherheit final gewesen. Der ultimative Fehler. Das würde er mir nie verzeihen.

Es war einfach alles zu viel gewesen. Die Zweifel, die Emotionen, der Sonnenuntergang. Er hatte mich in diese Situation gezwungen und ich hatte mitgemacht, bis es nicht mehr funktionierte, bis der einzige Ausweg die Flucht war. Aber vor wem versuchte ich eigentlich, mich zu rechtfertigen? Was brachten die Ausreden? Richard würde sie nicht hören. Und mir selbst konnte ich nichts vormachen, wusste ich doch nur zu gut, dass ich Scheiße gebaut hatte. Ich war mir bloß nicht sicher, ob ich mich so schlecht fühlte, weil ich Richard vor den Kopf gestoßen hatte, oder weil ich etwas abgelehnt hatte, das ich eigentlich wollte. Ich war verwirrt. An, aus, an, aus.

Ich konnte nicht über das reden, was passiert war. Noch nicht. Weil ich das alles ja selbst noch nicht verstand. Betty hätte mich dazu gezwungen. Lucy und Hannes auch. Aber ich wollte jetzt nicht allein in meiner Wohnung sitzen. Und so band ich, als ich am Laden des höflichen Türken vorbeikam, Benedict draußen an und ging ohne nachzudenken hinein.

Der Gemüsehändler stand hinter seinem Tresen und lächelte mich direkt an, als ich durch die Tür kam, als hätte er mich schon erwartet. »Schöne Tag!«

»Geht so.« Ich blieb unschlüssig in der Mitte des Ladens stehen, zwischen den Kisten mit frischem Obst und Gemüse. Es gab Erdbeeren. Zwei Euro die Schale. Aber ich brauchte keine Erdbeeren. Ich brauchte nur eine kleine Pause.

»Sehr gut.«

»Wie?«

Der höfliche Türke zeigte auf die Erdbeeren. »Sehr gute Erdbeeren. Saison hat angefangen.« Er legte den Kopf ein bisschen schief. »Ich machen Feierabendpreis: zwei Schalen drei Euro.«

»Danke, aber ich glaube, ich möchte keine Erdbeeren.«

»Was du dann wollen?«

Ja, das war ja das Problem. Ich wusste nicht, was ich wollte. Ich ließ die Schultern hängen.

Der höfliche Türke kam hinter seinem Tresen hervor, stellte sich neben mich und schnalzte mit der Zunge. »Problem mit Entscheidung? Ich kennen sehr gut. Wenn man können haben viel, man nicht wissen, was man soll nehmen, richtig? Besser man haben nur eine Sache.«

»Das kann sein. Das würde das Leben leichter machen.«

»Nein, nicht leicht. Nur nicht so kompliziert sein.«

Moment mal … Verwickelte der Gemüsehändler mich gerade in eine philosophische Diskussion? Das auch noch? »Ich glaube, es fällt mir leichter, mich mit etwas abzufinden, als mich zwischen mehreren Dingen zu entscheiden.«

»Beides nicht gut. Wenn du bist gezwungen, zu nehmen eine Sache, Geist steht still. Wenn du nicht können entscheiden, du stehen still. Beste Idee sein, zählen bis hundert und wenn dann noch immer nicht wissen, musst du werfen Münze. Dann lassen Zufall bestimmen. Und kein Stillstehen.«

»Das geht nicht immer. Ich meine …« Jetzt war sowieso alles egal. Da konnte ich ruhig mit dem Mann, der mir die Gurken verkaufte, über die vielen Probleme meines Lebens reden. Schlimmer würde es das auch nicht mehr machen. »Ich hab keine Ahnung, was ich mit meinem Leben machen will. Und ich bin fast dreißig. Und Münzenwerfen ist keine Option.«

»Ich nicht wusste, was ich will machen, bis ich war sechsundvierzig. Nicht weil ich war dumm oder nicht hatte Talent. Ich hätte werden können alles. Politiker, Gelehrter oder Model. Eh?« Er breitete seine Arme aus und präsentierte seinen Körper und ein stolzes Grinsen, wie um zu beweisen, dass er noch immer den richtigen Look für die internationalen Laufstege hatte. Ich sah nur sein schütteres Haar und den dicken Bauch und verzog meinen Mund zu einem zweifelnden Lächeln. Er wertete das wohl trotzdem als Erfolg und fuhr fort: »Problem war, nicht sich haben angefühlt richtig. Bis ich kam hierher, mit sechsundvierzig Jahre!« Er hob seinen Zeigefinger. »Und ich eröffnen Laden. Und endlich ich wusste: Das sein richtig. Ich bin eigener Boss, ich lieben mein Leben. Aber es haben Zeit gebraucht. So ist das Leben. Deswegen man darf nie vergessen: Leben ist erst zu Ende mit Tod. Dann man ist fertig. Vorher nicht.«

Erstaunlich, wie es manchmal nur wenige Worte braucht, um einen Knoten platzen zu lassen. Wenige – aber die richtigen (da musste dann nicht einmal die Grammatik stimmen). Ich vergaß für einen Moment meine Sorgen mit Richard. Es war, als wäre eine Tür aufgegangen und dahinter wartete ein weites Feld. Seit wir am Silvesterabend diesen Pakt geschlossen hatten, hatte ich mich unter Druck gesetzt gefühlt. Daphne, du musst wissen, was du willst. Du musst dich entscheiden. Du musst dir Gedanken machen. Du musst, du musst, du musst. Aber unter Druck kann man nicht denken. Mit einer Deadline im Kopf kann man keine Entscheidungen treffen. Erst war ich bei Markwardt & Söhne eingesperrt gewesen, dann ließ ich mich von dem Pakt verrückt machen. Aber das war nicht der Sinn gewesen, so funktionierte es nicht. Es ging nicht darum, *fertig* zu sein, wie der höfliche Türke es nannte. Die Idee war, sich freizumachen und die Möglichkeiten zu erkennen, sich nicht einsperren zu lassen, nicht zwanghaft Erwartungen genügen zu wollen und Angst davor zu haben, was die Zukunft brachte. Sondern einfach einmal auszuprobieren und zu sehen, was es sonst noch so gab, man hatte ja nur ein Leben lang Zeit dafür. So hatte Maria es gemacht. Und Hannes auch. Nur ich war komplett beschränkt gewesen.

»Du dich fühlen gut?« Der höfliche Türke sah mich besorgt an.

»Ich glaube ja.« Den Umständen entsprechend. Denn da war noch die Sache mit Richard. Und langsam dämmerte mir, dass ich mich in dieser Sache genauso verhalten hatte wie mit allem anderen. Ich hatte Angst gehabt vor dem Unbekannten und ich hatte gekniffen.

Eine warme, weiche Hand tätschelte mir die Schulter. »Ich wissen, was du brauchen.«

»Ja?«

Er nickte entschieden. »Ja. Du brauchen Spargel. Haben Saison. Sehr gute Ware.« Er griff sich zwei Stangen aus der Holzkiste vor dem Tresen und rieb sie aneinander. »Wenn quietschen, gutes Zeichen.« Er legte sie zurück und sah mich ernst an. »Ich haben beste Qualität. Du kaufen hier, nicht in Supermarkt. Die arbeiten mit Tricks. Die haben Spargelschälmaschine. Du kennen?«

Ich schüttelte den Kopf. »Nein.«

Er strich sich mit düsterer Miene über seinen angegrauten Schnauzbart. »Ich da gewesen mit Frau letzte Woche. Ich haben gesehen. Du tun Spargel vorne rein und hinten kommen heraus geschält. Gratis! Meine Frau gewesen begeistert.« Er schüttelte betrübt den Kopf. »Und ich dir sagen: Meine Frau …, sie nicht oft sein begeistert.«

Ich kaufte ein paar Stangen Spargel, nicht weil ich Lust darauf hatte, sondern weil ich dem höflichen Türken irgendwie meine Dankbarkeit für diesen erleuchtenden Moment zeigen wollte – auch wenn er sich nicht darüber im Klaren war, was er eben für mich getan hatte. Am liebsten hätte ich ihn zum Abschied umarmt.

Als ich aus dem Laden trat, sah ich, dass Benedict nicht allein war. Neben ihm auf dem Boden hockte eine alte Dame, vor sich ein Einkaufsnetz, in dem sich eine bescheidene Auswahl an Lebensmitteln befand. Ein Harzer Roller, eine Packung Sülze, eine Dose eingelegte Birnen und eine Tafel Joghurtschokolade. Es musste mit dem Rentenalter zusammenhängen, dass ältere Leute irgendwann damit anfingen, die Sachen einzukaufen, die sonst niemand mochte. Und zwar in den skurrilsten Kombinationen. Wahrscheinlich musste man selbst erst siebzig werden, um es zu verstehen.

Die Frau jedenfalls kraulte Benedict hinter den Ohren. Er hob, so weit es sein energiearmer Zustand zuließ, den Kopf ein wenig, um die Streicheleinheiten besser genießen zu können. Keiner der beiden hatte meine Anwesenheit bemerkt und als ich Hallo sagte, fiel die alte Dame vor Schreck fast hintenüber. Ich half ihr auf, eine knochige Hand krallte sich an meiner fest, die andere legte sie auf ihre linke Brust und atmete schwer aus.

»Du meine Güte, da haben Sie mich aber ganz schön erschreckt.« Ich entschuldigte mich und sie rückte ihren Hut zurecht, der ein wenig windschief auf ihren lilafarbenen Haaren saß. »Na, das war aber auch meine Schuld, nech? Ich war ganz in Gedanken versunken.«

»Ich weiß, was Sie meinen.«

Sie warf Benedict einen sanften Blick zu. »Ein wirklich goldiges Kerlchen. Ist das Ihrer?«

Ich zögerte kurz mit meiner Antwort. »Quasi.« In Anbetracht der Tatsache, dass seine wirkliche Besitzerin ihn seit vier Monaten nicht mehr gesehen hatte.

Die alte Dame betrachtete verliebt den Zwergspitz mit dem Schlafzimmerblick. »So ein liebes Tier. Und so ruhig. Das ist ganz ungewöhnlich für die Rasse, müssen Sie wissen.«

»Er ist alt.«

»Genau wie ich.« Sie hustete einmal trocken und suchte in ihrer Manteltasche nach einem Bonbon, den sie sich in den Mund schob und ein paarmal lutschte, bevor sie weitersprach. »Trockene Kehle«, sagte sie und zeigte auf ihren faltigen Hals. »Ich hatte früher auch Zwergspitze, immer gehabt.«

Es war mir schleierhaft, wie man sich freiwillig so ein Tier anschaffen konnte. Aber Zwergspitze waren wohl wie Harzer Roller. Es gab immer jemanden, der so etwas mochte.

»Ach, ein kleiner Hund, das wär genau das Richtige«, seufzte sie. »Aber die sind ja leider immer so wild, das schaffe ich nicht mehr. So einer wie Ihrer, das wäre genau richtig. Der ist lieb und still.«

»Tiefenentspannt«, ergänzte ich.

Die alte Dame nickte. »Ja, genau. Das wäre perfekt. Ein tiefenentspannter Zwergspitz.«

Die Idee war ganz plötzlich da. Es war so einfach. Meine Mutter brauchte den Hund nicht mehr, sie hatte jetzt einen amerikanischen Archäologen-Freund. Sie würde ständig mit ihm verreisen. Und wer würde sich dann um den Zwergspitz kümmern? Ich. Wieder und wieder. Darauf hatte ich keine Lust, und für Benedict war es auch nicht gut, so weitergereicht zu werden. Na ja, und hier stand eine alte Dame – die perfekte neue Hundemutter für diesen speziellen uralten Zwergspitz. Das war ein Zeichen. Von oben. Ganz sicher.

»Möchten Sie ihn haben?«

»Wie bitte?« Die alte Frau sah mich verwirrt an. »Entschuldigung, ich höre nicht mehr so gut. Ich dachte jetzt, Sie hätten gesagt, Sie wollen mir den Hund geben.« Sie lachte unsicher und krächzend.

Ich nickte entschlossen. »Genau das habe ich gesagt. Möchten Sie? Ich glaube, er wäre bei Ihnen viel glücklicher als bei mir.«

»Aber das geht doch nicht.«

»Und warum nicht?«

Genau. Warum nicht? Eine Frage, die ich mir in Zukunft vielleicht einfach mal ein bisschen öfter stellen sollte.

15
LIEBE UND VERSTÄNDNIS

Mensch, Daphne!
Du tust ja so, als wäre dieser olle Pakt ein Wettbewerb, den man gewinnen oder verlieren kann. Aber es geht dabei doch um dich. Um dein Leben. Es geht nicht um Sieg oder Niederlage, das Leben ist nicht wie die Tour de France, es hat keine Etappenziele und du bekommst auch kein gelbes Trikot, wenn du eine Strecke besonders gut gemeistert hast. Ich glaube, es geht darum, die richtige Balance zu finden. Das Leben immer so sehr zu genießen wie möglich und dabei so vorausschauend zu sein wie nötig. Dann wird man zufrieden und das ist das Wichtige. Es ist dämlich, immer zu versuchen, glücklich zu sein. Glück kommt von allein. Aber für die Zufriedenheit kannst du was tun.
Nach Australien zu gehen war vielleicht die dümmste Entscheidung meines Lebens. Weiß ich noch nicht. Aber ich hab es nicht wegen dieses Pakts getan, sondern weil ich bei Arne sein wollte. Er macht mich zufrieden. Zufriedener als ein Studium, das ins Nichts führt. Und bisher bereue ich das alles noch nicht. Manchmal muss man eben einfach raus, Abstand gewinnen und von weiter weg die Situation betrachten, um herauszufinden, was das Bes-

te ist. Vielleicht kehrt man später zurück, vielleicht zieht man weiter. Es ist doch eh eine Entscheidung so richtig oder falsch wie die andere und das Leben geht immer weiter.
Ich hoffe, das hilft dir ein bisschen.
Und nenn mich nie wieder eine Streberin, ich bin jetzt ein Beach Babe (mit Lichtschutzfaktor 50).
Es ist wirklich schade, dass ich bei Hannes' Bühnenpremiere nicht dabei sein kann. Zünd bitte an meiner Stelle eine Wunderkerze an, wenn er eine Ballade singt, okay?
Bye bye, ma chère!
Maria

»Huhu! Daphne.«

»Guten Morgen, Lucy.«

»Störe ich dich gerade?«

Ich hielt das Handy fest am Ohr, während ich einer Kindergartengruppe auswich, die lautstark unter der Führung einer überforderten Frau die Straße entlangmarschierte. Die Kinder trugen Regenjacken, obwohl auch heute, wie die vergangenen Tage, schönstes Frühlingswetter herrschte. Das ließ darauf schließen, dass sie auf dem Weg zum Wasser waren, Hafenrundfahrt oder so was.

»Geht so. Ich muss mich echt beeilen, ich komm viel zu spät zur Arbeit …«

»Ja, aber ich mach auch ganz schnell.«

Warum fragte sie eigentlich, ob sie störte, wenn es ihr egal war? Ich hüpfte vom Gehweg auf die Straße und joggte auf der Fahrbahn an dem nicht enden wollenden Zug imprägnierter Kinder vorbei. »Tante Christa! Tante

Christa! Die Frau läuft auf der Straße!«, klang es aus der Gruppe. Aber Tante Christa sagte nichts dazu.

»Okay, na gut. Schieß los.«

»Es ist was ganz Tolles!« Ich konnte mir sehr gut vorstellen, wie Lucy mit vor Aufregung rotfleckigem Gesicht in ihrem Chefsekretariat saß und mit der Telefonschnur spielte. Sie war sogar so aufgeregt, dass sie anscheinend vergessen hatte weiterzureden.

»Ja?«

»Das ist *so* cool!«

»Lucy, ich bin jetzt gleich im Laden und dann muss ich auflegen, also sag jetzt endlich, worum es geht.«

»Okay, halt dich fest!« Ich hörte, wie Lucy am anderen Ende der Leitung laut die Luft einzog. »Du kannst zurückkommen.«

»Hä?«

»Wir können wieder Kolleginnen sein. Die Tippse, weißt du noch?« Wie könnte ich die jemals vergessen? »Die hört auf. Weil sie schwanger ist.«

Sofort fragte ich mich, welcher Mann dieser unerträglichen Person nah genug gekommen war, um mit ihr ein Kind zu zeugen. Aber das war natürlich nicht der Grund, warum ich jetzt, hundert Meter von Josef Schimanskis Laden entfernt, an der Straßenecke stehen blieb und mich an ein Auto lehnte. »Und?«

»Na, als ich eben davon gehört habe, bin ich gleich zu Herrn Markwardt junior gegangen. Ich war ganz schön nervös, aber ich hab all meinen Mut zusammengenommen und dann habe ich angeklopft und er hat gesagt, herein, und dann bin ich in sein Büro gegangen und habe die Tür zugemacht und …«

»Bitte Lucy. Komm zum Punkt.«

»Ich hab gefragt, ob du den Job nicht haben kannst. Und er hat gesagt, wenn du dich schnell bei ihm meldest, könnte man das regeln. Ist das nicht super?!«

Sie verlieh ihrer Begeisterung mit einem Quietschen Ausdruck.

Ich hielt das Telefon ein bisschen weg, um mein Trommelfell zu schonen und provisorisch meine Gedanken zu ordnen. Mein alter Job. Ich konnte ihn haben, ich musste ihn nur nehmen. Raus aus dem Trödelladen, zurück in die Werbewelt. Wollte ich das?

»Ich weiß nicht so genau, Lucy.«

»Wie?« Ihre Überraschung war ihr deutlich anzuhören. »Ich dachte, du würdest sofort vorbeikommen, ich hab schon Herrn Markwardt juniors Terminkalender aufgeschlagen und alles. Ich hab einen Stift in der Hand!«

Es tat mir leid, Lucys Freude so einen Dämpfer zu verpassen. Aber wenn ich eines nicht vorhatte, dann war es, sofort alles stehen und liegen zu lassen, um bei meinem alten Chef vorzusprechen. »Ich muss darüber nachdenken.«

»Na gut. Aber es wäre schon schön, dich wieder als Kollegin zu haben.«

Das vielleicht. Aber reichte das? Ich klappte das Handy zu, warf einen Blick auf die Uhr und legte einen beeindruckenden Sprint bis zum Trödelladen hin. Ziemlich außer Atem öffnete ich die Tür. Mehr Sport, weniger Rauchen, *das* wäre ein sinnvoller Silvestervorsatz gewesen. Dann eben nächstes Jahr.

»Sieben Minuten zu spät, Fräulein Weiland!« Ich erschrak fast zu Tode, weil Josef Schimanskis grollende

Stimme nicht wie sonst aus seiner Leseecke gekommen war. Er hatte direkt neben der Tür auf mich gewartet.

Ich hielt mir die vom Rennen schmerzende Seite. »Lauern Sie jetzt etwa seit sieben Minuten neben dem Eingang auf mich?«

»Seit fünf.«

»Unglaublich.« Ich schüttelte amüsiert den Kopf. »Herr Schimanski, Sie brauchen wirklich ein Leben neben der Arbeit.«

»Und Sie brauchen eine Uhr.«

»Ich habe eine Uhr, aber manchmal ist man trotzdem spät dran.« Bei Markwardt & Söhne war ich immer spät dran gewesen. Und niemand hatte jemals etwas gesagt. Niemand außer der Tippse. Aber die würde ja demnächst Windeln wechseln.

Josef Schimanski bückte sich schmerzhaft ungelenk, hob einen zerfledderten Pappkarton vom Boden auf und drückte ihn mir in die Hand. »Neuware.« Sein weinrotes Samtjackett saß ein wenig schief nach dieser sportlichen Höchstleistung und er brachte es wieder in Form, während er zu seinem Schreibtisch zurückkehrte.

Mein Blick fiel auf den dreckigen Karton in meiner Hand, folgte meinem Chef und fiel wieder auf den Karton. So ging das nicht. »Könnten Sie sich nicht einfach einmal ein bisschen Mühe geben, freundlicher zu mir zu sein?«, rief ich und folgte ihm, die *Neuware* unter den Arm geklemmt, zu seinem Schreibtisch. »Ich bin Ihre einzige Angestellte und Sie reden mit mir, als wäre ich irgend so ein ..., äh ...« Ja, genau. Mit wem durfte man in diesem Land überhaupt noch so reden wie Josef Schimanski mit mir?

Herr Schimanski ließ sich auf seinen knarrenden Sessel fallen und rückte seine Brille zurecht. »Ich rede so mit Ihnen, wie es mir passt. Ich rede mit jedem Menschen so, wie es mir passt.«

»Kein Wunder, dass Sie allein in Ihrem Gerümpellager versauern. Sie sind ein unerträglicher Stinkstiefel.«

»Und immer noch Ihr Chef, also passen Sie auf, was Sie sagen.«

»Ich muss hier nicht arbeiten. Ich kann jederzeit gehen.« Man sollte ja erst mit Kündigung drohen, wenn man andere Optionen hatte. Ein Beispiel wie aus dem Lehrbuch. »Ich hocke hier Tag für Tag in Ihrem Keller …«

»Souterrain.«

»… es gibt kein Tageslicht, ich hab ständig Staub in der Nase und dann muss ich mich auch noch pausenlos von Ihnen anpöbeln lassen. Ich hab es wirklich versucht, Herr Schimanski. Ich habe Sie gebeten, die Holzplatte zu entfernen«, ich deutete mit dem Daumen auf das Monstrum vor dem Schaufenster, »ich hab mir Ihre schlechte Laune reingezogen und Sie immer entschuldigt, weil ich glaube, dass in Ihnen wirklich ein guter Kern steckt. Aber wissen Sie was?« Er fragte nicht *was?*, also fuhr ich einfach so fort. »Entweder hier ändern sich ein paar Sachen oder ich bin weg.«

Auf dem Gesicht meines Chefs war keine Reaktion abzulesen, er zuckte nicht einmal mit dem Mundwinkel, er griff einfach nach seiner Zeitung und breitete sie vor seinem Körper aus.

Also schnappte ich mir den muffig riechenden Karton mit der Neuware (eigentlich eine völlig unangebrachte

Bezeichnung angesichts des alten Gerümpels, das damit gemeint war) und suchte mir wutschnaubend eine dunkle, stille Ecke, in der ich die Ware sortieren konnte – und meine Gedanken. Dunkle, stille Ecken gab es in Josef Schimanskis Laden glücklicherweise genug.

In dem Karton waren fast nur unbrauchbare Gegenstände. Dafür hatte ich inzwischen ein Auge. Manche Sachen konnte man mit etwas Reinigungsmittel, Wasser und dem richtigen Schwamm wieder auf Hochglanz bringen und ohne schlechtes Gewissen für wenig Geld verkaufen, andere wurden nie wieder richtig sauber, hatten aber trotzdem einen echten Wert. Ich hatte mir angewöhnt, abends zu Hause hin und wieder eine kleine Internetrecherche zu starten, um herauszufinden, ob ein Teil nur Ramsch war oder vielleicht doch ein bisschen wertvoll. Und weil mir Herr Schimanski auch immer mal wieder Tipps gab, hatte ich mich inzwischen zu einem (Anfänger-) Experten für alte Sachen gemausert. Das machte mir Spaß. Und es machte mich auch stolz. Ein Gefühl, dass ich in Bezug auf meine Arbeit bei der Werbeagentur nie gehabt hatte. Das war gut. Aber war es gut genug, um weiter in diesem Loch zu sitzen? War es dumm, auch nur in Betracht zu ziehen, zurückzugehen? Oder war es dumm, die Chance vorbeiziehen zu lassen, wieder in einem »echten« Beruf zu arbeiten? Vielleicht würde ich jetzt, mit allem, was ich erlebt und gelernt hatte, anders an die Sache herangehen. Vielleicht würde ich es sogar weit bringen. In Josef Schimanskis Trödelladen kam ich nirgendwohin, allerhöchstens in die Teeküche. Ich verfluchte die Tatsache, dass ich nach wie vor keinen Plan C hatte. Meinen Joker, etwas, das *ich* mir überlegt hatte, und nichts, was das Schicksal mir vor die Füße warf. Ich hatte eben keinen Traum, wie Hannes zum Beispiel.

Als ich an Hannes dachte, dachte ich sofort auch an Richard. Mein Brustkorb fühlte sich eingeschnürt an und meine Nase kribbelte. Lag es am Staub, waren es aufsteigende Tränen? Was sollte ich bloß machen? Und worum war es eigentlich bei dieser großen Veränderung in seinem Leben gegangen, von der er mir hatte erzählen wollen? Von der er mir erzählt hätte, wenn ich nicht aufgestanden und weggelaufen wäre, ich Rindvieh.

Es schien fast so, als würde diese Woche im Mai die Woche sein, in der sich alles entschied. War doch verrückt. Erst passierte nichts und dann passierte alles auf einmal. Aber ich war ja auch selbst schuld. Ich hatte zu lange damit gewartet, etwas zu verändern, Position zu beziehen und die Dinge in die Hand zu nehmen. Jetzt brach alles über mich herein wie eine Monsterwelle am australischen Surfstrand. Hieß aber noch lange nicht, dass ich auch untergehen musste.

Um mich abzulenken, wühlte ich mich bis zum Boden der Neuware-Kiste durch. Unter anderem fand ich diverse Stofffetzen, die irgendwann einmal Kleider oder Blusen gewesen waren, ein welliges Kartenspiel, einen alten Perlenvorhang, an dem viele Perlen fehlten, und kurioserweise einen einzelnen Schuh. Ich leerte den Karton komplett aus, aber es blieb dabei: Der Schuh war ein Einzelschuh. Das war schade, denn er sah wirklich sehr schön aus. Ein einfacher Pump, überzogen mit smaragdgrünem Satinstoff und obendrauf, in der Mitte, thronte ein Gebilde aus weißen und blauen Steinen und Pfauenfedern. Ich begann, ihn mir genauer anzusehen, auf der Suche nach dem Herstellernamen. Wenn man ihn schon nicht im Paar verkaufen konnte, dann vielleicht als Sammlerstück. Aber es handelte sich wohl um eine Spezialanfertigung, innen im Schuh war nichts vermerkt, nicht einmal die Größe. Ich drehte ihn um und untersuchte die Sohle. Sie war ziemlich abgewetzt. Und es schien fast so, als hätte jemand etwas darauf geschrieben, irgendwann einmal, lange bevor es wasserfeste Permanentstifte gegeben hatte. Mit Bleistift wahrscheinlich und ordentlich Druck zwar, aber es hatte die Zeit nicht überdauert. Ich nahm den Schuh mit zum Fenster und hielt ihn an einen Spalt zwischen Wand und Sperrholzplatte, durch den ein Strahl Tageslicht drang. Ich drehte und wendete ihn und erkannte, dass es sich bei dem Geschriebenen um eine Art Autogramm handeln musste. Oben ein kurzes Wort, vermutlich *für,* dann ein kurzer Name und unten eine schnörkelige Unterschrift und ein Herz. Mein Puls ging ein bisschen schneller. Eventuell hatte ich in all dem Ramsch doch etwas gefunden, was wirklich wertvoll war. Vielleicht hatte der Schuh Marylin Monroe gehört. Oder Bette Davis. Oder von mir aus auch nur Hildegard Knef.

Ich hörte das Knirschen von Ledersohlen auf den Gehwegplatten, als vor dem Schaufenster jemand am Geschäft vorbeiging. Sekunden später öffnete sich die Ladentür und die Sonne fand ihren Weg in unsere Katakombe. Staubpartikel flitzten durch den neu entstandenen Lichtstrahl und eine Frau nieste.

»Bless you.«

»Danke, Sweety.«

Meine Mutter. Das würde jetzt interessant werden. Ich stellte den Schuh vorerst in eines der Regale und machte mich ohne große Eile auf den Weg zur Leseecke.

»Was wollen Sie?«, bellte Josef Schimanski. War ja zu erwarten gewesen, dass seine Laune nach meinem Vortrag nicht unbedingt besser war als sonst.

»Guten Morgen!«, flötete meine Mutter, noch immer in Urlaubsstimmung, wie es schien. »Wir kommen, um Benedict abzuholen.«

»Benedict?!«

»Der süße, kleine Zwergspitz.«

»Zwergspitz?!«

»Ja, Zwergspitz.« Meine Mutter klang ein bisschen ungeduldig. »Arbeitet Daphne etwa nicht hier?«

»Fräulein Weiland!« Josef Schimanskis Stimme erfüllte den Laden wie Donnergrollen.

Ich war sowieso schon da und sah nach vier Monaten meine Mutter wieder. Braun gebrannt, aber sonst ganz die Alte, in ihrem schicken Kostüm, jetzt allerdings etwas aus dem Konzept gebracht durch ihr ganz persönliches Schimanski-Treatment. Neben ihr stand ein extrem gutaussehender, hochgewachsener Mann im besten Alter, der meiner Mutter beruhigend die Schultern tätschelte und dessen Teint auf jeden Fall mit ihrem mithalten konnte.

Er hatte graues, aber beeindruckend volles Haar, trug einen hellen Sommeranzug und sah aus, als hätte er sich auf dem Weg zum Set für die Neuverfilmung von *The Great Gatsby* verlaufen.

Ich riss meinen Blick von dieser Erscheinung los und sah zu meinem Chef hinüber. Der machte mit seinem

Bierbauch und dem Neuntagebart irgendwie nicht so viel her. »Was ist denn, Herr Schimanski?«

»Erstens: Können Sie Ihre Gäste nicht bei sich zu Hause empfangen? Zweitens: Was ist das für ein Gerede von einem Zwergspitz? Wenn Sie hier irgendwo einen Hund versteckt haben, ist das Maß voll, dann werfe ich Sie raus, in hohem Bogen. Ich hasse Hunde.«

»Ich weiß. Ich auch.«

Unter normalen Umständen hätte mich meine Mutter sicherlich bereits umarmt und begrüßt, wie man es mit einer Tochter tat, die man monatelang nicht gesehen hatte. Aber sie verharrte noch immer in ihrer Schockstarre. Also ging ich auf sie zu, nahm sie in den Arm und gab dann ihrem schönen Kurschatten die Hand.

»Daphne … Wo ist Benedict?«, brachte meine Mutter mit zitternder Stimme heraus.

»Wollen wir schnell einen Kaffee trinken gehen? Dann erkläre ich dir alles.«

Sie nickte. Ich warf Josef Schimanski einen fragenden Blick zu und er winkte mich, uns, wortlos aus dem Laden. Vielleicht tat ihm unser Streit ja doch ein bisschen leid und das war seine Art, sich zu entschuldigen. Der gute Kern. Für Joe hatte er aber nur ein sarkastisches »Ha!« übrig, als dieser sich mit den Worten »That's a beautiful shop you're having here, Sir« verabschiedete. Im Gegensatz zu Herrn Schimanski war ich überzeugt, dass er das ehrlich meinte. Der Mann war schließlich Archäologe.

Meine Mutter zeigte zunächst wenig Verständnis dafür, dass Benedict seit gestern Peppi hieß und bei einer alten Dame mit lilafarbenen Haaren wohnte.

»Daphne! Wie konntest du nur?!«, rief sie, und ihr amerikanisches Mitbringsel warf ihr einen besorgten Blick zu.

»Dasselbe könnte ich dich fragen. Wie konntest du den armen kleinen Hund nur so lange allein lassen?«

»Aber du hast doch auf ihn aufgepasst!« Sie zog die Nase hoch und tupfte sich mit dem Zeigefinger ein paar Tränchen aus den Augenwinkeln, bis Joe ihr ein Taschentuch reichte. Ein echtes Stofftaschentuch. Der Mann hatte Stil.

»Ich hatte von Anfang an keine Lust, auf den Hund aufzupassen. Ich hab dir einen Gefallen getan und du hast mich eiskalt ausgenutzt.« Ich schob die Unterlippe vor und rührte in meinem Kakao.

»Ausgenutzt? Ich? Liebes, was sind schon vier Monate, hm? Ich hab mich jahrelang um dich gekümmert.«

»Ich bin dein Kind!«

»Ja und jetzt bist du außerdem eine erwachsene Frau.«

An dem etwas schärfer werdenden Ton meiner Mutter erkannte Joe wohl, dass ein guter Moment gekommen war, die nähere Umgebung ein bisschen zu erkunden. Er stand auf und räusperte sich. »Excuse me. I'm just going to take some photos, okay?« Er nahm die Kamera vom Tisch und küsste meine Mutter aufs Haar.

»Okay, Sweety.«

Würde ich mich daran jemals gewöhnen? Ich wartete, bis Joe außer Hörweite war, unnötigerweise, er verstand ja ohnehin kein Deutsch. »Was soll das heißen, erwachsene Frau?«

»Daphne, ich liebe dich, du bist meine Tochter. Ich bleibe deine Mutter. Aber du bist bald dreißig. Mutter sein ist kein Vollzeitjob mehr für mich. In bin in Mutterrente.«

»Und deswegen zwingst du mir dein Haustier auf und verlierst jedes Interesse an mir und meinem Leben?«

»Ich teile mein Interesse auf. Ein bisschen für dich, ein bisschen für Joe, das meiste für mich. Das wurde auch wirklich Zeit.«

Wir blickten beide zum Hafen hin, zu den Docks, und auf den kleinen Weg, direkt vor dem Café, wo Joe stand und das alles mit seiner Digitalkamera einfing, den ganzen schönen Frühlingstag.

Meine Mutter seufzte und wurde ernst. »Versuch bitte das zu verstehen. Und freu dich vielleicht ein wenig für mich. Ich fühle mich wirklich sehr gut mit meinem Leben, so wie es jetzt ist.«

Schien fast so, als hätte meine Mutter ganz nebenbei den heiligen Gral gefunden. Dabei war sie am Silvesterabend nicht einmal auf meiner Party gewesen, um sich für den Pakt anzumelden. »Ich wüsste wirklich gern, wie das geht.« Ich sagte das leise, weil ich gar keine Antwort erwartete. Aber Mütter hören alles.

»Wie man sich mit seinem Leben gut fühlt?« Meine Mutter lächelte. »Indem man offen ist. Es gibt nichts, was immer gut und richtig ist. Und man darf keine Angst haben, Fehler zu machen. Man weiß ja nie, ob sie sich nicht hinterher als etwas Gutes entpuppen. Nimm Joe. Ich war ihm gegenüber erst sehr argwöhnisch. Aber dann dachte ich: Was soll's? Was kann schon Schlimmes passieren?«

»Er hätte dich umbringen und neben den Pyramiden verscharren können.«

»Daphne!«

»Sorry.«

Joe winkte uns zu und machte mit den Armen Zeichen, dass wir für ein Foto näher zusammenrücken sollten. Ich lehnte mich zu meiner Mutter hinüber, bis unsere Köpfe sich berührten, und spürte, wie ihr Gesicht sich zu einem Lächeln verzog. Ich machte mit. Joe hob den Daumen und brachte die Kamera in Position.

»Und? Ist er der Richtige?«, fragte ich, während ich mein Lächeln an Ort und Stelle hielt.

Ihr Lächeln wurde ein bisschen breiter. »Ganz sicher. Ich habe mir sogar überlegt, noch ein zweites Mal zu heiraten.«

»Du willst ihn heiraten?!«

»Cheese!«, rief Joe uns vom Gehweg aus zu. Und meine Mutter war voll dabei. Ich nicht. Ich kämpfte darum, wieder Kontrolle über meine entgleisenden Gesichtszüge zu erlangen. Ohne Erfolg.

Drei Versuche später, ein annehmbares Foto für das Familienalbum herzustellen (für meine zukünftigen, amerikanischen Stiefgroßeltern in spe. Na, die werden sich freuen!), trank ich meinen Kakao aus und machte mich wieder auf den Weg zur Arbeit. Ich ging denselben Weg wie am Vorabend mit Richard, nur in die andere Richtung. Auf den Stufen neben dem Pudel, dem Nachtclub mit Blick auf die Docks auf der Südseite der Elbe, setzte ich mich. Der Club war verrammelt, aber am Abend würden jetzt, bei dem guten Wetter, hundert Leute in dem kleinen Vorgarten stehen oder auf der Treppe sitzen, trinken und sich unterhalten. Richard und ich hatten auch schon oft hier gesessen – er mit seinem Bier, ich mit einer Zigarette – und über alles Mögliche geredet, die anderen Gäste beobachtet, Witze gemacht und gelacht. Das war im letzten Sommer gewesen. Als alles noch anders gewesen war. Gut.

Ich beobachtete die glitzernden Sonnenstrahlen auf dem Wasser und wieder begann dieses Drücken auf meinem Brustkorb. Ich fühlte mich verlassen. Ich wünschte, Richard säße jetzt neben mir und würde seinen Arm um meine Schulter legen, wie er es immer mal wieder getan hatte, damals. Und immer hatte sich alles in mir angespannt und ich hatte die zärtliche Geste nicht erwidert, mich nicht bei ihm angelehnt, sondern einfach nur gewartet, bis er den Arm wieder wegnahm. Was war eigentlich mein Problem gewesen? Was war mit mir los gewesen? Damals. Und gestern. Warum hatte ich ihn immer weggestoßen? Wovor hatte ich Angst? Jetzt hatte ich ihn endgültig vergrault. Ich vermisste ihn.

»Du bist so bescheuert.«

Er wohnte nur zwei Straßen weiter. Vielleicht kam er ja jetzt vorbei, zufällig, und sah mich und ich bekam eine Chance, mit ihm zu reden. Was würde ich sagen? Tut mir leid?

Das war nicht genug. Das würde nur bedeuten, dass das gleiche Spiel von vorne losging und das würde er nicht mitmachen, ganz sicher nicht.

Ich drehte mich um und schaute die Treppe hinauf. Er war nicht da. Und auch drüben an der Kaimauer stand er nicht. Das Schicksal half mir nicht weiter. Wenn ich ihn wollte, dann musste ich selbst etwas tun.

»Ich will ihn.«

Und warum?

»Ich liebe ihn ja auch.«

Und da hatte ich es gesagt. Die Wahrheit.

Ich blieb noch ein paar Minuten so sitzen und starrte vor mich hin. Da sucht man die ganze Zeit die Liebe und sieht sie nicht, selbst wenn sie einem direkt vor der Nase herumtanzt und Tee kocht, einen Arm um die Schulter legt und Lieder auf der Gitarre vorspielt. Da war sie. Und jetzt wusste ich es. Ich holte mein Handy aus der Tasche, suchte Richards Nummer im Adressbuch und rief sie auf. Aber ich zögerte. Manche Dinge konnte man nicht am Telefon erledigen. Die musste man persönlich regeln. Ich beschloss, gleich nach der Arbeit zu ihm zu gehen und das in Ordnung zu bringen. Und hoffte, dass das überhaupt möglich war.

Das Handy wanderte zurück in die Tasche und ich stand von der Treppenstufe auf, bürstete mir den Sand vom Rock und fühlte mich besser. Weil ich endlich, zumindest was diese Suche betraf, zum ersten Mal seit langem, wusste, was ich wollte. Und wie ich es vielleicht bekommen konnte.

Ich hatte meine Pause unentschuldbar überzogen. Fast zwei Stunden war ich weg gewesen, und ich rechnete damit, dass Herr Schimanski mir die Hölle heißmachen würde. Aber etwas anderes passierte.

Gerade wollte ich die Eingangsstufen hinuntergehen, als aus dem Inneren des Ladens ein ohrenbetäubender Lärm drang. Es ging alles ganz schnell. Das Rumpeln und Krachen, als die riesige Sperrholzplatte hinter dem Schaufenster zu Boden fiel und einmal in der Mitte durchbrach, was ich durch die verdreckte Scheibe allerdings nur schemenhaft erkennen konnte.

Alarmiert sprang ich die Stufen zur Ladentür hinunter. »Herr Schimanski? Herr Schimanski! Ist Ihnen was passiert?« Doch gerade, als ich die Hand auf die Klinke legen wollte, öffnete sich die Tür schon von der anderen Seite und aus dem Laden wälzte sich eine exorbitante Staubwolke, in deren weiß-grauem Inneren sich eine Gestalt bewegte, die, nachdem sich die Staubpartikel gesetzt hatten, als Josef Schimanski zu erkennen war. Josef Schimanski, dem zentimeterdicker Staub auf dem Samtjackett und den Gläsern der runden Brille lag, mit einem Brecheisen in der Hand. Hinter seinem Rücken erblickten Kaffeekannen, Teddybären und Golfschläger nach vielen Jahren Dunkelhaft endlich wieder das Tageslicht.

Der Staub kroch mir in Hals und Nase und ich musste husten.

Herr Schimanski aber klopfte sich den Staub von der Brust, rieb seine Brille daran sauber und schwang sich das Brecheisen vergnügt über die Schulter. »Fräulein Weiland? Sie sind ja nicht zu vielem zu gebrauchen. Aber das mit dem Schaufenster? Keine schlechte Idee.«

16
DAPHNE RENNT

»Was haben Sie sich dabei bloß gedacht?!«, fragte ich Herrn Schimanski, als wir inmitten des Trümmerfelds standen, das einmal der Trödelladen gewesen war. Die Sperrholzplatte hatte ein Regal umgerissen, das jetzt windschief an seinem Nachbarn lehnte. Die Ware war auf den Boden gerutscht. »Sie können von Glück sagen, dass das nicht die Porzellanabteilung war. Eigentlich können Sie von Glück sagen, dass Sie überhaupt noch leben.« Ich hielt mir die Hand vor den Mund. Gegen den Staub und ein bisschen auch, weil ich fassungslos war.

»Jetzt stellen Sie sich mal nicht so an. Das war doch Ihre Idee.« Er lehnte das Brecheisen an die Wand an, von wo es gleich auf den Boden krachte. Aber das machte jetzt auch nichts mehr.

»Das aufzuräumen wird Tage dauern …«, murmelte ich. »Ich hatte eigentlich gehofft, Sie holen ein paar Fachleute, um die Platten entfernen zu lassen.«

»Pah! Fachleute! Die nehmen nur einen Batzen Geld für etwas, das man auch sehr gut selbst erledigen kann. Wie Sie sehen.«

»Gut erledigen?« Am meisten verwirrte mich an all dem, dass Herr Schimanski in diesem selbst verursachten

Chaos stand und so fröhlich aussah wie eigentlich noch nie vorher. *Vielleicht ist er verrückt geworden,* dachte ich. »Naja, immerhin ist es jetzt hell hier drin.«

»Na also.« Er stieg über einen Haufen alten Spielzeugs und machte es sich in seiner Leseecke bequem. Die kleine Lampe schaltete er aus. Die brauchte er jetzt nicht mehr.

Ich ging ihm hinterher. »Können Sie mir wenigstens erklären, warum Sie das gemacht haben? Abgesehen davon, dass ich Sie darum gebeten habe, also …«, ich hob und senkte die Hände auf der Suche nach Worten, »… es ist ja nicht so, als hätten Sie jemals vorher etwas gemacht, das ich vorgeschlagen habe.«

»Es kommt immer auf das Wie an.« Er schüttelte den Staub von seiner Zeitung auf den Boden. »Heute Morgen, da hatten Sie endlich mal Biss, Fräulein Weiland. Das gefällt mir. Damit kann ich arbeiten.«

»Weil ich gedroht habe zu kündigen?!«

»Ich mag keine Duckmäuser. Aber wissen Sie was? Wenn man mit mir Klartext redet, dann höre ich hin. Sie wollten, dass sich hier ein paar Dinge ändern, jetzt haben Sie's. Also hören Sie auf zu jammern. Ich habe keine Lust, meine Meinung über Sie schon wieder revidieren zu müssen. Ich bin ein alter Mann.«

»Ich verstehe.« Das war selbstverständlich gelogen.

›Ein guter Kern‹. Wissen Sie, dass ich mich nicht daran erinnern kann, wann das letzte Mal jemand so etwas Nettes über mich gesagt hat?« Er klopfte sich auf sein weinrotes Jackett und neuer Staub rieselte auf seine Zeitung.

»Lange her?«

Sein Lächeln verschwand. »Ja.«

Was man nicht alles tat für ein bisschen Anerkennung.

Josef Schimanski wischte über das Zeitungspapier und begann zu lesen. Ich bewegte mich vorsichtig durch den Laden und überlegte, wo und wie ich anfangen sollte, wieder Ordnung herzustellen. Als ich mich umsah, entdeckte ich zwischen dem Schutt den alten Schuh, der heute mit dem Neuwarekarton gekommen war. Er sah unversehrt aus. Ich hob ihn auf und stellte ihn, auf dem Weg zur Hinterzimmerküche, aus der ich Wassereimer und Lappen holen wollte, auf dem Schreibtisch meines Chefs ab. Klock.

»Wo haben Sie den her?« Josef Schimanski sah mich mit hochgezogenen Augenbrauen an. Er streckte die Hand nach dem Schuh aus und betrachtete ihn nachdenklich.

»Der Karton«, antwortete ich abwesend. Ich hatte nur Putzmittel im Kopf. »Die Neuware.«

»Das kann nicht sein.«

»Ist aber so. Der Karton, den Sie mir heute Morgen gegeben haben. Der Schuh war das einzig Brauchbare darin. Wo holen Sie solchen Müll überhaupt her? Bezahlen Sie dafür?«

»Das war mein Karton. Meine Sachen.«

»Oh.« Hatte ich jetzt seine Gefühle verletzt? Aber wie hätte ich auch darauf kommen sollen? Es war ja nicht damit zu rechnen gewesen, dass Herr Schimanski Damenblusen und Pumps besaß.

»Der Schuh gehörte nicht dazu. Er ist unverkäuflich.«

»Da gebe ich Ihnen Recht. Es dürfte ziemlich schwierig werden, einen einzelnen Schuh zu verkaufen.« Herr Schimanski drehte den Fund im Licht, so wie ich es selbst schon getan hatte. Er hatte einen seltsamen Ausdruck im Gesicht. Es sah ein bisschen so aus wie Liebe. Ich zögerte, bis ich den andächtigen Moment mit einem Räuspern durchbrach. »Können Sie mir dann vielleicht sagen, was es mit der Unterschrift auf der Schuhsohle auf sich hat?«

Er drehte den Schuh um, aber nicht, weil er nicht wusste, was ich meinte. Er wusste es sehr genau. Er kannte diesen Schuh in- und auswendig. Es war mehr ein Reflex. »Das ist eine Widmung der Besitzerin. Für Josef, steht da.«

»Und weiter?«

»Das geht Sie nichts an.« Da war er wieder, der alte Schimanski.

»Sie wollen mir nicht sagen, wem der Schuh gehört hat?«

»Nein.«

»War sie berühmt?«

»Sie war die begnadetste Tänzerin, die schönste Frau, die ich jemals gesehen habe. Wenn ich sie angesehen habe, hat sich mein Herz erst ganz klein gemacht, so klein wie ein Sandkorn, und dann ist es groß geworden, wie der Ozean.« Ich konnte mein Befremden über diesen poetischen Anflug nicht verbergen. Herr Schimanski merkte das, bekam seinen verträumten Gesichtsausdruck unter Kontrolle und setzte sich gerade hin. »Sie müssen gar nicht so mitleidig gucken, Fräulein Weiland. *Sie* tun mir leid. Wenn Sie dieses Gefühl nicht kennen, dann haben Sie nie geliebt und wer nicht liebt, der lebt nicht.«

Blödmann. Natürlich kannte ich Liebe. Ich steckte ja gerade mittendrin in ihrem Sumpf. »Und? Hat sie Sie auch geliebt?«

»Wir haben uns beide geliebt. Nur nie gleichzeitig. Als ich meine Liebe für sie bemerkte, war es zu spät. Alles, was ich jetzt noch habe, ist dieser Schuh.«

Ich schluckte trocken. Das war meine Geschichte. Das war einer von den Momenten im Leben, in dem das Schicksal einem einen Blick in die Zukunft gewährt, damit man handelt: *Sieh mal, wenn du jetzt nicht mit Richard sprichst, kannst du dir gleich ein rotes Samtjackett und so eine komische runde Brille kaufen. Dann wirst du wie er. Verbittert. Und kahl.* »Verdammt.« Richard. Ich *musste* mit ihm sprechen.

Josef Schimanski stellte den Schuh vor sich auf den Tisch. »Es ist meine gerechte Strafe. Ich habe ihr das Herz gebrochen.«

Ich musste *sofort* mit Richard sprechen. »Kann ich gehen?«

»Es ist gerade mal halb fünf, der Laden ist ein Schlachtfeld! …«

»Bitte. Es ist dringend!«

Herr Schimanski sah mich streng an, hielt aber nicht lange durch. »Von mir aus. Gehen Sie.« Und während ich mir hektisch meine Tasche und Jacke schnappte, griff er nach dem Schuh und verstaute ihn vorsichtig in einer Schublade seines Schreibtischs. So vorsichtig, als sei er ein rohes Ei. Oder ein gebrochenes Herz.

Jetzt rannte ich schon wieder, zum zweiten Mal an einem Tag. Einmal für den Job, einmal für die Liebe. Ich triefte vor Schweiß und musste, eine Ecke von der WG entfernt, langsamer gehen und mir die Seite halten. Die gesamte Strecke maß vielleicht fünfhundert Meter. Ich war so derartig aus der Form, es war entwürdigend. Aber war das nicht der ganze Moment? Normalerweise hätte ich mich vorbereitet. Innerlich und äußerlich. Ich hatte geübt, was ich sagen sollte. »Richard, ich habe alles falsch gemacht, jetzt weiß ich, dass ich dich auch liebe, komm, wir tun's.«

So in etwa. In ungefähr zwanzig verschiedenen Versionen. Ich hätte stundenlang überlegt, was ich anziehen sollte, geduscht, mir die Haare gewaschen und wäre wohlduftend und vielleicht sogar auf High Heels zu ihm hingegangen und hätte es getan. Jetzt trug ich ein paar alte Shorts, die nichts Gutes für meine Beine taten, ausgelatschte Turnschuhe (in denen ich immerhin besser rennen konnte als in High Heels, und Rennen, darauf kam es ja heute anscheinend an, war ja häufiger nötig), und dass mein Haar grau vom Staub war, setzte meinem jämmerlichen Aufzug die Krone auf. Innerlich war ich so weit weg davon, vorbereitet zu sein, wie eine Nonne beim Chippendales-Auftritt. Ein panisches, aufgescheuchtes Huhn. Vielleicht würde ich auch noch weinen. Davon ging ich sogar stark aus. Meine Nase kribbelte schon wieder so.

Ich klingelte an der Haustür und wartete ungeduldig, bis sie sich mit einem Summen öffnete. Gut. Immerhin war jemand in der WG. Ich nahm meine ganze Kraft noch einmal zusammen und rannte, so schnell es ging, die Stufen hinauf in den dritten Stock. Sky wartete schon in der Tür.

»Oh. Hi!«

Als ich die letzte Stufe nahm, fand ich heraus, was es mit dem Nasekribbeln auf sich gehabt hatte. »Hatschi!«

»Gesundheit.«

Ich wischte mir über die Nase und hinterließ dreckige Spuren auf meinem Handrücken.

»Arbeitest du jetzt nebenbei noch in einem Kohlebergwerk?«

»Quasi.«, brachte ich schnell noch heraus, schloss die Augen und nieste wieder. Und noch einmal.

»Willst du rein? Betty kommt auch gleich.«

Was taten die bloß die ganze Zeit? Das Kinderzimmer im VW-Bus planen? Aber ich konnte mich nicht weiter mit diesem ansonsten durchaus interessanten Thema beschäftigen, weil ich ein viel dringenderes Anliegen hatte. »Richard! Ist Richard da?«

Sky schenkte mir einen sehr seltsamen Blick. Hatte Richard ihm erzählt, was ich getan hatte? Natürlich hatte er das. Dumme Frage.

»Ist er da?«, fragte ich noch einmal, dringender. »Bitte, Sky. Ich hab Mist gebaut.«

»Hab ich gehört.« Er fuhr sich mit der Hand durchs Haar. Ich versuchte, in seinem Gesicht zu lesen, was hier los war. Wie sah er aus? Sauer? Spöttisch? War das etwa Mitleid?

»Und?«

Sky vollbrachte ein hilfloses Lachen. »Tja, also Daphne, wenn du das jetzt erfährst …«

»Was meinst du?«, fragte ich atemlos.

»Warte mal kurz.« Sky ließ mich im Hausflur stehen und verschwand im Inneren der Wohnung.

Ich trat hibbelig von einem Bein aufs andere und

machte schließlich einen Schritt über die Türschwelle. Das fühlte sich wenigstens so an, als wäre ich Richard schon ein bisschen näher.

Als Sky aus seinem Zimmer kam, hatte er einen Umschlag in der Hand und hielt ihn mir hin.

»Was ist das?«

»Keine Ahnung, was drinsteht, den hat Richard für dich dagelassen.«

»Dagelassen?«

Er setzte sich auf die Lehne der Ledercouch im Flur. »Lies den Brief.«

Anscheinend blieb mir wirklich nichts anderes übrig.

Hey, Daphne.

Wenn du das hier liest, bin ich weg.

Das klingt dramatischer, als es meine Absicht ist. Auch dass ich dir das alles jetzt in einem Brief schreiben muss, gefällt mir gar nicht. Am liebsten hätte ich dir von meinen Plänen erzählt, als wir auf dem Ponton saßen, aber das hat nicht so funktioniert, wie ich geplant hatte. Wahrscheinlich war ich selbst schuld, ich weiß ja, dass du nicht mit mir zusammen sein willst, das hast du mir ja oft genug gesagt. Aber ich denke, ich wollte noch einen letzten Versuch starten, auch wenn es hoffnungslos ist und gar keinen Sinn macht, weil ich jetzt ja weg bin, also was sollte das überhaupt? Wenn du dich das jetzt fragst, dann zu Recht. Es tut mir leid, ich hätte dich nicht in diese Situation bringen sollen.

Dass ich es trotzdem getan habe, lag wahrscheinlich daran, dass ich nervös war. Und bin. Ich stehe schließlich vor einem großen Schritt in meinem Leben und ich hatte

einfach das Bedürfnis, noch schnell alles in Ordnung zu bringen und abzuschließen, was offen war. Und du bist mir wichtig, wichtiger als das meiste … Aber jetzt fange ich schon wieder damit an.
Ich hätte dir gern erzählt, dass ich, genau wie du, mein Leben in den letzten Monaten etwas kritischer betrachtet habe und mir ist irgendwann aufgefallen, wie selbstgerecht und dumm ich gewesen bin. Im Grunde habe ich die ganze Zeit genau das getan, was ich dir vorgeworfen habe: Ich habe einfach nur dagesessen und darauf gewartet, dass etwas passiert. Damit ist jetzt Schluss. Ich will nicht mehr in den Tag hinein leben und mich, bis ich alt und grau bin, mit Nebenjobs über Wasser halten. Damit fühle ich mich nicht halb so gut, wie ich alle habe glauben lassen. Deswegen habe ich zum ersten Mal seit Langem einen Plan gemacht.
Ich gehe nach New York. Ich werde am Anfang bei Henning wohnen (der Typ aus meiner Punkband damals), er hat mir einen A&R-Job in seiner Plattenfirma klargemacht. Ich hätte nicht gedacht, dass das so leicht geht, aber so ist es wohl, wenn man seinen Arsch endlich hochkriegt. Ich probier's also noch einmal mit der Musik, hoffentlich erfolgreich. Und du siehst dann eines Tages vielleicht mehr in mir als den Loser, der ich jetzt bin.
Noch einmal: Es tut mir leid, wenn du dich bedrängt gefühlt hast. Ich kann nichts für meine Gefühle, ich liebe dich eben einfach, auch wenn du das nicht willst. Aber damit muss ich klarkommen. Ich hoffe, wir sehen uns eines Tages wieder. Bis dahin: Wünsch mir Glück.
Richard.

Mein Herz raste. Ich war zu spät. Wie viel zu spät?

»Sky!«

Er hob die Hände. »Ich hab ja gesagt, das haut dich um.«

Na bravo. »Wann ist er weg?!«

»Vor zwei Stunden oder so. Der Flug soll irgendwann am frühen Abend gehen.«

»Vor zwei Stunden?« In meinem Kopf überschlugen sich die Gedanken. Anfahrt, Check-in, Security. »Dann ist er vielleicht noch gar nicht abgeflogen?« Ich stopfte den Brief in meine Tasche und rannte aus der Wohnung.

»Daphne!«, rief Sky mir durch das Treppenhaus hinterher. »Das bringt doch nichts, der steigt jetzt jede Minute ins Flugzeug …«

Aber das war mir scheißegal. Vielleicht gab es eine Verspätung. Vielleicht wartete er auf mich. Ich stolperte die Treppen hinunter und schaffte es zeitgleich irgendwie, Richards Nummer in meinem Handy aufzurufen. Der Teilnehmer war vorübergehend nicht erreichbar. »Verdammter Mist!«

Die Haustür fiel krachend hinter mir ins Schloss und ich sah mich hektisch auf der Straße um. Bis zur nächsten S-Bahn-Station würde ich zu Fuß zehn Minuten brauchen. Zeit, die ich nicht hatte. Taxis kamen in dieser Straße auch keine vorbei. Ich wollte schon einfach kopflos losrennen, da fiel mein Blick auf Skys Fahrrad, das wie immer unangeschlossen an einem Baum vor dem Haus stand. »Gott sei Dank«, flüsterte ich atemlos, stieg auf und trat in die Pedale, so fest ich konnte.

New York. Das hatte ich verdient. Das hatte ich wirklich verdient.

Ich fuhr bis zum nächsten Taxistand, lehnte das Fahrrad an der grünen Rufsäule an (wenn das jetzt jemand klaute, musste ich Sky eben ein neues besorgen) und riss die Tür des nächsten freien Wagens auf.

»Flughafen! Schnell!«

»Ist ja wie im Film hier«, sagte der Taxifahrer, ein grauhaariger Mann mit Dreitagebart, dessen Lederjacke den ganzen Wagen mit Lederjackengeruch ausfüllte.

»Ich kann's nur hoffen«, antwortete ich. Im Film kam die Heldin nie zu spät.

Das Auto fuhr an und ich lehnte mich angespannt und schwer atmend auf meinem Sitz nach vorn, weil es mir dann so vorkam, als würden wir schneller vorankommen.

»Welcher Terminal?«

Ich sah ihn entgeistert an. »Terminal?« Und wie war es überhaupt möglich, dass dieser Mann Auto fuhr, als hätten wir alle Zeit der Welt? Vorfahrtsregeln und Geschwindigkeitsbegrenzungen beachtete und an roten Ampeln hielt. Am liebsten hätte ich ihn angeschrien. Aber ich sagte bloß: »Ich weiß nicht, zu welchem Terminal ich muss.« Ich merkte, dass meine Stimme zitterte.

»Ankunft oder Abflug?«

»Abflug.« Leider.

Er nickte und schwieg.

»Geht das nicht schneller?«, fuhr ich ihn an.

Und er antwortete, bemerkenswert ruhig: »Nein, tut mir leid. Feierabendverkehr.«

Gefühlte drei Stunden später warf ich dem Fahrer vierzig Euro hin und sprang aus dem Taxi. 25 Prozent Trinkgeld. Aber egal. Das war jetzt nicht wichtig. Auf den riesigen Anzeigetafeln änderten sich klackernd die Fluganzeigen. Ich suchte nach Flügen nach New York und betete, dass es nur einen geben würde. Und dass er vielleicht Verspätung hatte. Uhrzeiten, Flugnummern und Reiseziele wechselten wieder ihre Position und mein Blick überflog fieberhaft die Liste.

Barcelona, Frankfurt, Moskau, London. Alles da. Wo blieb New York? Vielleicht war der Flug gecancelt worden. Vielleicht saß Richard irgendwo dort hinter der Sicherheitskontrolle und wartete auf den nächsten freien Platz. Das wäre meine Chance. Ich könnte ihn ausrufen lassen.

Mein Herz schlug schneller, als es gesund war, und ich konnte mich nicht erinnern, wann ich das letzte Mal Luft geholt hatte. Zur Sicherheit atmete ich einmal tief ein und sah mich nach dem Infoschalter um. Wenn man irgendwo jemanden ausrufen lassen konnte, dann ja wohl da.

Hinter dem Tresen stand eine schlanke, dunkelhaarige Frau mit künstlichen Fingernägeln, die wohl eine Sonnenbank im Keller hatte, denn diese Art von Bräune durften Sonnenstudios gar nicht mehr verkaufen. Sie ignorierte mich stur, während sie etwas in den Computer eingab, dessen Bildschirm unterhalb der Tischoberfläche lag. Ich räusperte mich. Keine Reaktion. Ich trat nervös von einem Bein auf das andere. Nichts. Ihr Goldarmband klackte beim Tippen auf die Tischplatte. Ich hatte genug.

»Sind Sie eigentlich hier, um zu helfen, oder was?«

Der Sophia-Loren-Verschnitt warf einen Blick auf

meine abgehetzte und leicht verschwitze Erscheinung, schenkte mir ein säuerliches Lächeln und konzentrierte sich dann wieder auf den Monitor. »Ich bin sofort bei Ihnen.«

»Ich stehe direkt vor Ihnen, was meinen Sie mit *sofort bei mir sein?* Sie sind da, ich bin da, wo ist das Problem?«

»Eins nach dem anderen.«

»Aber ich bin hier doch die einzige andere Person außer Ihnen, wieso …«

»Wenn Sie sich nicht beruhigen, muss ich die Security verständigen.«

Sie lächelte wieder und ich presste die Lippen aufeinander. Hinter ihr an der Wand hing eine Uhr. Es war kurz vor sechs. Wenn ich noch eine Chance haben wollte, musste ich schnell etwas unternehmen.

»Ich brauche *jetzt* Hilfe.« Ich schlug mit der Faust auf die Informationstresentischplatte. »Jetzt!«

Sophia Loren legte den Kopf schief. »Ich dachte, ich hätte deutlich gemacht, dass ich Ihnen sofort helfe, sobald Sie an der Reihe sind.«

»Ich bin jetzt an der Reihe. Sehen Sie? Hier ist niemand sonst. Ich bin jetzt dran.« Die Flughafenfrau wollte etwas erwidern, aber ich gab ihr nicht die Gelegenheit. »Wann geht der nächste Flug nach New York?«

»Morgen.«

»Morgen?«

»Ja, morgen. Nach sechs Uhr fliegt keine Maschine mehr von hier nach New York.«

»Aber es ist noch nicht sechs.«

»Die Gates für diesen Flug sind bereits geschlossen.«

Sie richtete ihren Kragen. »Ich hoffe, ich konnte Ihnen helfen.«

Ich ließ nicht locker. Ich war noch nicht bereit, aufzugeben. »Können Sie herausfinden, ob die Maschine schon gestartet ist? Ich muss einen der Passagiere dringend sehen.«

Ihr Gesicht zeigte keine Regung. »Wenn dieser Passagier bereits die Sicherheitskontrolle passiert hat, und davon gehe ich aus, ist das ausgeschlossen.«

»Können Sie ihn bitte ausrufen?«

»So etwas tun wir hier nicht.«

»Bitte!«

»Nein.«

»Aber es geht um Leben und Tod!«

»Und für mich geht es um meinen Job.« Ihre Gesichtszüge verhärteten sich und das Weiß ihrer Augen strahlte neben dem tiefbraunen Farbton ihres Teints. »Hören Sie, solange Sie hier nicht mit Kai Pflaume und dem ›Nur die Liebe zählt‹-Team aufkreuzen, inklusive Drehgenehmigung versteht sich, und den Segen der Flughafenleitung haben, rufe ich gar nichts aus.«

»Wo soll ich denn jetzt so schnell Kai Pflaume herholen?«, fragte ich entgeistert.

»Nun, ich vermute, das wird Ihnen heute nicht mehr gelingen. Also gehen Sie jetzt besser. Oder ich hole wirklich noch die Security.« Das letzte Wort war nur noch ein Zischen. Diese Frau wusste, wie man Autorität versprühte, die hatte ihren Job nicht aus Versehen, so viel stand fest. Und während ich noch nach einem neuen Argumentationsansatz suchte, setzte sie wieder ihr sparsames Lächeln auf. »Ich hoffe, ich konnte Ihnen helfen.«

»Aber ich …«

»Hauen Sie ab.« Das war kein Vorschlag. Und auch keine Bitte. Das war die letzte Warnung.

Und so tat ich, was sie verlangte. Das Leben war eben doch kein Film. Und auch keine Vorabendsendung. Was hiermit bewiesen wäre.

17
WELTPREMIERE

Der Freitag war ein schwarzer Tag. Nicht nur, dass dicke Regenwolken schwer am grauen Himmel hingen, nein, auch die Stimmung im Trödelladen war ausgesprochen trist. Josef Schimanski war so sehr in Gedanken, dass er nicht mal Zeitung las. Er hatte sich einfach in seinem Sessel hinter dem Schreibtisch zurückgelehnt und starrte aus dem Schaufenster, obwohl es davor nicht viel mehr zu sehen gab als ab und an ein paar Regentropfen, die in die Pfützen auf dem Gehweg fielen.

Ich war ganz froh darüber, mich in Schimanskis Laden verkriechen zu können. Wieso musste ich nur so ein Talent dafür haben, alles zu ruinieren? (Und das war verdammt noch mal das einzige Talent, über das ich überhaupt verfügte.) Ich hatte den Mann vergrault, den ich liebte, weil ich zu dämlich gewesen war, rechtzeitig zu merken, dass es so war. Richard das alles zu erklären, das ging nicht per Mail oder während eines Ferngesprächs. Ich musste es ihm ins Gesicht sagen, und dazu war es jetzt eben zu spät. Viel zu spät. Und in etwas mehr als einer Stunde sollte auch schon Hannes' Konzert in Tante Doris' Bar losgehen. Ich hätte einiges dafür gegeben, dort nicht erscheinen zu müssen, aber das hätte er mir nie verziehen. Alles würde mich an Richard erinnern, aber er selbst würde nicht da sein. Wie sollte ich das ertragen? Indem ich mich mit Likörchen zuschüttete vermutlich. Etwas anderes fiel mir nicht ein.

In solche Gedanken verstrickt, nahm ich es zuerst gar nicht richtig wahr, dieses Geräusch, das plötzlich die Ladenluft vibrieren ließ, und als ich es dann hörte, dachte ich zuerst, dass vielleicht eine der Neonröhren an der Decke kurz vorm Durchbrennen war. Oder jemand im Haus ein Loch in die Wand bohrte. Aber dann erkannte ich eine Melodie und auch wenn es eigentlich nicht sein konnte, war es dann doch so.

»Sie summen?!«

Josef Schimanski verstummte, löste seinen Blick von dem Schaufenster mit Aussicht und sah mich mit glasigen Augen an. »Kennen Sie Burt Bacharach?«

»Nicht persönlich.« Aber das Lied hatte ich schon gehört. *I'll never fall in love again.* Wie überaus passend.

»Ich liebe Burt Bacharach.«

»Moment mal! *Sie* lieben etwas?«

Herr Schimanski seufzte. »Früher hatte ich eine Vision davon, wie es sein würde, wenn ich alt und grau bin, so wie jetzt. Ich hatte gedacht, ich würde in einem Haus leben, umgeben von Kunstwerken, Brandy trinken und Burt Bacharach hören.«

Ich hatte ohnehin schon öfter angeregt, wenigstens ab und zu mal etwas Musik im Laden laufen zu lassen, aber ich hatte das Gefühl, dass Josef Schimanski darauf gar nicht hinauswollte. »Dann machen Sie das doch. Mit dem Brandy und Burt.«

»Zu spät.« Er setzte sich in seinem Sessel auf und beide, er und das Möbelstück, ächzten synchron. »Ich habe zu viele Fehler gemacht, darüber habe ich nachgedacht, gestern, heute … Zu viele Fehler.«

Ich nickte. »Kenn ich. Ich auch.«

»Wissen Sie was? So ist das Leben. Jeder Tag ist voller Gelegenheiten, Fehler zu machen. Und die meisten machen wir dann auch. Es ist schrecklich.«

»Total unfair«, pflichtete ich ihm bei.

»Das Leben hat es auf uns abgesehen. Aber man lernt ja aus all dem. Ich habe zum Beispiel gelernt, dass es leichter ist, einsam zu werden, als einsam zu sein.« Das hätte ich ihm vorher sagen können, aber es brachte ja nichts, Salz in die Wunde zu streuen. Und er war ja auch noch nicht fertig. »Fräulein Weiland? Kein Mensch hat es in den letzten Jahren so lange mit mir ausgehalten wie Sie.« Er schenkte mir einen sentimentalen Blick.

Ich zuckte mit den Schultern. »Das war zwangsläufig. Weil ich träge bin. Und entscheidungsschwach.«

»Mir egal.« Er machte eine wegwerfende Handbewegung. »Und apropos Entscheidung: Sie haben ein Jobangebot?«

»Woher wissen Sie das?«

»Ein Feigling wie Sie droht nicht mit Kündigung, wenn er keine andere Option hat.« War ich wirklich leicht zu durchschauen? Das war ja furchtbar.

»Ähm … Ja, also man könnte sagen, dass ich …«

»Bleiben Sie hier. Bitte.«

Bitte? Hatte Josef Schimanski eben bitte gesagt? »Bitte?!«

»Machen Sie es mir nicht schwerer, als es ohnehin schon ist. Ich erhöhe Ihr Gehalt, okay? Ich ernenne Sie zur Geschäftsführerin. Reicht das?«

»Aber … warum?«

Mein Chef wand sich. Dann platzte es aus ihm heraus: »Herrgott noch mal, Fräulein Weiland! Ich mag Sie.«

Ich war baff. Was sollte ich jetzt sagen? Ich mag Sie auch?

Im Laden war es plötzlich totenstill, bis auf das Ticken der Uhr an der Wand. Noch eine halbe Stunde bis Konzertbeginn. »Ich muss los«, flüsterte ich.

»Kommen Sie denn wieder?«, fragte Josef Schimanski und spitzte abwartend die Lippen.

Tja.

Tante Doris' Bar war in Lucys Lieblingsfarben, Pink und Pink, mit Girlanden und Lametta geschmückt, in der Ecke neben der Dartscheibe standen ein Mikrofon und ein Barhocker, auf dem Hannes wohl später sitzen würde und der eine eindeutige Lücke in der Reihe vor der Theke hinterlassen hatte. Obwohl ich spät dran war, war ich der erste Gast aus unserem Freundeskreis (so viele waren von uns aber auch nicht mehr übrig). Ansonsten nur die üblichen Stammgäste, die von Lucy schon mit pinkfarbenen T-Shirts mit Hannes' Gesicht darauf ausgestattet worden waren. Und jetzt war ich dran.

»Ganz toll, Lucy«, sagte ich, während ich mir das gute Stück über den Kopf zog und mir vorstellte, wie wunderbar sich die Farbe mit meinen rotgeweinten Augen beißen musste.

Lucy zog ihr eigenes T-Shirt straff, das sie mit einer rosafarbenen Jeans und weißen High-Top-Turnschuhen kombiniert hatte, und von dem Hannes aus Vechta mich unsicher anlächelte. »Cool, was? Ich wollte die Shirts ja eigentlich verkaufen, aber die Typen da an der Bar wollten irgendwie kein Geld dafür ausgeben. Komisch, oder? Dabei ist das 1A-Qualität.« Sie zerrte zum Beweis am Bündchen ihres Halsausschnitts. »Naja, aber weil Hannes sehen soll, dass wir alle Fans sind, hab ich denen die T-Shirts dann eben geschenkt.«

»Ach, echt?«

»Du weißt doch: Ich unterstütze meinen Freund, Daphne.« Sie zwinkerte mir verschwörerisch zu. Ich musste bei dem Wort *Freund* hart schlucken. Auch beim Anblick des Tresens, an dem ich immer neben Richard gesessen hatte, machte sich Herzschmerz in mir breit. »Ich geh mal an die Bar.«

»Du, Daphne?«

Ich war schon auf dem Weg gewesen und drehte mich nur halb zu ihr um. »Ja?«

Lucy sah mich mit großen, runden Augen an. »Du hast noch gar keinen Termin mit Herrn Markwardt junior gemacht. Aber du kommst doch zurück, oder? Ich freu mich doch schon so.«

»Ich weiß.« Aber das war nicht genug. Denn ich freute mich gar nicht. Damit war die Sache klar. Und das war eine Sensation. Eine Entscheidung. Ich hatte sie getroffen. Einfach so. »Du musst den Termin nicht machen, Lucy. Ich will da nicht mehr arbeiten.«

»Was?!«

»Das wäre ein Schritt zurück. Das will ich nicht.« Es wäre eine sichere Nummer, aber die sichere Nummer hatte ich schon probiert und ich wusste, dass sie nicht das war, was mich glücklich machte. »Sei mir nicht böse«, sagte ich und legte Lucy eine Hand auf die Schulter.

Sie nickte. Sie war nicht böse. Lucy war nie böse. Aber enttäuscht. Bitter enttäuscht. Nur konnte ich daran leider nichts ändern.

An der Bar wartete schon Tante Doris, die ebenfalls ein Fanshirt über ihrem obligatorischen Kittel trug. Kaum hatte ich mich auf einem der Barhocker niedergelassen, als sie sich schon über den Tresen beugte, mit ihren knochigen Fingern nach meinem Gesicht griff und mir einen Kuss auf die Wange drückte »Mien Deern! Wie schön, dich mal wieder zu sehen.«

Ja, schön. Vielleicht hätte ich einfach eher hier vorbeischauen sollen. Vielleicht hätte Tante Doris mir dann von Richards Plänen erzählt. Rechtzeitig. Ich hatte noch immer diesen Kloß im Hals. Der musste weg. »Likörchen?«

Tante Doris sah mich erstaunt an. »Dass ich das noch mal erleben darf, du, ich sag dir das … Da bin ich so froh drüber. Ich hab schon den Eindruck gehabt, so 'n büsschn, dass ich dir den guten Likör immer ein wenig aufdränge, nech? War aber nicht so, oder?« Ich zuckte mit den Schultern, sie nickte entschlosssen.

»Wo ist Hannes eigentlich?«

»Der Jungspund mit der Gitarre? Der sitzt hinten mit Onkel Otto und trinkt sich Mut an. Käseweiß is der hier angekommen und dann musste er spucken.«

»Spucken?!«

»Hm-hm.« Tante Doris nickte fachmännisch. »Klarer Fall von Lampenfieber. Hab ich zu meiner Zeit immer wieder erlebt. Aber so schlimm? Nee, nee, nee.« Sie wischte sich mit dem Handrücken über die Nase und sah aus, als würde sie sich keine großen Hoffnungen machen, dass der heutige Abend ein Erfolg wurde. »Na, jetzt trinkt er ein paar Korn, dann wird das später vielleicht wenigstens ’n büsschn lustig.« Sie musterte mich prüfend. »Du bist traurig, nech?«

Ich nickte. Lieber nichts sagen, dann musste man weinen.

»Wegen dem Richie, weil er weg ist, was?«

Ich nickte wieder.

»Ach, mien Deern, ich bin auch traurig, das kannst du mir mal glauben. Und für dich ist das bestimmt ganz schrecklich, wenn so eine junge Liebe auseinandergerissen wird …« Zum ersten Mal hatte ich nicht den Impuls, sie zu korrigieren. Sie tätschelte mir die Wange. »Aber ich rede hier und mach alles nur noch schlimmer und dabei wollten wir uns ja ’n Kleinen genehmigen. Ich versprech dir, danach sieht alles anders aus.«

Doppelt. Wahrscheinlich.

Tante Doris ließ mich allein. Ich stützte meinen Kopf auf einer Hand auf und vertrieb mir die Zeit und die Gedanken an Richard damit, den ganzen Schnickschnack genauer unter die Lupe zu nehmen, der an der Wand hinter dem Tresen hing. Bilder von Tante Doris mit Gästen, Bilder von Onkel Otto und Autos, Bilder von der Kneipe im Laufe der Zeit, die Landungsbrücken und ein sehr junger Richard (schnell woanders hingucken) und dann hing da noch das golden gerahmte Bild aus Tante Doris’ wilder Zeit, als sie noch zur Freude der männlichen Kiezbesucher die Hüften kreisen ließ. Sie war wirklich eine Schönheit gewesen, tolle Haare, tolle Figur und ein Augenaufschlag zum Niederknien. Ich wollte schon wieder woanders hinsehen, da stach mir ein Detail ins Auge, das mir vorher nie aufgefallen war, weil mich vermutlich die riesige Frisur und das Lametta an den Brüsten zu sehr abgelenkt hatten. Aber jetzt sah ich sie ganz deutlich: die Schuhe, die die junge Doris trug. Sie glänzten seidig und hatten eine auffällige Applikation aus glänzenden Steinen und Federn. Und obwohl das Bild eine Schwarz-Weiß-Fotografie war, wusste ich genau, welche Farbe die Schuhe hatten. Mein Mund war plötzlich ganz trocken.

»So, mien Deern, und jetzt vergessen wir mal die ganzen Sorgen für einen Moment, nech?« Sie platzierte die Likörgläschen auf dem Tresen zwischen uns, sah mich an und stutzte. »Mädel, was ist denn los mit dir, hm? Du guckst ja, als hättest du den Klabautermann persönlich gesehen.«

Ich griff nach dem Glas und leerte es in einem Zug.

»Ohne vorher anzustoßen?!« Pikiert nahm Tante Doris ihr eigenes Glas von der Theke. »Na, das is aber nun nich die feine englische Art.«

»Ach, Schätzelein! Es tut mir so leid.« Zwei Arme legten sich von hinten um mich und drückten mich an etwas Hartes. Einen Bauch mit Baby drin.

Bettys plötzlicher Auftritt ließ Tante Doris sofort in den Mitfühlmodus schalten. »Jaja, das arme Ding.« Sie schüttelte bedauernd den Kopf, während Betty (in einer XXL-Version des Hannes-aus-Vechta-Fanshirts) mir einen Kuss auf die Wange drückte und sich bemühte, auf dem Barhocker Platz zu nehmen.

Sky, der ihr folgte wie ein Schatten, klopfte mir zweimal aufmunternd auf die Schulter und griff dann Betty unter die Arme. Das heißt, er schob ihren Po auf die Sitzfläche.

»Ich guck mal nach, wo unser Sänger eigentlich bleibt, nech? Is ja nun auch gleich so weit.« Nachdem sie mir einen weiteren Blick tiefen Mitleids zugeworfen hatte, trank Tante Doris ihr Likörchen ebenfalls, schmatzte vor Genuss und verschwand hinter dem dicken Vorhang, der den Tresenbereich vom Hinterzimmer abtrennte.

»Arme Daphne.« Betty legte ihre Hand auf meinen Unterarm. »Schlechtes Timing, würd ich mal sagen. Ich hätt ja jetzt gern einen Schnaps mit dir getrunken, aber …«

Ich winkte ab. »Lass mal. Ich merk gerade, das hilft auch nix.« Der Geschmack von Likörchen rief nur noch mehr Erinnerungen wach.

»Hast ihn nicht mehr erwischt, was?«, fragte Sky.

»Das ist ja wohl die dümmste Frage, die man in so einer Situation stellen kann«, fuhr Betty ihn an.

Was war da los? Trouble in Paradise? Ich tätschelte ihr die Hand und rutschte vom Barhocker. »Macht nichts. Ist ja so. Ich hab ihn nicht mehr erwischt.«

»Aber das ist noch lange kein Grund, den Kopf in den Sand zu stecken, Schätzelein.«

»Für heute schon. Ich gehe mal vor die Tür, frische Luft schnappen.« Irgendwie war mir ein bisschen übel. Im Hintergrund sang Heidi Kabel *Sag ja zum Leben.* Wenn's half …

»Soll ich mitkommen?«

Ich dachte an die Mühe, die es gemacht hatte, Betty auf den Barhocker zu kriegen, winkte ab und folgte dem Regenplätschern hinaus auf die Straße.

Lucy saß auf den Stufen vor der Kneipe und putzte sich gerade geräuschvoll die Nase, als ich aus der Tür kam.

»Dein Hintern wird ja ganz nass«, war das Erste, was mir zu diesem Anblick einfiel. Das tat mir dann leid, weil sie offensichtlich geweint hatte, und ein nasser Hintern im Moment wohl eher nicht so wichtig war. Für sie. Ich hingegen konnte das nicht auch noch gebrauchen, deswegen hockte ich mich nur neben sie und legte ihr einen Arm um die Schulter. »Hey … Was ist denn los?«

Sie sah mich traurig an, mit geröteten Augen, passend zu meinen. »Du willst nicht mehr meine Kollegin sein.«

Deswegen weinte sie? »Aber ich bin schon monatelang nicht mehr deine Kollegin. Daran hast du dich inzwischen doch bestimmt gewöhnt.«

»Schon. Aber jetzt *willst* du nicht mehr meine Kollegin sein. Selbst wenn du könntest. Du willst mich nicht mehr sehen.«

»Das hat doch nichts mit dir zu tun.«

»Natürlich hat das was mit mir zu tun. Ihr findet mich alle langweilig. Du. Und Betty. Und Hannes wahrscheinlich auch. Deswegen wird er jetzt Rockstar, weil er mich so langweilig findet.«

»Ich dachte, das hätten wir schon besprochen.« Also, nicht dass Lucy langweilig war. Sie war naiv. Und manchmal etwas anstrengend. Sie lebte den Prinzessinnentraum einer Fünfjährigen. Aber sie war nicht langweilig. Und besprochen hatten wir etwas anderes: »Hannes macht das, weil es sein Wunsch ist. Und du hilfst ihm dabei.«

»Dabei. Ich bin immer dabei, ja, aber was ist mit den Sachen, die ich will? Die machen mich langweilig.«

»Was redest du denn da?«

Sie legte die Stirn in Falten und kaute an ihrem Daumennagel.

»Hörst du mich, Lucy?«

»Ich gehöre nicht dazu«, murmelte sie.

»Wozu?«

»Zu uns. Unserem Freundeskreis.«

»Ach, das ist doch Quatsch.« Ich wollte noch etwas anderes, Überzeugenderes sagen, aber in meinen Oberschenkeln zog und brannte es. Verdammte Hocke.

»Ich bin anders als ihr anderen. Ihr seid alle so besonders. Ich nicht. Ich will nicht besonders sein. Ich will kein besonderes Leben. Ich will kein Rockstar sein. Oder die Freundin von einem Rockstar. Oder auswandern oder in einem Bus leben oder was auch immer … Alles was ich vom Leben will, ist ein lieber Mann, ein schönes Zuhause und ein paar Kinder. Ich will für sie da sein und sie großziehen und mit meinem Mann alt werden. Und deswegen gehöre ich nicht zu euch. Weil das langweilig ist.«

»Nein, Lucy, nein.« Ich zog sie an mich und drückte sie. »Das ist gar nicht langweilig. Ich finde das klasse.«

»Aber du würdest das nicht wollen«, kam es gedämpft aus der Region meiner Achsel.

Nein, ich wollte das nicht. Ich konnte mir das für mich, im Moment wenigstens, nicht vorstellen. Nicht weil ich Lucys Lebensentwurf für minderwertig hielt, sondern weil ich mich kannte. Und in diesem Szenario sah ich aus wie ein Fremdkörper. Das erklärte sich wahrscheinlich darüber, dass ich mit Männern immer so viel Pech gehabt hatte, dass ich meine Zukunft nicht mit ihnen als Basis planen konnte. Oder es lag daran, dass ich dieses Problem hatte, meine Zukunft *überhaupt* zu planen. Egal. Dumm war nur, dass hier Lucy saß und dachte, dass sie sich nicht wünschen durfte, was sie sich wünschte. Dass es nicht erlaubt war, sich einen Mann, ein Zuhause und Kinder zu wünschen. Aber das war es. Alles war erlaubt. Alles was einen zufrieden machte. Und zwischendurch glücklich. Wirklich.

Ich strich ihr über die blonden, nassen Haare. »Wir lieben dich, Lucy. So wie du bist. Und wenn du eines Tages mit Hannes und euren Kindern in einem schönen Haus wohnst, werden wir dich jeden Sonntag besuchen kommen und du machst uns einen Braten, versprochen?«

Sie wischte ihre Nase an meinem Ärmel ab (na, danke auch) und sah zu mir hoch. »Aber wenn Hannes jetzt Rockstar wird, kommt doch alles anders.«

»Warte erst mal ab. Vielleicht verdient er so schnell so viel Geld, dass ihr euch nächstes Jahr ein riesiges Haus kaufen könnt. Und den fettesten Braten der Welt.« Lucy kicherte. Ich war in Fahrt. »Lass dem Leben ein bisschen Zeit, Lucy. Sei ihm nicht gleich böse, wenn mal etwas passiert, das du so nicht wolltest. Du weißt ja nicht, wofür es gut ist.« An dieser Stelle hätte ich Schluss machen sollen. Für jemanden, der selbst so sehr in den Seilen hing, was das Leben betraf, verteilte ich definitiv zu viele altkluge Ratschläge. »Wenn du etwas willst, kannst du es tun. Ach, was rede ich: Dann musst du es tun!« Okay, Daphne. Es reicht.

Lucy nickte. »Alles klar. Und was willst du?«

»Richard«, flüsterte ich.

Erkenntnisse haben so einen Hang, immer zu spät zu kommen.

»… viel zu spät.«

Ich seufzte. »Hab ich auch eben gedacht.«

»Dann los!« Lucy stand auf.

Ich sah ihr verwirrt hinterher. »Was?!«

»Na, Hannes ist viel zu spät dran, oder? Komm, wir schauen nach, was da los ist.«

Korn war da los, aber das sollte sie lieber selbst herausfinden. Mit steifen Knien richtete ich mich auf und folgte Lucys nassem Hintern in die Kneipe, aus der, kaum hatte sie die Tür geöffnet, lautes, aufgeregtes Stimmengewirr drang. Und über allem schwebte Heidi Kabel. *Ach, wie tut ihr mir bloß alle leid.* Keine Ahnung, wie das schon wieder gemeint war.

Lucy und ich waren jedenfalls keine Sekunde zu spät. Zumindest kamen wir gerade rechtzeitig, um den größten Tumult mitzuerleben, den es seit dem großen Schnaps- und Dartsmarathon von 1993 in Tantes Doris' Kneipe je gegeben hatte. Während ich zu begreifen versuchte, was hier geschah, spielte sich vor meinem Auge seltsamerweise alles in Zeitlupe ab. Betty befand sich unfreiwillig im Zentrum der allgemeinen Aufmerksamkeit, während sie sich mit einer Hand am Tresen abstützte und mit der anderen Skys Handgelenk so fest umklammerte, dass ihre Knöchel weiß hervortraten. Sky war ebenfalls spontan erblasst, aber nicht am Handgelenk, sondern im Gesicht. Er lag ausgestreckt und bewusstlos auf dem Boden, ein Opfer von Korn und Lampenfieber. Über ihm kniete Tante Doris und fächelte ihm abwechselnd Luft zu und verteilte sanfte Ohrfeigen. Als Lucy das sah, entfuhr ihr ein kleiner Schrei – »Bärchen!« – und sie ließ mich stehen, um ihrem Liebsten zu Hilfe zu kommen, indem sie Tante Doris untersagte, ihm weiter Gewalt anzutun. Eingerahmt wurde die Szene von fünf oder sechs mehr oder weniger betrunkenen Stammgästen in pinkfarbenen T-Shirts, unter ihnen auch Onkel Otto, dem als einzig mir bekannter und ansprechbarer Person ich einen hilflosen Blick zuwarf. Er verstand, was ich meinte, dass ich ein Update brauchte, ein schnelles, präzises, und er zeigte einfach auf Betty, beziehungsweise den Boden unter ihr. Da war ein nasser Fleck. Es regnet irgendwo rein, dachte ich schwachsinnigerweise.

»Fruchtblase geplatzt«, übertönte Onkel Otto Heidi Kabel.

Zeitlupe aus.

Tante Doris schüttelte den Kopf, nachdem ihre Wiederbelebungsversuche bei Hannes nichts gebracht hatten. »Was is denn mit dem eigentlich passiert, Otto?«

»Zu viel Korn, Doris, zu viel Korn, Leichtgewicht. Verträgt nix.« Onkel Otto zuckte mit den Schultern und Lucy zog sich den schlaffen Oberkörper ihres Freundes auf die Oberschenkel und wiegte ihn wie einen Todgeweihten. Ein herrlich dramatisches Bild.

»Ich fass es nicht! Ich krieg ein Kind und der wird ohnmächtig!« Betty stützte sich mit beiden Händen am Tresen ab. »Aber das war ja klar, dass ich mein Kind in einer Kneipe zur Welt bringe. Das war ja klar.«

»Hier bringt keiner sein Kind in einer Kneipe zur Welt. Ich hole jetzt den Bus und dann fahre ich dich ins Krankenhaus.« Sky stürmte an mir vorbei nach draußen. Meine Frage, ob wir nicht lieber einen Krankenwagen rufen sollten, hörte er nicht mehr. Und da ich ihn nicht aufhalten konnte, weil einen Mann auf einer Mission ja bekanntlich nichts und niemand stoppen kann, beschäftigte ich mich, bis er zurückkam, mit Betty.

Sie hatte die Augen zusammengekniffen und pustete mehr, als dass sie atmete. Ich strich ihr die Haare aus dem Gesicht. »Alles wird gut, Betty, hörst du? Jetzt geht es los.«

»Ja, jetzt geht es los«, wiederholte sie. »So viel Schnaps und keine Gläser.« Dann lehnte sie ihren Kopf an den Tresen und sagte nichts mehr.

18
EIN ENDE IST
EIN ANFANG IST EIN ENDE

Es kam bestimmt nicht jeden Tag vor, dass vor dem Krankenhaus ein gelber VW-Bus hielt, aus dem sieben Menschen in identischen, pinkfarbenen T-Shirts ausstiegen. »Seid ihr 'ne Band?«, fragte mich ein kleiner Junge im Empfangsbereich und ich sagte, »nein«, und er fragte, warum wir dann so doof angezogen seien. Gott sei Dank konnte Lucy das nicht hören. Sie war zu beschäftigt damit, auf Hannes einzureden, der inzwischen wieder zu sich gekommen war (nachdem zwei starke Kneipengäste ihn unsanft an Armen und Beinen in den Bus verfrachtet hatten). Er sah ziemlich mitgenommen aus, wie er da in der Wartezone auf einer Bank hing. Onkel Otto saß neben ihm, die Hände auf die Knie gestützt, und guckte schuldbewusst. Tante Doris kümmerte sich darum, dass Betty sofort von einem Arzt untersucht wurde. »Sofort, sag ich! Das Mädel is ja schon ausgelaufen, nech?« Das Argument zog.

Und nachdem sich alle auf ihre Plätze verteilt hatten, stand ich etwas verloren da, neben Sky, der bei Weitem nicht so gelassen wirkte wie sonst. Er räusperte sich mehrmals hintereinander.

»Was?«

»Frosch im Hals.«

»Ach so.«

Noch ein Räuspern. »Ich glaube, es wird Zeit, dass wir Mo anrufen und Bescheid sagen, dass sie hier ist. Hast du seine Nummer?«

Zwei Männer, eine Frau, die alte komplizierte Kiste. Ich zog mein Handy aus der Tasche, tippte Mos Namen in mein Adressbuch und reichte Sky das Telefon.

»Danke.« Sky drückte den Wahlknopf und wartete und ich wartete mit ihm. »Ja? Mo? Hier ist Sky …« Seine Stimme klang viel höher als sonst. Als würde ihm etwas die Luft abklemmen. Es war mir irgendwie unangenehm, daneben zu stehen, während Bettys neuer Freund dem alten erklärte, dass jetzt sein Kind auf die Welt kam. Das war zu intim und zu seltsam. Ich sah mich nach einer anderen Beschäftigung um und war heilfroh, als ich Tante Doris erkannte, die in ihrem typisch resoluten Stechschritt in die Empfangshalle zurückkehrte. Ich lief ihr entgegen, um die Neuigkeiten als Erste zu erfahren, und traf sie neben dem Wasserspender.

»Und?!«

»Kein Grund zur Panik, mien Deern. Alles unter Kontrolle, sagen die Ärzte. Vorzeitiger Blasensprung, das kann sich alles noch ein bisschen ziehen. Aber Mutter und Kind geht's gut und das is ja die Hauptsache, nech?«

Absolut. Erleichtert zog ich einen Plastikbecher aus der Halterung neben dem Wasserkanister. Ich hatte auf einmal einen Riesendurst.

»Und?« Sky stieß zu uns und gab mir mein Handy zurück.

»Kein Grund zur Panik«, sagten Tante Doris und ich gleichzeitig.

Sky nickte. »Mo ist auch unterwegs. Dann heißt es jetzt Abwarten.«

Mein Blick wanderte auf die Uhr über dem Empfangstresen. Viertel nach acht, beste Sendezeit.

Tante Doris schnalzte ungehalten mit der Zunge. »Jetzt sieh sich das mal einer an.« Sie hatte, damit wir auch genau wussten, was wir uns ansehen sollten, den Zeigefinger auf das Dreiergrüppchen auf der Besucherbank gerichtet, Otto, Hannes und Lucy. »Der Junge hält das nicht mehr lang, da muss man doch was drunterhalten!«

Sie riss mir den Plastikbecher aus der Hand und marschierte von dannen. Ich bezweifelte zwar, dass im Notfall ein 0,2-Liter-Becher ausreichen würde, aber ich wagte nicht, Tante Doris' jahrzehntelange Erfahrung im Umgang mit Besoffenen infrage zu stellen.

Seufzend nahm ich mir einen neuen Plastikbecher, füllte ihn mit Wasser und setzte mich auf die nächste Bank. »Sky? Darf ich dich was fragen?«

Er nickte, »klar«, und nahm neben mir Platz.

Ich wusste nicht so recht, wie ich anfangen sollte. »Du und Betty …« Auch wenn ich mit Sky in der Rolle des Vaters nicht wirklich einverstanden war, blieb Betty doch meine beste Freundin. Und wenn sie sich mit Sky gut fühlte, war das in Ordnung für mich. »Naja, also ihr beide …«

»Spuck's aus, Daphne.«

»Ihr zieht jetzt aber nicht gleich in den Bus und fahrt nach Afrika oder so?«

Sky fing an zu lachen, so laut, dass es in der Empfangshalle widerhallte.

»Ich meine das ernst, Sky.«

»Ja, ich weiß.« Er versuchte angestrengt, sich zusammenzureißen. »Deswegen ist es ja so witzig.«

Schmollend schob ich die Unterlippe vor. »Für dich ist es leicht, alles witzig zu finden. Du kannst alles haben und machen, was du willst. Und du bist mit Betty zusammen und bist nicht so allein wie ich zum Beispiel, nachdem ich Richard erfolgreich verjagt habe mit meiner …«

»Daphne, ich bin nicht mit Betty zusammen.«

Ich sah ihn verdutzt an. »Natürlich seid ihr zusammen. Ihr hängt ständig zusammen rum, du bist nur damit beschäftigt, sie zu küssen und zu umarmen und ihren Bauch anzumalen.« (Das war nach wie vor eines der befremdlichsten Bilder in meiner Erinnerung.)

»Ja, aber das hat nichts mit der Liebe zwischen Mann und Frau zu tun. Sondern mit der Liebe zwischen zwei Menschen. Betty ist wunderbar. Ich umarme und küsse sie gern. Und ich war gern für sie da, wenn sie mich gebraucht hat. Das ist doch ganz selbstverständlich. Alle Menschen sollten immer füreinander da sein. Dann wäre die Welt ein wunderschöner Ort.«

Hippiegerede, dachte ich. Und schämte mich gleichzeitig dafür, denn eigentlich war es ein netter Gedanke. »Und was ist mit Mo?«

»Keine Ahnung.« Sky sah meinen skeptischen Gesichtsausdruck und schüttelte den Kopf, um seine Aussage zu unterstreichen. »Ehrlich! Es ist schwierig mit den beiden. Sie können nicht mit einander und nicht ohne einander.«

»Sag ich ja schon die ganze Zeit.«

»Aber wie es enden wird, weiß niemand. Das wird die Zeit zeigen. Ich hab übrigens von eurem komischen Pakt gehört. Scheißidee.«

»Ganz meine Meinung.« Sky und ich schienen doch mehr gemeinsam zu haben als gedacht.

»Man kann doch niemanden zwingen, sich ein Lebensziel zu setzen. Entweder hast du eins oder du hast keins, aber künstlich geht so etwas nicht. Das passiert von ganz allein. Und dann auch noch mit Zeitvorgabe …«

»Das war Bettys Idee«, verteidigte ich mich. Mieser Stil. Ich weiß.

»Also man soll ja nicht schlecht über Menschen reden, die in den Wehen liegen, aber ich hab selten so einen Quatsch gehört. Das funktioniert vielleicht im Film, aber …«

»… das Leben ist kein Film.«

»Exakt.«

»Ich kann nicht fassen, dass ich ausgerechnet mit dir diese Unterhaltung führe.«

»Ich erzähl dir mal etwas aus der Realität. In Marokko hat mir mal so ein Typ gesagt: *It's all good in the end, and when it's not good, it's not the end.* Wenn es mir schlechtgeht, erinnere ich mich daran, das ist effizienter als jeder Pakt. Versprochen.«

Ich wiederholte den Satz leise. »Ganz hübsch.« Jetzt sollten also die Lebensweisheiten, die irgend so ein Typ in Marokko vom Stapel gelassen hatte, die Antwort sein? Warum eigentlich nicht? Ich meine …, wie der höfliche Türke schon gesagt hatte und jetzt sagte es Sky – mein Leben war ja nicht zu Ende, nur weil ich bald dreißig war. Meine Liebe zu Richard war nicht vergebens, nur weil er jetzt nicht hier war. Und niemand zwang mich, heute endgültige Entscheidungen zu treffen. Die Welt war groß, das Leben lang, die Möglichkeiten unendlich. »Wirklich ganz hübsch.« Ein Lächeln machte sich auf meinem Gesicht breit. Das erste seit ich weiß nicht wie langer Zeit.

Eine knochige Hand packte mich an der Schulter und schüttelte mich. »Es geht los! Kinners! Es geht los!« Tante Doris bekam kaum noch Luft vor Aufregung. »Die Schwester sagt, die Geburt ist eingeleitet.«

»Was?!«

»Das Baby kommt!«

Tante Doris hätte gar nicht so ein Theater machen müssen. Die Geburt zog sich ganz schön in die Länge. Sky und ich gingen zwischendurch vor die Tür, um eine Zigarette zu rauchen, und trafen dort Mo, der sichtlich nervös und abgehetzt war und sofort von einer Schwester entführt und zum Kreißsaal gebracht wurde. Derweil lehnte Hannes an Onkel Ottos starker Schulter und schlief seinen Rausch aus. Der Plastikbecher von Tante Doris war nicht zum Einsatz gekommen, trotzdem hatten sie und Lucy ein wachsames Auge auf den verkappten Superstar und unterhielten sich ansonsten wispernd über die bevorstehende Begegnung mit Mutter und Kind und wie wunderbar alles werden würde. Wir trugen noch unsere T-Shirts und ich ärgerte mich ein bisschen, dass ich keinen Fotoapparat dabeihatte, denn so eine Nacht würde es nie wieder geben, das war ja wohl klar. Zwischendurch döste auch ich ein wenig oder ich dachte an Richard und wo er jetzt wohl war und ob er auch an mich dachte und dann hatte ich diesen Kloß im Hals, nicht nur seinetwegen, sondern weil dieser komplette Abend sich in seiner ganzen Verrücktheit beängstigend anfühlte wie ein Abschied vom Bisherigen und ein Beginn von etwas Neuem, Unbekanntem.

Keine Ahnung, wie spät es war, als Mo vor uns stand. Er sah mitgenommen aus, wie nach einem harten Kampf gegen einen eigentlich unbezwingbaren Gegner. Aber sein Gesicht verriet: Er hatte gewonnen.

»Es ist ein Junge!«

Die zweite Information, dass Mutter und Kind beide gesund und munter seien, ging im allgemeinen Trubel unter. Der Raum füllte sich mit Ahs und Ohs und einem entzückten Quietschen, das sicherlich von Lucy stammte. Tante Doris fiel dem frischgebackenen Vater um den Hals und gab ihm einen festen Kuss auf die Wange. Sogar Hannes wachte aus seinem Delirium auf, als Onkel Otto ergriffen anfing zu klatschen, und irgendwann applaudierten wir alle und johlten, bis eine Krankenschwester erschien und uns deutlich zu verstehen gab, dass das hier ein Krankenhaus wäre und nicht der Zirkus Krone.

»Dürfen wir zu ihr?«, fragte ich und mir war egal, ob die Antwort ja oder nein lautete, ich hatte schon meine Sachen an mich gerafft und war auf dem Weg zu meiner besten Freundin und ein Pulk pinkfarbener T-Shirts folgte mir.

Betty lag in einem Krankenhausnachthemd in der weißen Krankenhauswäsche umgeben von Krankenhausapparaten in diesem Krankenhausbett und hielt im Arm den kleinsten Menschen, den ich jemals in meinem Leben gesehen hatte. Er hatte ein knautschiges Gesicht und kleine, winzig kleine Finger, die er zu Fäusten ballte, als wir ins Zimmer kamen, als wollte er Betty beschützen. Mutig war er also. Das hatte er von seiner Mutter.

Betty lächelte uns an, als wir uns um ihr Bett gruppierten und weiter ahten und ohten, allerdings im Flüsterton.

»Ich hätte gedacht, er hat Dreads«, sagte Hannes, ein bisschen enttäuscht. Habt ihr ihn wenigstens Bob genannt?«

»Bärchen!«, ermahnte Lucy ihren Freund, aber richtig böse klang das nicht, dafür lag zu viel Liebe in der Luft.

Mo und Betty tauschten einen Blick. »Er heißt Max«, sagte sie. »Ganz klassisch«, ergänzte er. Und wir anderen machten wieder diese Geräusche und sagten »Oh, niedlich« und was alles so dazugehört.

»Als Nächste sind wir dran.« Hannes zog Lucy an sich, pflanzte ihr einen Kuss auf den Kopf und konnte ihr verwirrtes Gesicht nicht sehen.

Ich schon. »Wolltest du nicht Rockstar werden, bevor du die ganze Familiensache angehst?«

»Du machst Witze, oder? Ich denke, der heutige Abend ist der beste Beweis dafür, dass ich für das Business nicht gemacht bin. Ich kann ja nicht mal vor einer Handvoll Leute auftreten, ohne vor Angst umzukippen.«

Betty lachte. »Ja, das ist schon ziemlich peinlich für dich, Hannes. Ich meine, mir ist die Fruchtblase geplatzt – und ich stand immer noch, im Gegensatz zu dir.«

Hannes wurde plötzlich bleich und setzte sich auf den

Besucherstuhl an der Wand. »Sorry …, bin noch nicht ganz wieder auf der Höhe.«

»Trotzdem irgendwie schade. Ich hätte *Hannes aus Vechta* schon gern wenigstens einmal live gesehen.«

»Hättest du nicht«, flüsterte Sky mir ins Ohr. »Glaub mir. Ich hab die Proben mitgekriegt.«

Betty setzte sich ein wenig im Bett auf. Der kleine Max machte ein glucksendes Geräusch.

»Wenn er groß ist, kann er ja mal meine Kneipe übernehmen. Jetzt, wo Richie weg ist, brauch ich einen neuen Nachfolger«, sagte Tante Doris.

Sky räusperte sich. »Keine gute Idee, Doris. Dann kommt er ja nie aus Hamburg raus. Wenn er achtzehn ist, kriegt er meinen Bus. Das ist ein Versprechen. Dann sieht er was von der Welt, das ist wichtig.«

Mo warf Sky einen seltsamen Blick zu. »Na ja. Mal sehen.« Wahrscheinlich hatte er andere Pläne für den Kleinen. Eine Karriere im Profifußball vielleicht.

»Er kann auch ein Praktikum im Trödelladen machen«, schlug ich vor. »Ja, lahm. Ich weiß.«

»Oder Rockstar werden«, warf Hannes aus der Ecke ein. »Da kann ich ihm helfen. Zumindest, was die Theorie betrifft.«

Betty ließ sich von alldem nicht beeindrucken. Sie streichelte über das kleine Köpfchen und lächelte dieses Lächeln, das man eigentlich ausschließlich auf dem Gesicht neuer Mütter sieht. »Ist doch egal«, sagte sie. »Alles, was er sich wünscht. Hauptsache, er hat ein geiles Leben.«

Ein geiles Leben. Was will man mehr? Nichts eigentlich. So ist es doch.

EPILOG

Es war Heiligabend und schon wieder war es extrem früh dunkel geworden, dabei hatte es doch ab dem 21. Dezember besser werden sollen mit den kurzen Tagen. Immerhin hatte es geschneit und der Schnee reflektierte das Mondlicht und machte alles heller. Weiße Weihnachten. Wann ich das das letzte Mal erlebt hatte, wusste ich nicht. Und überhaupt war dieses Jahr so einiges anders – keine Spur von traditionellem Weihnachtsfest – meine Mutter war schon vor einer Woche mit Joe zu seiner Familie nach Chicago geflogen und hatte nicht einmal einen Tannenbaum gekauft. Also hieß es dieses Jahr: Pause für den Jogginganzug. Stattdessen hatten meine Freunde und ich uns darauf geeinigt, alle zusammen bei Betty zu feiern, wegen des Babys.

Alle, das hieß natürlich nicht, alle. Maria hatte, zuverlässig und organisiert wie sie war, ihre Weihnachtskarte an mich so rechtzeitig beim Postamt in Sydney abgegeben, dass sie an Heiligabend in meinem Briefkasten auf mich wartete. Von der Vorderseite grinsten mich Maria, Arne und ihre neuen australischen Freunde vor einer Strandkulisse an, alle mit Sonnenbrillen und Weihnachtsmannmützen versehen. *Festliche Grüße vom Weihnachtsbarbecue! Ich denke an dich!,* hatte Maria auf die Rückseite geschrieben und ich war erleichtert zu sehen, dass sie trotz alberner Kopfbedeckung noch ganz die Alte war: Sie trug als Einzige ein Handtuch um die Schultern. Wegen des Ozonlochs. Die gute Maria. Sie fehlte mir.

Die zweite Person, die an diesem Abend fehlen würde, war Richard. Mein Freund. Das klang so verrückt, wie es sich anfühlte, denn seit wir ein Paar waren, hatten wir uns kein einziges Mal in die Arme nehmen oder küssen können, eine Reise nach New York oder Heimaturlaub waren nicht im Budget gewesen. Eigentlich hatte er zu Weihnachten da sein wollen, aber dann war doch etwas dazwischengekommen.

Wenigsten würden Hannes und Lucy dabei sein, Tante Doris und Onkel Otto und natürlich Sky, der Patenonkel des kleinen Max. Ich war ein bisschen erstaunt gewesen, dass Betty mich nicht zur Patentante ernannt hatte, aber sie hatte ja Recht, ich war es schließlich nicht gewesen, die ihr mit Fingerfarben eine Sonne auf den Bauch gemalt hatte. Und ich konnte auch gar nicht besonders gut mit Kindern. Außerdem, sagte sie, hätte sie mich als Trauzeugin eingeplant, wenn sie und Mo dann irgendwann einmal heiraten würden. Guter Witz. Mo machte sich ganz gut als Vater, aber ob bei den beiden je die Hochzeitsglocken läuten würden? Wie sagte Betty immer so schön? Man musste ja nicht allem einen Namen geben. Oder eine Form.

Der Einfachheit halber hatte ich ein paar besonders schöne Stücke aus Josef Schimanskis Sammlung ausgesucht, die ich verschenken würde und vor der Bescherung noch im Laden abholen musste. Deswegen stapfte ich jetzt also mit zwei Rollen Geschenkpapier unterm Arm durch den Schnee. Das Geschäft sah toll aus. Die Wände waren neu verputzt worden und der alte Teppich hatte zusammen mit den Regalen seinen Weg in den Müllcontainer gefunden. Das Schaufenster hatte ich mit all den verschiedenen Lampen dekoriert, die sich so im Laden angefunden hatten, und das warme Licht strahlte auf den Gehweg und erleuchtete den Schriftzug über der Ladentür. Schlicht *Schimanski* hatten wir den Laden genannt. Und er brummte. Seit der Renovierung im Sommer (und meiner Ernennung zur Geschäftsführerin) hatte das Geschäft merklich angezogen, was nicht zuletzt auch daran lag, dass ich meinen Chef davon überzeugen konnte, dass auch Idioten wertvolle Kunden waren. Und in der Tat, sie kamen, sahen und kauften in Scharen. Der Laden entwickelte sich zu einem echten Geheimtipp und Herr Schimanski und ich hatten alle Hände voll zu tun mit dem Auftreiben, Restaurieren, Schätzen und Verkaufen alter Sachen. Und obwohl wir uns nach wie vor regelmäßig in die Haare kriegten, hatten wir uns im letzten Jahr auf eine verquere Art und Weise lieben gelernt.

Die Klingel über der Eingangstür machte ein sehr weihnachtliches Geräusch, als ich den Laden betrat. Die Geschenke hatte ich neben Josef Schimanskis Schreibtisch gestapelt (den er mich nicht hatte ausmustern lassen). Ich zog Handschuhe und Mütze aus, setzte mich in den alten, knarrenden Sessel und breitete meine Einpackutensilien auf dem Tisch aus. In der Schublade fand ich Klebeband und Schere. Um besser sehen zu können, knipste ich die Schreibtischlampe an und sah im Lichtschein eine Postkarte, an mich adressiert. Es stand nicht viel darauf.

Fräulein Weiland!
Ich bin auf unbestimmte Zeit verreist. Ich überlasse Ihnen mein Geschäft. Alle wichtigen Papiere finden Sie im Hinterzimmer. Sie haben mein vollstes Vertrauen.
Gönnen Sie mir diese Zeit, in der ich versuchen werde, die Jahre zu verwinden, in denen ich zu bitter war, um sie zu genießen. Ich bin ein alter Mann, aber kein Dummkopf. Es ist nie zu spät für Burt und Brandy.
Leben Sie! Frohe Weihnachten,
Josef Schimanski

Ich drehte die Karte um und stellte fest, dass es sich dabei um ein altes Schwarz-Weiß-Foto handelte. Es zeigte einen Mann und eine Frau. Der Mann war hochgewachsen und schlank, hatte blonde, kurze Haare und trug eine kreisrunde Brille und ein Jackett. Er grinste linkisch in die Kamera und hatte seinen Arm um eine zierliche, junge Frau gelegt, deren blonde Haare zu einer voluminösen Frisur aufgetürmt waren. Sie warf den Kopf in den Nacken und strahlte den jungen Mann neben sich glücklich an. Ich erkannte sie sofort und trotz des Morgenmantels, den sie trug, wusste ich genau, was sie darunter anhatte. Nicht viel nämlich. Und ich erkannte die auffälligen Schuhe wieder, die im wahren Leben smaragdgrün waren. Tante Doris und Josef Schimanski. Ich hatte es gewusst!

Ich musste schlucken. Wie erschreckend das war. Ein Leben voller Leid, wegen einer Liebe, die nicht hatte sein sollen. Es machte Sinn, dass ein Mann, der immer in der Vergangenheit lebte, einen Laden besaß, in dem es nur alte Sachen zu kaufen gab. Ich steckte das Foto in meine Tasche und lehnte mich auf Herrn Schimanskis altem Lieblingsplatz zurück, faltete, wie er es immer getan hatte, die Hände über dem Bauch und sah den Schneeflocken vor dem Fenster beim Tanzen zu.

Es gab Würstchen und Kartoffelsalat, auf die Zubereitung eines Gänsebratens hatte Betty, Zitat: »keinen Bock«, gehabt. Und mir war das auch ganz recht, denn wenn man schon mit Traditionen brach, dann richtig. Tante Doris hatte zum Runterspülen Likörchen mitgebracht und ich zögerte das erste Glas so lange hinaus wie möglich. Aber später, irgendwann, wollte ich mich mit ihr in eine ruhige Ecke zurückziehen, mit der Flasche, und ihr das Foto zeigen. Ich war gespannt, was sie sagen würde.

Die meisten Geschenke an diesem Abend staubte natürlich das jüngste Mitglied unserer Runde ab. Obwohl er nicht einmal ordentlich Danke sagen konnte (lag am Alter, nahm ihm also keiner übel), bekam Max ein Geschenk nach dem anderen, bis seine Mutter dem Ganzen einen Riegel vorschob. »Schluss jetzt! Geschenke groß und teuer, ganz meine Rede. Aber wenn das jetzt so weitergeht, muss ich in eine größere Wohnung ziehen und das kommt gar nicht infrage.«

Daraufhin tauschten alle Anwesenden untereinander Geschenke aus, kleine und große und teure, nur ich, ich bekam nichts. Anfangs tat ich noch so, als würde es mir nicht auffallen, freute mich für die anderen und lobte den guten Geschmack der Schenkenden. Dann irgendwann wurde ich nachdenklich und still und fragte mich ernsthaft, ob meine Freunde mich eventuell gar nicht wirklich mochten. Oder vergessen hatten. Ich griff nach der Likörflasche. Wenn dem so war, konnte ich mich auch betrinken.

»Na, Schätzelein, säufst du dir jetzt einen rein?« Betty ließ Max auf ihrem Knie wippen und sah amüsiert aus. Genauso alle anderen Anwesenden, die grinsten und schmunzelten und anscheinend ganz genau wussten, dass ich mich an der Geschenkefront vernachlässigt fühlte.

Ich zuckte mit den Schultern. »Irgendwie muss ich ja die Zeit totschlagen, während ihr eure Geschenke auspackt«, meckerte ich sie beleidigt an.

Sky legte mir beruhigend eine Hand aufs Knie. »Aber Daphne, diese ganze Konsumscheiße zu Weihnachten, darum geht es doch gar nicht. Fest der Liebe und so.«

Ich wollte den Erben eines Schwamm-Imperiums gerade fragen, ob er eigentlich total bescheuert war, als Hannes in dieselbe Kerbe schlug. »Exakt. Es geht doch nicht darum, möglichst viel Kram mit nach Hause zu nehmen, sondern mit seinen Liebsten zusammen zu sein.«

»Na, du hast gut reden!« Ich stemmte empört die Hände in die Hüfte. »Du kriegst doch auch Geschenke. *Und* hast deine Liebste hier. Und Betty und Mo und Max haben sich. Und Tante Doris und Onkel Otto. Und Sky hat – keine Ahnung – die Erleuchtung. Nur ich sitze hier alleine rum. Und dann gibt's nicht einmal ein Geschenk. Das ist doch scheiße.«

Betretenes Schweigen erfüllte den Raum, das nur von

Max unterbrochen wurde, der glucksend und krähend und äußerst vergnügt einen bunten Stoffball in seinen kleinen Fäustchen hielt.

»Naja, da hast du vielleicht Recht, Schätzelein, so wie's ist, ist's scheiße.« Betty gab ihren Sohn an Mo weiter und ging zu der Schiebetür zum Nebenraum. »Aber so wie's ist, muss es ja nicht bleiben, was? Wir haben alle für dein Geschenk zusammengelegt und es wartet hier hinter dieser Tür auf dich. Ich hoffe, du freust dich und hörst auf, so einen Flunsch zu ziehen. Du deprimierst mein Kind.«

Alle Blicke richteten sich gespannt auf mich, als Betty mit einem Ruck die Tür aufzog. Und mir blieb fast die Luft weg, während ich gleichzeitig schreien und vom Sofa aufspringen wollte und mir die Hände vors Gesicht warf und dann in die Luft, weil ich sehen wollte, was da war, weil ich *ihn* sehen wollte.

»Richard!«

»Frisch eingeflogen aus New York.« Betty machte einen Schritt zur Seite, präsentierte den Mann mit den Mandelaugen und dem unverwechselbaren Grinsen, wie eine Spielshowassistentin es nicht besser hinbekommen hätte.

Ich machte einen Satz in Richards Arme und riss dabei fast den Weihnachtsbaum um, aber das war jetzt auch egal.

»Ich dachte, ich seh dich erst im Frühling«, brabbelte ich völlig sinnentleert in sein Ohr.

Er drückte mich an sich. »Das dachte ich auch. Aber die waren alle der Meinung, das würde ja keiner aushalten. Wir nicht. Und die nicht.« Sieben Leute rollten genervt mit den Augen. »Ich hab gehört, du jammerst ziemlich viel.«

»Ich vermiss dich eben.«

Im Hintergrund bot Tante Doris an, noch mehr Würstchen und Kartoffelsalat für alle zu besorgen, und ein wenig Unruhe kam auf, als alle ihr gleichzeitig helfen wollten.

Richard legte seine Hände an meine Wangen und küsste mich auf die Stirn. »Ich bin am Verhandeln mit einem Label in Hamburg, wenn das klappt, bin ich bald wieder hier.«

»Echt?!«

»Echt.«

»Und New York?«

»Ist cool. Aber nicht so cool wie du.«

Ich schlang meine Arme um meinen Freund (ja, *mein Freund*, es war verrückt!) und drückte ihm einen Kuss auf die Lippen. »Ich bin schon eine coole Braut.«

»Absolut.«

Herrlich. Aber eine wichtige Frage gab es noch zu klären. »Und nächstes Jahr feiern wir wieder zusammen Weihnachten?«

»Warum nicht?« Er versteckte seine Verwirrung nicht sonderlich gut.

»Was ist mit Silvester? Feiern wir Silvester zusammen?«

Er zögerte einen Moment und ich wurde schon nervös, als er plötzlich lächelte und mir ins Ohr flüsterte: »Davon gehe ich aus.«

Erstaunlich, was in 12 Monaten, in 52 Wochen, in 365 Tagen alles passieren konnte. Aus Handyverkäufern wurden Rockstars, aus Akademikerinnen Beach Babes, flutschige Typen bekamen ihr Leben auf die Reihe und ein ewiger Single wie ich konnte auf einigen Umwegen sogar die Liebe finden. Und einen tollen Job.

Mein Lied des Tages? Superpunk, *Ich weigere mich, aufzugeben.*

Für den perfekten Abschluss. Und die gute Zeit, die ich hatte. Dafür, dass jetzt immer auch bald war. Und ich nicht mehr warten würde, bis es losging. Ich würde dafür sorgen.

***

Ein großes Dankeschön …

… an Mama und an Papa, für die Gespräche, die schlauen Ratschläge und das Anfeuern.
… an Maike. Ohne dich will ich nicht sein. Niemals.
… an an Svenja, bei der es jetzt endlich richtig losgeht. Hau rein!
… an an meine Sportsfreundin Marcia, die Königin des Einzelhandels.
… an Jessie, weil du so unermüdlich die Werbetrommel für mich rührst.
an Sarah, Karen, Stefan, Joanna und all die anderen für den wunderbaren Ausgleich zum einsamen Buchschreiben.
… an Michael, Anne und das Rehlein, für die Hilfe und Unterstützung (und viele Teller Sushi) vom Exposé bis zum fertigen Buch.

Liebe Grüße …
… an die Barbarabar, die Jungs und Mädels von HGich.T und dem Stammtisch, die ich alle zu oft wegen meiner Arbeit am Buch vertrösten musste. Und weil es gerade passt: Danke, Tamer, für die Kaulquappen.

… an von Herzen an Conny aus Düsseldorf und all die anderen, die ›Liebe geht anders‹ gelesen und geliebt haben (und es mich manchmal auch haben wissen lassen). Das macht mich glücklich – und stolz.

… Und danke, Benni. Du bist der Beste. Ich liebe dich.